林　庚　冯沅君

主编

中国历代诗歌选

宋代

生活·讀書·新知 三联书店

图书在版编目（CIP）数据

中国历代诗歌选. 三，宋代 / 林庚，冯沅君
主编. —北京：生活·读书·新知三联书店，2024.1
ISBN 978-7-108-07575-8

Ⅰ. ①中… Ⅱ. ①林… ②冯… Ⅲ. ①古典诗歌–作
品集–中国–宋代 Ⅳ. ① I222

中国版本图书馆 CIP 数据核字 (2022) 第 227736 号

特邀编辑　王清溪
责任编辑　万　春　唐明星
装帧设计　康　健
责任印制　卢　岳
出版发行　生活·讀書·新知 三联书店
　　　　　（北京市东城区美术馆东街 22 号　100010）
网　　址　www.sdxjpc.com
经　　销　新华书店
印　　刷　河北品睿印刷有限公司
版　　次　2024 年 1 月北京第 1 版
　　　　　2024 年 1 月北京第 1 次印刷
开　　本　880 毫米 × 1230 毫米　1/32　印张 8
字　　数　180 千字
印　　数　0,001–5,000 册
定　　价　46.00 元

（印装查询：01064002715；邮购查询：01084010542）

出版说明

该书的主编是林庚和冯沅君两位先生。

林庚（1910—2006），字静希，原籍福建闽侯，生于北京。1933年毕业于清华大学中文系，留校担任朱自清先生的助教。1937年后历任厦门大学、燕京大学及北京大学教授。林庚是著名诗人，一面写诗，陆续出版诗集《夜》《北平情歌》《冬眠曲及其他》《空间的驰想》等；一面进行关于新诗格律的理论研究，著有《新诗格律与语言的诗化》。同时，他也是卓有成就的学者，著有《中国文学史》《诗人李白》《唐诗综论》《诗人屈原及其作品研究》《天问论笺》《西游记漫话》等。

冯沅君（1900—1974），原名淑兰，笔名淦女士，原籍河南唐河。1917年，随长兄冯友兰到北京，考入北京女子高等师范学校。1922年，考入北京大学国学门研究所。1925年毕业，先后到金陵大学、中法大学、暨南大学、中国公学大学部、复旦大学、北京大学等校任教。1932年，同丈夫陆侃如双双赴法留学，1935年二人均获得巴黎大学文学博士学位。同年回国，冯沅君历任河北女子师范学院、武汉大学、中山大学、东北大学、山东大学教授。冯沅君是曾得到鲁迅先生赞赏的、蜚声20世纪20年代文坛的小说家，著有《卷葹》《劫灰》等。学术研究方面，她在中国诗歌史、戏曲史领域成就突出，著有《近代诗史》《中国文学史简编》《南戏拾遗》《古优解》《古剧说汇》等。

20世纪60年代，时任北京大学古代文学教研室主任的林庚和山东大学古典文学教研室主任的冯沅君接到了教育部下达的一个重点项目，共同主编《中国历代诗歌选》，作为高等学校中文系中国诗歌选课程的教科书。该书分上下两编，依据二人学术侧重的不同，林庚负责上编自先秦至唐五代部分，冯沅君负责下编自宋代至"五四"前部分。两位主编在确定选注原则、选目、体例后，分别带领北京大学和山东大学古代文学教研室的同事，共同编写完成。编写团队中，不乏吴小如、袁行霈等著名学者，而其中，两位主编的功劳自然是主要的。

上编分一、二两册，于1964年1月由人民文学出版社出版，正文繁体横排，扉页有括号注明"本书供高等学校文科有关专业使用"。学者彭庆生评论其"既是一部独具特色的诗歌选本，又是一部自成体系的优秀教材"，"既富有诗人的灵性，又富有学者的卓识，同时也深具教师的匠心"。因为林庚的诗人本色，慧眼独具，发掘出许多被历代选家遗漏的佳作；因为是具有"独立之精神，自由之思想"的学者，所选诗歌洋溢着林庚一生提倡的"少年精神"和"盛唐气象"；因为长期在大学开设历代诗歌选课程，丰富的教学经验保证了该书作为教材的科学性、系统性和完整性。在选目上，既体现了中国诗歌历史发展的全貌，也突出了个别诗体、诗人、流派、风格在某一特定时期的高峰性呈现。此外，该书的作家小传和注解都力求简明扼要，但常有独到之见，给读者更多启迪。

下编出版较晚。陆侃如在《忆沅君》一文中说："沅君最后几年的精力全滋注在这部教材里，精益求精，一丝不苟。可惜刚打好清样，因'文化大革命'勃发了，未能及时出版。沅君弥留之际，还在挂念这件事。"袁世硕先生在《缅怀冯沅君师》一文中，回忆自己当年参与《中国历代诗歌选》编写过程中，对吴伟业两首诗的作期，依据常见的资料，做了个大约的推定，并未深究，"但是，冯先生在定稿时却重新进行了认真细致的考定，把有关史实和诗的内容这两个方面联系一起加以考察，推翻了我初稿中的意见，作出了符合实际的推断。当冯先生对我说明这两首诗的作期改动的情况时，特别语重心长地说：做学问是不能粗枝大叶、敷衍了事的，应当严肃认真，一直把问题搞透彻"。从这一事例，可以看到冯沅君一贯的认真严谨和做主编的尽职尽责。1979 年 11 月，下编一、二两册才得以由人民文学出版社出版（正文繁体横排，此次连同上编，统一由古干设计封面，扉页书名上方有"高等学校文科教材"字样），遗憾的是，冯沅君已于 1974 年因病逝世。

该书自出版后，广受各大高校师生及诗歌爱好者的好评，多次重印，并于 1988 年荣获国家教委高等院校优秀教材一等奖。2005 年 2 月，清华大学出版社出版九卷本《林庚诗文集》，收入《中国历代诗歌选》（上编）为第五卷。后于 2006 年 7 月，以单行本形式将《中国历代诗歌选》（上编）分为《中国历代诗歌选·先秦至隋代》和《中国历代诗歌选·唐五代》两种出版，正文改为简体。

这部名家领衔、历久弥新的经典选本在今天仍弥足珍贵，三联书店此次以人民文学出版社1964年版和1979年版为底本，修订再版，以飨读者。我们基本保留了原版内容全貌，只对少许内容按实际情况做了修订。比如，初版内容注解中记录的行政区划，现有一些由县改为市或者区，甚至有一些改了名字。此次出版都做了相应更新。还对书中的注音进行了整理，尤其是多音字，根据工具书，对不同义项的不同读音进行了核查。此外，对个别难字、生僻字补充了注音。

生活·讀書·新知 三联书店
2023 年 7 月

前　言

　　本书是为高等学校中文系中国诗歌选课程编写的教科书，考虑到课堂讲授的实际需要及同学们的自学时间，全书共选诗（包括词、曲等）一千首，希望能基本上体现中国古典诗歌优秀的成就。中国是诗的国度，数千年来诗人们的杰出创作美不胜收；在我们选诗的过程中，几次征求意见，都反映有很多好诗未能收入。我们尽量参考了各方面的意见，但是因为只能在一千首内取舍，挂一漏万，仍是在所难免的。我们希望尽可能选思想性艺术性都高的作品，同时为了体现中国古典诗歌全面的成就，以及历代诗歌流派的发展，也选了一部分思想性或艺术性有所偏重的作品。我们的选目一共征求过三次意见，最后才确定下来，今后仍盼多听到大家的意见。

　　全书包括简略的作家小传在内，连同本文和注解，平均每首诗实际上占六百字左右。这样，注解自然就不能不以简明为主。同时考虑到主讲教师应有发挥的余地，简明也是完全必要的。但课堂上并不是每首诗都能讲到，很多作品还得靠同学们课外自学，而本书也不免还会面对更多的读者，因而一定的串讲也是需要的。我们还试图采用一些注解中含有串讲或串讲中带有注解的办法，但总的说来，是以注解为主，适当地附以串讲。遇有重点疑难时作必要的说明或引证，我们希望尽可能做到不放过任何难点，当然，即使这一部分的文字也是力求精简的。

诗无达诂，又限于时间和水平，我们的注解很难说就都完善。本书虽是教科书，也仍然是只供参考之用，主讲教师还可以按自己认为更好的意见讲解。但从我们编写的过程说，凡有疑难，或历来聚说纷纭，或从来并无注解，或不同于传统成说之处，都经过再三讨论，才作出解释。有时并采用疑似语气，或附有他说以备参考。与讲解有关的重要异文，必要时也附在注后。

本书体例并不规定要有题解，因为很多作品读过之后，往往题意自明，简单的题解反而容易不全面或流于空洞，有时且限制了读者们丰富的体会，所以只是在需要时把它放在第一条注解里面。注解则一律放在本文之后，这对于长诗也许不太方便，但考虑到本书中长诗为数不多，更重要的是好诗不厌百回读，注解只是在最初阶段才特别需要，此后还要能离开注解自行熟读，如果注解夹在中间，反而会感到不能一气呵成了。注解一般是一两句一注，最多不超过四句。读音则只根据今音标注，近来语言学界对于许多古音当时的具体读法究竟如何，颇多怀疑，这里不如从略；至于没有今音的古字，则采取传统上的说法，斟酌标为今音。

中国古代诗歌发展中呈现的形式是丰富多彩的，唐以前先后出现了四言、骚体、五言、七言等，五、七言中又有古、律、绝等体，唐以后则更以诗、词、散曲等三个园地争长媲美。本书体例，在同一作家的作品中也据此依上述顺序分体安排，一体之中斟酌写作年代定其先后，作家则结合生卒年及其主要活动时期依次排列。

本书分为上下两编，上编自周代至唐五代，共五百五十首，下编自宋代至"五四"前，共四百五十首。上编由林庚（北京大学）主编，参加编写的有吴小如、陈贻焮、袁行霈、倪其心。下编由冯沅君（山东大学）主编，参加编写的有关德栋、袁世硕、朱德才、郭延礼、赵呈元。主编人之间，除曾先后三次充分面商一切外，并经常交换情况和意见。选注原则是根据作品选会议上的精神明确的。选目是由上下编主编负责分头拟定后，征求意见，不断修订的。体例是由上编主编先提出草案，然后协商确定的。在工作开始时并曾选出不同作家的作品若干篇，大家均就此作出小传和注解，交流观摩，以便在要求和规格上尽可能取得一致。编写期间，上下编都各自成立了小组。上编方面：林庚负责起草选目，审改初稿，组织讨论，并最后定稿；吴小如担任注解先秦两汉全部作品初稿；倪其心担任注解魏晋南北朝全部作品初稿；袁行霈担任注解初盛唐全部作品初稿；陈贻焮担任注解中晚唐全部作品初稿。四位同志除经常参加讨论外，并协助主编查校材料，互审初稿，誊清部分稿件。此外，李绍广还主动地为上编注出十几首小令的初稿，谨在此表示感谢！下编方面：冯沅君负责起草选目，审改初稿，组织讨论，并最后定稿；此外，还担任注解北宋全部、南宋大部分及金、元全部作品的初稿。赵呈元担任注解陆游作品的初稿及全稿的校对工作；朱德才担任注解辛弃疾、陈亮及明代大部分作品的初稿；关德栋担任注解明清散曲及民歌部分的初稿；袁世硕担任注解刘基、高启、顾炎武及清代大部分作品的初稿；郭延礼担任注解近代全部作品的初稿。以上同志都同样参加小组讨论等工作。此外，还由刘卓平担任抄写全稿及资料的管理工作。

我们在征求对选目的意见时，曾得到多方面热忱的支持，在工作中并得到一些单位和专家们的帮助，稿成后，上编经冯至同志审阅，下编经余冠英同志审阅，谨在此一并深致谢意！盼望此后仍能获得各方面热情的支持，使这书更臻于完善。

〔附记〕

本书上编于1964年出版，下编已排好清样，未出版。上编这次重印，做了些许修订。下编这次是初印，亦就原清样做了些修订。

1978年12月

目　录

北 宋

王禹偁

王禹偁（954—1001），字元之，巨野（今山东巨野）人。世为农家。宋太宗太平兴国末中进士。他初任地方州县官吏，后掌制诰，入翰林。因为他刚直敢谏，故一再受贬黜。

王禹偁的家世与他的仕宦经历，使他对时政弊端有较清楚的认识，对民间疾苦具有同情。因此，他的诗能继承杜甫特别是白居易的优良传统，对当时社会现实和阶级矛盾有所反映。诗风简练朴素，不尚华靡，开北宋诗文革新运动的先声。有《小畜集》。

对 雪[1]

帝乡岁云暮[2]，衡门昼长闭[3]。五日免常参[4]，三馆无公事[5]。读书夜卧迟，多成日高睡[6]。睡起毛骨寒，窗牖琼花坠[7]。披衣出户看，飘飘满天地。岂敢患贫居[8]，聊将贺丰岁。月俸虽无余，晨炊且相继[9]。薪刍未缺供[10]，酒肴亦能备。数杯奉亲老[11]，一酌均兄弟。妻子不饥寒，相聚歌时瑞。

因思河朔民[12]，输挽供边鄙[13]：车重数十斛，路遥数百里，羸蹄冻不行[14]，死辙冰难曳[15]；夜来何处宿，闃寂荒陂里[16]。又思边塞兵，荷戈御胡骑：城上卓旌旗，楼中望烽燧[17]，弓劲添气力[18]，甲寒侵骨髓，今日何处行，牢落穷沙际[19]。

自念亦何人[20]，偷安得如是[21]！深为苍生蠹[22]，仍尸谏官位[23]。謇谔无一言[24]，岂得为直士？褒贬无一词[25]，岂得为良史？不耕一亩田，不持一只矢，多惭富人术[26]，且乏安边议[27]，空作对雪吟，勤勤谢知己[28]。

1. 这首诗是作者在太宗端拱元年（988）任右拾遗、直史馆时作的。诗主要写作者因见雪而惦念冰天雪地里运输给养的群众和守边的兵士。　2. 这段自岁暮多暇说起，先写观雪，后写家人同饮，为即将到来的丰年欢庆。"帝乡"，指京都，在这里指北宋都城汴京（今河南开封）。"岁云暮"，一年将尽。"云"，语助词，无意义。　3. "衡门"，横木为门，引申为简陋的住宅。"衡"，通"横"。　4. "五日"句：他已被豁免五日一朝参的常例。古代皇帝五天坐一次朝，群臣参见。　5. 宋代以昭文、集贤、史馆为三馆，这里指史馆。　6. "日高睡"，直睡到太阳升起很高才起来。　7. "琼花"，指雪花。雪花洁白，故用琼为喻。　8. "岂敢"二句：虽然知道下雪会增加生活困难，但不敢为此发愁，转而暂为丰年庆贺。　9. "晨炊"句：是说吃饭尚无问题。"晨炊"，本指做早饭，这里泛指饮食。　10. "薪刍"，柴草。　11. "数杯"二句：描述饮酒的情况。前句对老辈用"奉"，"奉"是"恭而持之"（《匡谬正俗》），以见亲中有尊。后句对兄弟用"均"，"均"有普遍的意思，以见相爱而无偏私。"一酌",如言一勺。　12.这段分别叙述对运输军需的人和守边兵士的关怀。"河朔",泛指黄河以北的地区。　13."输挽",拉着车子送给养。端拱元年（988）冬,辽国南侵,陷涿州等地,北边骚动。当时北宋王朝抽丁运粮,人民很痛苦。　14."赢蹄"句:牲口瘦弱,蹄脚无力,天寒地冻,行走困难。"赢",音 léi,瘦弱。　15."死辙",为冰雪所封,不易通行的车辙。　16."阒寂",冷落寂静。"阒",音 qù。"荒陂",荒凉的山坡。"陂",音 bēi。　17."烽燧",古代边境上报警的设备。　18."弓劲"句:弓上的胶因天寒发生变化,所以弓显得特别硬,必须用更多的气力方拉得开。　19."牢落",辽远空旷。"穷沙",人所罕至的、荒远的沙碛。　20.这段说,身虽在官,却未做出对国家有益的事,这种歉疚的心情只能用诗向知己申诉。　21."偷安",苟且贪图安逸。　22."蠹",音 dù,木中蛀虫,引申为祸害。　23."尸位",白占着职位而不能称职。《尚书·五子之歌》有"太康尸位"。"谏官",指右拾遗。　24."謇谔",坦率直说,不顾情面。"謇",音 jiǎn。　25."褒贬"二句:史官应该据实记录国事与皇帝的言行,并褒善贬恶;不能如此,如何算是好史官?　26."多惭"句:是说关于富国安民的办法,自己因无能为力而很觉惭愧。　27."安边议",消除外患,安定边疆的言论。　28."勤勤",极殷切。"谢",告诉。

乌啄疮驴诗 [1]

　商山老乌何惨酷 [2],喙长于钉利于镞 [3];拾虫啄卵从尔为,安得残我负疮畜。我从去岁谪商於 [4],行李惟存一蹇驴 [5],来登秦岭又巉岩 [6],为我驮背百卷书。穿皮露脊痕连腹,半年治疗将平复;老乌昨日忽下来,啄破旧疮取新肉。驴号仆叫乌已飞,劚嘴振毛坐吾屋[7]。我驴我仆奈尔何[8]，悔不挟弹更张罗。赖是商山多鸷鸟，便问邻家借秋鹞[9]。铁尔拳兮钩尔爪[10]，折乌颈兮食乌脑；岂惟取尔饥肠饱，亦与疮驴复仇了。

1.这首诗作于太宗淳化三年（992），即作者贬商州（今陕西商洛市商州区）的次年。诗借乌啄疮驴斥责官吏对人民的残酷压榨。　2."商山"四句：概括地谴责老乌残害疮驴，引起下文。"商山"，在陕西商洛东南。　3."喙"，音huì，鸟或兽的嘴。"镞"，音zú，箭头。　4."商於"，音Shāngwū，古地名，在今河南淅川西南。　5."蹇"，音jiǎn，驽弱。　6."秦岭"，秦岭西起甘肃天水，横亘陕西省，东止河南陕县（今三门峡市陕州区）。这里的秦岭指商山。"巉岩"，音chányán，山势险峻。　7."劘"，音mó，削使之更利。　8."我驴"二句：自悔无防御和回击的准备。"罗"，捕鸟的网。　9."鹞"，音yào，猛禽名，似鹰而小。　10."铁尔"四句：是对鹞说的。"铁""钩"，在这里均作动词用。"尔"，指鹞。

畲田词[1]（五首选二）

其一

大家齐力劚孱颜[2]，耳听田歌手莫闲。各愿种成千百索[3]，豆其禾穗满青山[4]。

1.通行本作"畲田调"，兹据商务印书馆影印宋刊配旧钞本改作"词"。诗有序，文长不录。据序言：商州的丰阳（今陕西山阳）、上津（今湖北郧西西北），地皆深山穷谷。当地农民多采用火种，称为畲（音shē）田。畲田的方法是，先将山上树木砍倒，等树干后，用火烧掉，然后从事耕种。耕种时，邻里彼此相助，主人备酒肉款待。耕作中，击鼓歌唱，以相勉励。王禹偁很嘉许他们这种互助精神，更希望其他州郡的农民也能如此，便作此诗。为让农民易懂，作品的语言较朴素浅近，并有民歌的风味。作期约在淳化三年（992）。 2.“斸”，音 zhú，斫，砍伐。“巉颜”，形容山的峻高，这里作高山讲。农民种田时，先砍去高山上的树木。“巉”，音 chán。 3.“索”，自注：“山田不知畎亩，但以百尺绳量之，曰某家今年种得若干索，以为田数。” 4.“萁”，豆茎。

其二

北山种了种南山，相助力耕岂有偏[1]。愿得人间皆似我，也应四海少荒田。

1.“偏”，私心。

村 行

马穿山径菊初黄[1]，信马悠悠野兴长[2]。万壑有声含晚籁[3]，数峰无语立斜阳。棠梨叶落胭脂色[4]，荞麦花开白雪香。何事吟余忽惆怅，村桥原树似吾乡。

1.“马穿”二句：指出闲行的时间、地点和心情，总摄下文。 2.“信”，任，随着。“悠悠”，形容人的安闲。“野兴”，因山野景物而引起的兴致。　3.“万壑”二句：先写闻，万千山沟因晚风回荡而众声齐发；后写见，几个山峰沉默地伫立在落日里。“壑”，山沟。“晚籁”，傍晚时从空穴里发出的声音。“籁”，音 lài。　4.“棠梨”，果树名。

林　逋

　　林逋（967—1028），字君复，钱塘（今浙江杭州）人。他从未做官。隐居西湖的孤山；在宋初山林诗人中，是个杰出者。他的诗多写幽静的隐居生活；性爱梅，以咏梅诗著称。有《林和靖先生诗集》。

山园小梅[1]（二首选一）

　　众芳摇落独暄妍[2]，占尽风情向小园。疏影横斜水清浅[3]，暗香浮动月黄昏[4]。霜禽欲下先偷眼[5]，粉蝶如知合断魂[6]。幸有微吟可相狎，不须檀板共金樽[7]。

1.这首诗写出梅的美，也写出梅的高洁。诗人与梅精神上是相契合的。　2.“暄妍”，是说梅花开得茂盛美好。“暄”，音 xuān，暖。这里用引申义。　3.“疏影”二句：取时于月下，取地于水边，从花影和花香上，突出梅花特有的美，并且美中有高洁。"横斜"，形容梅影的错落有致。 4."浮动"，形容香气随处飘散。 5."霜禽"二句：从虫鸟爱梅，而不敢立即亲近，或不得亲近上，衬出梅花特有的高洁，并且高洁中有美。"霜禽"，白色的、冬天的鸟。"偷眼"，偷看；不敢正看，因爱中有敬。 6."如""合"，都是推度之辞。冬日无蝶，所以这样说。 7."檀板"，用檀木作拍板，这里指歌唱。"金樽"，金杯，这里指饮酒。

范仲淹

范仲淹（989—1052），字希文，吴县（今江苏苏州）人。他以进士官至参知政事；是著名政治家，又兼有文学创作才能。词传下来的不多，但甚精粹；用边塞军中生活作题材更是宋词中少有的，也是最早的。有《范文正公诗余》。

渔家傲·秋思¹

塞下秋来风景异²，衡阳雁去无留意³。四面边声连角起⁴，千嶂里⁵，长烟落日孤城闭⁶。 浊酒一杯家万里，燕然未勒归无计⁷！羌管悠悠霜满地⁸。人不寐，将军白发征夫泪。

1. 据《东轩笔录》说，范仲淹守边时，作《渔家傲》数阕，都用"塞下秋来"为首句，咏叹边防将士的辛劳，但只存这一首。词的作期约在宋仁宗康定元年（1040）与庆历三年（1043）间（参看《宋史·范仲淹传》与《宋史纪事本末·夏元昊拒命》）。它描绘边地的景色，歌唱诗人的苦闷。苦闷是却敌未遂的抑郁，不是消沉。　　2. "塞下"五句：从不同方面写边塞秋天的荒凉景象。"异"，与内地不同。　　3. "衡阳"，今湖南衡阳。衡山的回雁峰在衡阳南一里，据传说，雁飞到这里便不再南飞。"无留意"，不留恋；边塞寒冷，雁需南飞。　　4. "边声"，边塞上特有的声音，如胡笳、羌笛和牧马的悲鸣等。"角"，这里指角声。"连角起"，角声与其他各种声音响成一片。　　5. "嶂"，音 zhàng，高险的山峰。　　6. "孤城闭"，日西落即闭城门，可见边地的萧条与多事。　　7. "燕然未勒"，叹强敌未破，功业未立。东汉窦宪大败匈奴，北进至燕然山（在今蒙古国境内，即杭爱山），刻石纪功而还。"归无计"，无法还家，因为边塞多事，必须严密防守。　　8. "羌管"，指羌笛，是笛的一种，出羌中。

张　先

　　张先（990—1078），字子野，乌程（今浙江湖州）人。宋仁宗天圣时进士，官至都官郎中。宋初词风的转变在他的词中也表露出来。喜炼字，多铺叙，是他同晚唐、五代词人和宋初晏、欧的异点。有《张子野词》。

天仙子

时为嘉禾小倅，以病眠，不赴府会[1]。

水调数声持酒听[2]，午醉醒来愁未醒。送春春去几时回[3]？临晚镜，伤流景[4]，往事后期空记省[5]。　　沙上并禽池上暝[6]，云破月来花弄影[7]。重重帘幕密遮灯[8]，风不定，人初静，明日落红应满径。

1. "嘉禾"是嘉禾郡（今浙江嘉兴）。"小倅"指嘉禾判官。"倅"，音 cuì，辅助州郡长官的官吏。张先做嘉禾判官约在仁宗庆历元年（1041）春，《天仙子》可能即此时的作品。　2. "水调"，词曲调名。大曲有新水调，词有水调歌头。　3. "送春"四句：指出愁的内容——惜春兼怀人。　4. "流景"，逝去如流水的时光。　5. "记省"，同义字连用，"省"也是记忆的意思。　6. "并禽"，双飞双栖的禽鸟，这里指水鸟相并就宿。"暝"，天黑。　7. "花弄影"，风吹花动。"弄"，玩弄，卖弄。　8. "重重"四句：写室内，而兼及室外。由灯光、帘波知风势，从风推想到将来的落花。

晏　殊

晏殊（991—1055），字同叔，临川（今江西抚州）人。少以神童召试，赐同进士出身，宋仁宗时，官至宰相。他是个达官贵人，同时也是诗人。词的成就更大于诗，风格颇近南唐冯延巳。有《珠玉词》。

浣溪沙 [1]

一曲新词酒一杯 [2]，去年天气旧亭台 [3]，夕阳西下几时回 [4]。无可奈何花落去 [5]，似曾相识燕归来 [6]，小园香径独徘徊 [7]。

1.这首词抒写晚春薄暮、小园对景的惆怅。惆怅包含为时光流转、人事变迁而引起的内心波动。以人的活动起，以人的活动结，中间以眼前景寓心中事。　2."一曲"句：以诗酒作自我的排遣。　3."去年"句：就不变者言，季节、园亭全和过去相同。　4."夕阳"句：就变者言，夕阳虽美好，但终究要沉没。　5."无可"二句：在好花娇鸟中寄托对宇宙、人生的哲理的探索。诗人慨叹存者终必消逝，又以消逝中似含有存在而自慰。"无可奈何"，花的开落是必然的，以比好事难长。　6."似曾相识"，燕的来去也是必然的，但今之来者不一定即昔之去者，故只能是"似曾相识"。　7."小园"句：心波的荡漾表现为行动的彷徨。

蝶恋花 [1]

槛菊愁烟兰泣露 [2]，罗幕轻寒，燕子双飞去 [3]。明月不谙离恨苦[4]，斜光到晓穿朱户[5]。　　昨夜西风凋碧树[6]，独上高楼，望尽天涯路。欲寄彩笺无尺素[7]，山长水阔知何处。

1.因秋怀人是词的主要内容。先自园花写到月光，而情贯注其中；后着重写离恨，而用节物变化来引起。　2."槛菊"句：菊花为烟所笼罩，仿佛凝愁，带露的兰花也似含泪。　3."双飞去"，点出燕的成双，正见人的孤单。　4."明月"二句：是说人见月易动离思，而月直到天晓仍然入户照人，足见月不解离恨的痛苦。"谙"，音 ān，熟悉。　5."斜光"，月因将落，光遂斜射。　6."昨夜"三句：碧树凋零，显示季节变化，变化加深离恨，于是凭高望远。　7."彩鸾"，相传仙人乘驾鸾凤，这里因以彩鸾指代意中人。"尺素"，书简。此句又作"欲寄彩笺兼尺素"。

梅尧臣

　　梅尧臣（1002—1060），字圣俞，宣城（今安徽宣城）人。他曾任桐城主簿、河南主簿等职，官至都官员外郎。

　　梅尧臣以诗名当时。他爱重平淡的艺术风格，曾说"作诗无古今，欲造平淡难"（《读邵不疑学士诗卷》）；善用比兴手法，较广泛地反映社会生活。在北宋诗文革新运动中，他是中坚人物之一。有《宛陵先生文集》。

田家语¹

庚辰诏书²：凡民三丁籍一³，立校与长⁴，号"弓箭手"，用备不虞⁵。主司欲以多媚上⁶，急责郡吏；郡吏畏，不敢辩，遂以属县令⁷。互搜民口，虽老幼不得免。上下愁怨⁸，天雨淫淫，岂助圣上抚育之意耶？因录田家之言，次为文⁹，以俟采诗者云¹⁰。

谁道田家乐？春税秋未足！里胥扣我门¹¹，日夕苦煎促¹²。盛夏流潦多¹³，白水高于屋。水既害我菽，蝗又食我粟。前月诏书来¹⁴，生齿复板录¹⁵；三丁籍一壮，恶使操弓韣¹⁶。州符今又严¹⁷，老吏持鞭朴；搜索稚与艾¹⁸，唯存跛无目¹⁹。田间敢怨嗟²⁰，父子各悲哭。南亩焉可事²¹，买箭卖牛犊²²。愁气变久雨，铛缶空无粥²³。盲跛不能耕，死亡在迟速。我闻诚所惭，徒尔叨君禄²⁴；却咏归去来²⁵，刈薪向深谷²⁶。

1.作者借田家语以成诗，故如此标题。　2."庚辰"，宋仁宗康定元年（1040），梅尧臣时为河南襄城令，诗当作于此时。　3."三丁籍一"，宋代兵制，正规军外，又有乡兵。乡兵是从当地居民抽来的。每户二、三丁抽一，四、五丁抽二，六、七丁抽三，八丁以上抽四（参看《宋史·兵志》四）。"丁"，能担任赋役的成年人。"籍"，作记录用的簿子；这里作动词用，即将名字登记在兵士的名册上。　4."校与长"，都是军职名，如队长、甲头之类（参看《宋史·兵志》四）。　5."不虞"，意外，这里指意外的战斗。　6."主司"，负责抽丁的人。"媚上"，向在上位的人讨好。　7."属"，命令、交付。　8.“上下”二句：古人相信人事处理失当，会引起天灾，所以作者以为“上下愁怨”是久雨不止的原因。“淫淫”，雨落不停。　9.“次”，编排，整理。　10.“以俟”句：想通过诗，使下情上达。“采诗者”，采集各地诗歌的官吏，相传周代有这样的官。　11.“里胥”，地保一类的公差。　12.“煎促”，逼迫，催促。　13.“流潦”，即大水。“潦”，同“涝”。　14.“前月”四句：剥削和天灾外，兵役又带来灾难——皇帝令抽丁增兵。康定元年，西夏攻宋；六月，宋增置河北、河东、京东西诸路弓手（参看《宋史·仁宗纪》）。京西路包括河南的滑、郑、许、颍、邓、襄诸地，诗中所写当即这年秋初京西路的事。　15.“生齿”，人口。“板录”，录于板上，也就是用册子登记起来。“板”，同“版”，指册籍。　16.“恶”，凶狠，意即强迫。“操”，持。“弓韣”，弓和弓套子，这里主要指弓。“韣”，音 dú，弓套。　17.“州”，即诗序里的“郡”。“州符”，州衙门的命令、公文。　18.“稚与艾”，年小的和年老的。本来抽丁只应该限于壮年人，现老幼都抽。　19.“无目”，指瞎子。　20.“田间”，指农村的人。“敢”，哪敢。　21.“南亩”二句：意思是，牛既为买箭卖去，田里工作便无法做。“焉”，如何。“事”，作动词用，即做事。　22.“买箭”，汉龚遂教民卖剑买牛，卖刀买犊（参看《汉书·龚遂传》）。这里反用这个故事。　23.“铛”，音 chēng，锅子。“缶”，音 fǒu，瓦罐。　24.“徒尔”，徒然。“叨”，受，有不应得而得的意思。“君禄”，官俸。　25.“却”，还。“归去来”，陶潜的《归去来辞》。　26.“刈”，音 yì，割。

初冬夜坐忆桐城山行 [1]

我昔吏桐乡 [2]，穷山使屡蹑 [3]。路险独后来 [4]，心危常自怯。下顾云容容 [5]，前溪未可涉；半崖风飒然 [6]，惊鸟争堕叶。修蔓不知名，丹实圻在荚⁷；林端野鼠飞，缘挽一何捷⁸；马行闻虎气，竖耳鼻息噜⁹。遂投山家宿，骇汗衣尚浃¹⁰。归来抚童仆，前事语妻妾。吾妻常有言¹¹："艰勤壮时业，安慕终日闲¹²，笑媚看妇靥¹³。"自是甘努力，于今无所慑¹⁴。老大官虽暇¹⁵，失偶泪满睫。书之空自知¹⁶，城上鼓三叠¹⁷。

1．"桐城"，即今安徽桐城。梅尧臣曾在桐城做官。"初冬"是仁宗庆历五年（1045）的初冬。这时候，他在许昌，为忠武军判官。诗追述山行所历的险境与已故的妻子的勤勉。 2．"我昔"四句：桐城山行的总述——因事入山，路险心怯。"吏"，做官。"桐乡"，古桐国，在桐城北，这里指桐城。 3．"蹑"，音 niè，踩。 4．"路险"句：用《楚辞·山鬼》"路险难兮独后来"；"后来"，来得晚，在别人后边。 5．"容容"，形容云的飞扬。 6．"飒"，音 sà，风声。 7．"圻"，音 chè，裂开。 8．"缘挽"，循着或攀着。"一何"，怎么这样。 9．"噜"，音 xié，翕气，也就是不敢出大气。 10．"骇汗"句：衣服全带汗。"浃"，音 jiá，彻，遍。 11．"吾妻"四句：追述亡妻语。 12．"安"，如何。 13．"靥"，音 yè，酒窝。这里指美色。 14．"慑"，音 shè，恐惧。 15．"老大"，此时梅尧臣已四十四岁。 16．"书之"句：妻已死去，故诗成也是徒然。 17．"鼓"，夜里报时间的更鼓。"三叠"，言夜已深。"叠"，乐再奏。

杂诗绝句十七首¹（选一）

度水红蜻蜓，傍人飞款款²；但知随船轻，不知船已远。

1.组诗作于庆历七年（1047），宝应道中。宝应是湖名，在今江苏宝应西，故诗所取材多是舟行所习见的水上岸头的虫鱼禽鸟与"卖瓜女""挽船人"等。诗人对这些小生物与贫苦人充满爱抚的情感，笔调则极轻松灵活。　2."傍人"句：写出物与人相亲。"款款"，形容飞得轻盈徐缓。

岸 贫[1]

无能事耕获[2]，亦不有鸡豚。烧槎晒槎沫[3]，织蓑依树根。野芦编作室，青蔓与为门。稚子将荷叶[4]，还充犊鼻裈[5]。

1."岸贫"，是居住在河岸上的贫苦人家。诗写他们的生活情况。　2."事耕获"，从事农业生产。　3."槎"，音 chá，水上漂来的木头。"沫"，这里指浮木上的水。水晒干后，木可用来烧蚌。　4."将"，得。　5."充"，当，聊以备数。"犊鼻裈"，长仅至膝的短裤。"犊鼻"，人身经穴的名字，俗称膝眼。"裈"，音 kūn，有裆的裤子。拿荷叶当短裤，言其无衣穿。

欧阳修

欧阳修（1007—1072），字永叔，号六一居士，庐陵（今江西吉安）人。宋仁宗天圣八年（1030）中进士后，他就在地方和中央做官。曾任西京留守判官、河北都转运使等职，又知扬、颍、青诸州；在朝，由翰林学士、礼部侍郎，至枢密副使、参知政事。他是个正直善良的封建士大夫，关心国家安危，同情人民疾苦，直言敢谏，不阿权贵。庆历党争对他的政治生活影响极深巨。当时，范仲淹、富弼诸人主张发展农业，减轻徭役，整顿国防；而夏竦、吕夷简等则反对破坏。他因拥护范、富，与保守派对抗，遂屡遭打击，甚至被贬黜。

欧阳修对北宋诗文革新运动有重大贡献，最显著而有力的是利用自己担任考官的职权，来扭转文风。他是当时的文坛领袖，是散文家、诗人，也是词人。他鼓励别人用诗反映人民愿望、社会矛盾，他自己也这样做。在前代作家中，他受韩愈的影响较大。"以文为诗"的倾向，使他的某些诗流于枯燥，但在一定程度上，他改变了这种手法所常带来的怪奇和生硬的缺点。他的词受冯延巳的影响，但某些篇章却与柳永或苏轼相近。有《欧阳文忠公文集》。

水谷夜行寄子美圣俞 [1]

寒鸡号荒林 [2]，山壁月倒挂 [3]；披衣起视夜，揽辔念行迈 [4]。我来夏云初 [5]，素节今已届 [6]；高河泻长空 [7]，势落九州外 [8]。微风动凉襟，晓气清余睡。缅怀京师友 [9]，文酒邀高会。其间苏与梅，二子可畏爱，篇章富纵横 [10]，声价相摩盖 [11]。子美气尤雄，

万窍号一噫 [12]；有时肆颠狂，醉墨洒霶霈 [13]。譬如千里马，已发不可杀 [14]，盈前尽珠玑，一一难拣汰 [15]。梅翁事清切 [16]，石齿漱寒濑 [17]。作诗三十年，视我犹后辈 [18]；文词愈清新，心意难老大 [19]，譬如妖韶女 [20]，老自有余态 [21]。近诗尤古淡，咀嚼苦难嘬 [22]，初如食橄榄，真味久愈在。苏豪以气轹 [23]，举世徒惊骇；梅穷独我知，古货今难卖。二子双凤凰 [24]，百鸟之嘉瑞，云烟一翱翔，羽翮一摧铩 [25]。安得相从游，终日鸣哕哕 [26]，相问苦思之 [27]，对酒把新蟹 [28]。

1. 欧阳修于仁宗庆历四年（1044）四月使河东，七月返汴京。这首诗可能作于返京途中。水谷应是地名，地点不详。苏舜钦字子美，梅尧臣字圣俞，都是欧的诗友。诗写作者对苏、梅的思念，并中肯地评论了他们的诗。　2.“号”，鸣，啼，又作呼或哭讲。这里用后者。　3.“山壁”，山陡峭如墙壁。“月倒挂”，山很高，月将落时反低于山。　4.“行迈”，行远，这里指行程遥远。　5.“我来”句：指作者四月奉使河东。“夏云初”，即夏初。“云”，语助词。　6.“素节”，秋季。　7.“高河”，高空的天河。“泻”，倾泻。　8.“九州外”，如言天地外。古代分中国为九州，更有大九州说，以为中国以外，天地间尚有与中国相类者八。这里的九州用引申义。　9.“缅怀”，遥想，追怀。　10.“纵横”，有旁逸斜出的意思，这里用以形容篇章的丰富。　11.“相摩盖”，言彼此不相上下，是敌手。“摩”，迫近。“盖”，掩蔽。　12.“万窍”句：是说大风起处，万穴皆鸣。用《庄子·齐物论》“大块（指地）噫气，其名为风……作则万窍怒号。”“窍”，洞穴。“噫”，音 yī，人吃饱时发出的声音。　13.“醉墨”句：指醉后写诗，兼指书法。“洒霶霈”，纵笔挥洒，淋漓尽致。“霶霈”，音 pāngpèi，形容大雨。　14.“已发”句：已跑开了便不能减低它的速度。“杀”，音 shài，衰，减。　15.“汰”，洗。与“拣”并用，意即挑选淘汰。　16.“梅翁”句：梅尧臣作诗向清新激切方面努力。　17.“石齿”句：用湍溪流过石磴的声音形容梅诗的清切。“石齿”，尖峭的石磴。“寒”，言水的清冷。“濑”，音lài，湍急的溪流。　18.“视我”句：比较起来，我还是他的后辈，极言梅的资望高。“视”，比。　19.“难老大”，不易老。意思是创作成就精进不已，创作热情尚未衰退。　20.“妖韶”，美好。　21.“老自”句：即在老年仍有多种动人的姿态，以比梅诗晚而益佳。　22.“咀嚼”句：梅诗的佳妙不易立即领会。“嚃”，音chuài，贪馋地咬嚼。　23.“苏豪”四句：苏的豪迈由于气势过人，但这只能使人惊骇，并未受到重视。梅的不得意只有我了解，正如古雅的货物，现在不易出售。“轹”，音lì，超越。　24.“二子”四句：叹苏、梅在政治上不得意。　25.“翮”，音hé，鸟翎的茎。“铩”，音shā，残伤。　26.“哕哕”，音huìhuì，凤的鸣声。　27.“相问”，指以诗寄赠他们。“问”，存问。　28.“对酒”句：希望在新蟹可食时，相聚畅饮。

啼　鸟 [1]

穷山候至阳气生 [2]，百物如与时节争 [3]；官居荒凉草树密，撩乱红紫开繁英 [4]。花深叶暗耀朝日，日暖众鸟皆嘤鸣 [5]；鸟言我岂解尔意，绵蛮但爱声可听 [6]：南窗睡多春正美 [7]，百舌未晓催天明 [8]；黄鹂颜色已可爱 [9]，舌端哑咤如娇婴 [10]；竹林静啼青竹笋 [11]，深处不见惟闻声；陂田绕郭白水满 [12]，戴胜谷谷催春耕 [13]；谁谓鸣鸠拙无用 [14]，雄雌各自知阴晴 [15]；雨声萧萧泥滑滑 [16]，草深苔绿无人行；独有花上提葫芦 [17]，劝我沽酒花前倾。其余百种各嘲哳 [18]，异乡殊俗难知名。我遭谗口身落此 [19]，每闻巧舌宜可

憎 [20]；春到山城苦寂寞，把盏常恨无娉婷 [21]。花开鸟语辄自醉，醉与花鸟为交朋；花能嫣然顾我笑 [22]，鸟劝我饮非无情。身闲酒美惜光景，惟恐鸟散花飘零；可笑灵均楚泽畔 [23]，离骚憔悴愁独醒 [24]。

1. 这首诗的作期有异说。南宋胡柯定在庆历六年（1046），作者知滁州时。后来有人以为是贬夷陵时的作品。今从旧说。　2. "穷山"四句：鸟与花贯串全篇，花为宝，鸟为主。先言花，以见鸟啼的时兴地。"候"，气候，春天的气候。　3. "如与时节争"，好像是和节候先后竞赛。　4. "撩乱"，互相搅扰。　5. "嘤"，本是两鸟声，这里用以写众鸟齐鸣。　6. "绵蛮"，形容鸟声。7. "睡多春正美"，春睡沉酣。　8. "百舌"，鸟名，能效百鸟之声，立春后便鸣啭不已。　9. "黄鹂"，即黄莺。桑葚熟时，往来桑间。　10. "哑咤"，音 yǎzhà，鸟声。"娇婴"，娇慧天真的小女孩。　11. "青竹笋"，竹林鸟的别名。　12. "陂田"，蓄水的田。　13. "戴胜"，鸟名，即楼楼谷。"催春耕"，农人闻声，知春耕时期已到。　14. "鸣鸠"，鸟名，即斑鸠。"拙无用"，鸠以拙名，不能营巢。　15. "知阴晴"，古代谚语说："天欲雨，鸠逐妇；天既雨，鸠呼妇。"　16. "泥滑滑"，鸟名，又称竹鸡。　17. "提葫芦"，鸟名，又称提壶。　18. "嘲哳"，音 zhāozhā，形容鸟声的繁细。　19. "遭谗口"，指庆历五年，孤甥张氏狱。张氏幼孤，曾养在欧阳修家，他的政敌便传会他与张有不正当的关系。后虽辩明，他终为此降官，出知滁州。　20. "巧舌"，兼指善鸣的鸟与巧言的人。　21. "娉婷"，音 pīngtíng，指姿容美好的样子，也指美人。　22. "嫣"，音 yān，笑得好看。　23. "灵均"，屈原的字。　24. "憔悴愁独醒"，《楚辞·渔父》说，屈原被放逐后，行吟泽畔，颜色憔悴，以为"举世皆浊而我独清，众人皆醉而我独醒，是以见放"。

画眉鸟 [1]

百啭千声随意移 [2]，山花红紫树高低。始知锁向金笼听 [3]，不及林间自在啼。

1.这首诗约作于庆历七年（1047），时欧阳修在滁州。作品在论鸟声外，还流露出诗人对无拘束的生活的向往。 2."百啭"二句：将画眉的鸣声与它的环境联系起来。"移"，在这里有变化的意思。 3."向"，到，在。

食糟民 [1]

田家种糯官酿酒，榷利秋毫升与斗 [2]；酒沽得钱糟弃物，大屋经年堆欲朽。酒醅瀺灂如沸汤 [3]，东风吹来酒瓮香 [4]；累累罂与瓶 [5]，惟恐不得尝。官沽味酽村酒薄 [6]，日饮官酒诚可乐；不见田中种糯人，釜无糜粥度冬春 [7]，还来就官买糟食 [8]，官吏散糟以为德。嗟彼官吏者，其职称长民 [9]，衣食不蚕耕，所学义与仁 [10]。仁当养人义适宜 [11]，言可闻达力可施 [12]。上不能宽国之利 [13]，下不能饱民之饥；我饮酒 [14]，尔食糟 [15]，尔虽不我责，我责何由逃 [16]！

1.诗约作于仁宗皇祐元年、二年（1049、1050）。它从酒的专卖上，揭露北宋王朝的经济措施加给人民的痛苦；同时又指出官吏的自私、失职与无耻。　2.“榷利”，官方专卖取利。“榷”，音què，专卖。北宋酒由官卖，各州、乡设酒务，官方酿酒。酿酒原料是农民缴的米、麦等，而酒价颇高。穷僻的县、镇、乡村或许民酿，但须纳税（参看《宋史·食货志》下七）。“秋毫”，指极细微的事物。在这里用以说明专卖取利的烦苛。　3.“酒醅”四句：酿出好酒，官吏皆欲饮。“醅”，音pēi，已经成熟而原料与汁液尚未分开的酒。“瀺灂”，音chánzhuó，轻微的水声。　4.“瓮”，一种盛水或酒的陶器。5.“罂”，音yīng，大腹小口的瓶子。6.“酽”，同“浓”。7.“糜”，粥。“度冬春”，在农村，冬春常是缺粮的季节，故特提出。　8.“还来”二句：官吏饮酒取乐，农民种糯挨饿，本已荒唐；现在农民买糟充饥，官吏却自以为做了好事。　9.“长民”，为人民的首长。　10.“所学”句：只研究儒家关于仁和义的学说。　11.“养人”，让人民过好生活。“适宜”，处理事情合乎道德、政治的标准。　12.“闻达”，将政治得失、社会情况与人民要求向上反映。“力可施”，有权力补偏救弊，做出有利于国家、人民的措施。　13.“宽”，在这里作扩大讲。　14.“我饮”四句：作者自责，也责众官吏。　15.“尔”，指食糟的百姓。　16.“我责”，我的责任。

边　户[1]

　　家世为边户，年年常备胡[2]。儿童习鞍马，妇女能弯弧[3]；胡尘朝夕起[4]，虏骑蔑如无[5]；邂逅辄相射[6]，杀伤两常俱。自从澶州盟[7]，南北结欢娱，虽云免战斗，两地供赋租[8]。将吏戒生事[9]，庙堂为远图[10]，身居界河上[11]，不敢界河渔。

1. “边户”，是居住在国家边界上的人家。诗人借边户的怨言，讽刺王朝对敌妥协的失策。诗约作于仁宗至和元年（1054）。　2. “备胡”，防备边疆民族的侵扰。“胡”，这里指辽国。　3. “弯弧”，即拉弓。“弧”，弓。　4. “胡尘”，指辽国的侵袭。　5. “如无”，如无物。　6. “邂逅”二句：敌我相遇，便展开战斗，双方不分胜负。“邂逅”，音 xièhòu，偶然碰到。“辄”，常，即。　7. “澶州盟”，真宗景德元年（1004），辽统治集团大举南侵。真宗接受寇准的建议，亲到澶州主持军事，士气大振，作战获胜。但真宗不敢继续进击，还是和辽订下屈辱的条约。“澶州”，今河南濮阳。“澶”，音chán。　8. “两地”句：边户须向宋、辽两国分别缴纳赋税。　9. “戒生事”，教边户老老实实地遵守和约，不得妄生事端。　10. “庙堂”，王朝中央。“远图”，远大的企图，实际上是以妥协求和好。　11. “界河”，宋与辽分界的河；上流为拒马河，出河北涞水，至定兴新城为白沟。

再和明妃曲 [1]（二首选一）

汉宫有佳人，天子初未识 [2]，一朝随汉使 [3]，远嫁单于国 [4]。绝色天下无，一失难再得 [5]，虽能杀画工 [6]，于事竟何益。耳目所及尚如此 [7]，万里安能制夷狄！汉计诚已拙，女色难自夸 [8]。明妃去时泪，洒向枝上花；狂风日暮起，飘泊落谁家。红颜胜人多薄命 [9]，莫怨春风当自嗟 [10]。

1. 汉王嫱字昭君，本为元帝宫人，后因和亲，元帝将她嫁给匈奴单于。晋人为避文帝司马昭讳，改昭君为明君，后人因又称她为明妃。仁宗嘉祐四年（1059），王安石作《明妃曲》，梅尧臣、欧阳修都有和作。诗指斥汉帝的昏庸，也表示人不应自矜才能，在困境中不应怨天尤人。 2."初未识"，本于汉史。元帝竟宁元年（前33），匈奴呼韩邪单于来朝，元帝命赐他五个宫女。昭君因入宫数年，不得觐见，遂自动请行（参看《后汉书·南匈奴传》）。"初"，本。 3."一朝"，一旦，表示突然。 4."单于国"，指匈奴。匈奴称其国君为单于。"单"，音chán。 5."难再得"，汉李延年歌："佳人难再得"（参看《汉书·外戚传》）。 6."杀画工"，元帝因后宫人多，不能常见，遂令画工给她们画像，以便按图选召。当时众宫人都贿赂画工，昭君自恃貌美，独不行贿。画工便将她画丑，终致落选。赴匈奴时，元帝才发现她的容色为后宫第一，但已不能改换他人，因而怒杀画工。 7."耳目"二句：据上述事实，得出汉帝昏庸、难御外侮的论断。北宋受辽、夏侵扰，边防多事，诗中讥刺实有感而作。 8."女色"句：妇女自炫容色，往往引起不幸。 9."红颜"二句：从明妃遭遇引出论断与愤语——才、色与命相妨，只应自叹，不必怨尤。 10."春风"，比喻命运、遭遇。

朝中措·平山堂 [1]

　　平山栏槛倚晴空，山色有无中 [2]。手种堂前垂柳，别来几度春风 [3]？　　文章太守 [4]，挥毫万字 [5]，一饮千钟。行乐直须年少 [6]，尊前看取衰翁 [7]。

1.平山堂在扬州（今江苏扬州）西北蜀冈上。庆历八年（1048）春，欧阳修知扬州，次年（皇祐元年）春，移知颍州，平山堂便是此时建筑的。它的得名是因为依堂而望，江南群山都拱列檐下。词写对平山堂的怀念和往事的追忆。仁宗嘉祐元年（1056），刘敞出守扬州，欧阳修送行时作此词。　2.“山色”句，用唐王维《汉江晚眺》诗句。“山”，指自堂远望所见的群山。　3.“别来”句：特用问句，意在说明相别之久。自皇祐元年至嘉祐元年，前后凡八年。　4.“文章”三句：追忆过去的捷才与宏量。“文章太守”，作者自称。苏轼登平山堂忆欧阳修的词（《西江月》）“欲吊文章太守，仍歌杨柳春风”可证。“太守”，官名，州郡的长官。　5.“挥毫”，指在堂上赋诗。苏轼词有“十年不见老仙翁，壁上龙蛇飞动”，大约即指欧阳修平山堂题壁诸作言。　6.“直”，当，与“须”连用，为加重语气。　7.“尊前”句：是说当年诗酒风流的豪情逸兴，此时都已衰减。“尊”，同“樽”，古代盛酒器具。“取”，助词，与“着”相类。“衰翁”，庆历八年，欧阳修刚过四十岁，嘉祐元年已达五十，故自称“衰翁”。

采桑子[1]（十首选一）

　　轻舟短棹西湖好，绿水逶迤[2]，芳草长堤，隐隐笙歌处处随[3]。　　无风水面琉璃滑，不觉船移，微动涟漪[4]，惊起沙禽掠岸飞。

1. 皇祐元年（1049），欧阳修知颍州（今安徽阜阳市颍州区），很爱附近的西湖，常去游玩，并打算在颍长住。神宗熙宁元年（1068），他在颍建起住宅；熙宁四年（1071），便归老于颍。组词即作于归颍后。除末阕外，诸词皆述湖上的赏心乐事，而均以“西湖好”为首句。这首词写湖上放舟的乐事与美景。　2.“逶迤”，音 wēiyí，形容湖水流得委曲、缓和、自在。　3.“处处随”，到处可闻，如声随人来。　4.“涟漪”，水面被风吹起的波纹。“漪”，音 yī。

踏莎行 [1]

候馆梅残 [2]，溪桥柳细，草薰风暖摇征辔 [3]。离愁渐远渐无穷，迢迢不断如春水 [4]。　　寸寸柔肠 [5]，盈盈粉泪 [6]，楼高莫近危阑倚。平芜尽处是春山 [7]，行人更在春山外。

1. 这首词抒写旅途中对景怀人的心情。　2."候馆"三句：从客馆进入征途，写的是景物，而其中有人的活动。"候馆"，客馆。　3."草薰"，草发出香气。"征"，行。　4."迢迢"，形容遥远。　5."寸寸"三句：先用揣度之辞，描述所怀念者伤离的心情和这种心情表现于外的情态，后从这个悬想出发，对她提出不要倚楼远望的叮嘱。"寸寸"，言肠将断。　6."盈盈"，水满，如言水汪汪的。"粉泪"，与脸上的粉和在一起的泪。　7."平芜"，一望平坦的草野。

苏舜钦

苏舜钦（1008—1049），字子美，祖籍梓州铜山（今四川中江），曾祖一代时迁至开封（今河南开封）。曾官集贤校理。在当时政党斗争中，他属于范仲淹一派，终因敌党诬陷，被罢黜"除名"。

苏舜钦是与梅尧臣齐名的诗人。他的诗的特点是：情感激昂，气势奔放；语言朴素畅达，而时嫌粗糙；至于充满英雄气概的篇章，更为同时他家诗作中所仅见。有《苏学士文集》。

庆州败 [1]

无战王者师 [2]，有备军之志 [3]，天下承平数十年 [4]，此语虽存人所弃。今岁西戎背世盟 [5]，直随秋风寇边城 [6]，屠杀熟户烧障堡 [7]，十万驰骋山岳倾。国家防塞今有谁？官为承制乳臭儿 [8]。醋醅大嚼乃事业，何尝识会兵之机 [9]！符移火急蒐卒乘 [10]，意谓就戮如缚尸 [11]。未成一军之出战 [12]，驱逐急使缘嶮巇 [13]。马肥甲重士饱喘，虽有弓剑何所施。连颠自欲堕深谷 [14]，虏骑笑指声嘻嘻。一麾发伏雁行出 [15]，山下奄截成重围 [16]，我军免胄乞死所 [17]，承制面缚交涕洟 [18]。逡巡下令艺者全 [19]，争献小技歌且吹。其余劓馘放之去 [20]，东走矢液皆淋漓 [21]。首无耳准若怪兽 [22]，不自愧耻犹生归。守者沮气陷者苦 [23]，尽由主将之所为。地机不见欲侥胜 [24]，羞辱中国堪伤悲！

1. 宋仁宗景祐元年（1034）秋七月，西夏赵元昊进犯庆州（今甘肃庆阳），宋齐宗矩出兵抵御。宗矩因遇伏兵，战败被俘，后放还。苏舜钦这首诗成于齐宗矩放还后。它对宋王朝忽视边防和宋军将官的怯懦无能作无情的谴责；语言略嫌粗糙，但刻画生动，情感激昂。　2.“无战”四句：揭示出宋为西夏所败，原因在于宋对外失策，边防无准备。"无战"，对方不能抗拒。"王者"，古称能以德服人的国君为王者。"师"，军队。《荀子·议兵》："王者有诛而无战。" 3．"有备"句：军中重视准备。《左传》隐公五年，在燕为郑败条下有："君子曰：不备不虞，不可以师。""师"，在这里作动词用，指军事行动。《孙子·九变》："无恃其不攻，恃吾有所不可攻也。"曹操注："安不忘危，常设备也。""军之志"，疑即军志，古兵书（参看《左传》僖公二十八年注）。"之"，语助词。 4．"承平"，治平相承，即长时期的太平。 5．"世盟"，世代友好。唐末，拓跋思恭据夏州（今陕西靖边东北白城子），子孙相传。至宋，赐姓赵，封大夏国王。元昊本人也受宋封，为西平王。 6．"直随秋风"，西夏来侵在七月。"寇"，攻劫，古史对边疆民族侵扰，每称"入寇"。 7．"熟户"，指边疆附近已为中原的风俗习惯所同化的非汉族户口。 8．"承制"，官名，疑即"走马承受公事"，是皇帝派到军中监督将帅的。"乳臭儿"，口里尚有乳的气味，极言其年幼无知。 9．"识会"，通晓。 10．"符移"，指调兵的公文。"蒐"，音 sōu，检阅，聚集，这里用后者。"卒乘"，士兵和兵车。 11．"意谓"句：过低地估计敌人力量，以为他们将像一些尸首。"缚尸"，比喻毫无抵抗的就死。 12．"之"，而。 13．"缘崄巇"，攀缘险峻的山岭。"崄巇"，音 xiǎnxì，艰险。 14．"连颠"，倾仆，形容行走艰难。"自欲"，自己将要。 15．"麾"，音 huī，同"挥"。"雁行"，雁飞自成行列，用以形容秩序整齐。 16．"奄截"，出其不意而堵截起来。"奄"，同"掩"。 17．"免胄"，除去头盔，用以表示敬畏。"胄"，音 zhòu，盔。"乞死所"，向敌人请罪，等待敌人处分。 18．"面缚"，手缚于后，只能见其面。"交涕洟"，眼泪鼻涕一齐来。"洟"音 yí，鼻涕。 19．"逡巡"句：是说当他们进退不知所措的时候，敌人下令有技艺的人可以保全生命。"逡巡"，本以形容后退，引申而有不争先向前的意思，这里用以形容被俘者不知所措。 20．"劓"，音 yì，割鼻。"馘"，guó，截耳。 21．"矢液"，大小便。 22．"准"，鼻。 23．"守者"四句：指出宋军溃败，兵士无罪，并对边将罪行严厉批判。"沮气"，士气遭到摧残。　24.“地机”，地势上的机宜。“侥”，侥幸。

初晴游沧浪亭[1]

夜雨连明春水生[2]，娇云浓暖弄阴晴[3]。帘虚日薄花竹静[4]，时有乳鸠相对鸣[5]。

1.沧浪亭在苏州，苏舜钦得罪后寄居苏州时所建。地有丘阜，积水数十亩，多草树花竹。诗写亭边春晴风物，作期应在仁宗庆历五年（1045）后，或即庆历六年（1046）春。　2.“夜雨”句：从晴以前落笔，是对新生的春波而思及夜雨。“连明”，到天明。　3.“娇云”，轻柔的云。“弄”，作。　4.“日薄”，日光不强。　5.“乳鸠”，雏鸠。

览　照[1]

铁面苍髯目有棱[2]，世间儿女见须惊。心曾许国终平虏[3]，命未逢时合退耕[4]。不称好文亲翰墨[5]，自嗟多病足风情[6]。一生肝胆如星斗[7]，嗟尔顽铜岂见明[8]。

1.“览照”，是看自己在镜中的影相。诗可视为诗人的自我分析，由形到神，从志愿、遭遇，到爱好、为人等。　2.“目有棱”，目光威严。　3.“心曾”句：破敌救国的愿望最后必要实现。　4.“命未”句：命中注定遇不到好时代，就应该归田为民。诗作于被贬黜后，这句应是怨愤语。　5."不称"句：爱好文学，而才貌不能相称。"称"，音 chèn，相符合。"翰墨"，本作笔和墨讲，引申而为文辞、文学的代称。　6."自嗟"句：自叹情感丰富而多病。　7."肝胆如星斗"，胸襟光明磊落。　8."顽铜"，指镜，古代用铜作镜。"顽"，愚，无知。

柳　永

　　柳永（约 987—约 1053），字耆卿，福建崇安（今福建武夷山）人。为人落拓不羁，常出入于歌台舞榭，与娼妓、艺人相往还。这种不守"礼法"的行为，遭到当时"正人君子"的非难，因而应举屡遭摈斥。他晚年方中进士，仕途也不顺利，只做过睦州掾、昌国盐场监督官、屯田员外郎等小官。相传死后家无余财，群妓合金埋葬。不过就仅存的柳诗来看，他并不是个只有"怪胆狂情"的浪子，劳动者的悲惨生活，也打动过他的心。

　　与诗文革新运动约略同时，宋词也有变化。柳永正是这个变化的代表者。在内容上，他写都市的繁华、娼妓们的悲欢、他自己长期失意的愤慨与颓放、离筵旅途的依恋与怀念等。在词体上，他推动慢词的发展。在语言上，他吸收生活中的语言。这些都不同程度地体现词的新变。对待前代遗产，他也与其他词人不同。敦煌民间词与柳词的瓜葛颇为明显。有《乐章集》。

望海潮 [1]

　　东南形胜 [2]，三吴都会 [3]，钱塘自古繁华 [4]。烟柳画桥，风帘翠幕，参差十万人家 [5]。云树绕堤沙，怒涛卷霜雪，天堑无涯 [6]。市列珠玑，户盈罗绮 [7]，竞豪奢。　　重湖叠𪩘清嘉 [8]，有三秋桂子 [9]，十里荷花。羌管弄晴 [10]，菱歌泛夜 [11]，嬉嬉钓叟莲娃 [12]。千骑拥高牙 [13]，乘醉听箫鼓，吟赏烟霞 [14]。异日图将好景 [15]，归去凤池夸 [16]。

1. 相传这首词是孙何为两浙转运使时，柳永送给他的。孙何宦浙约在宋真宗咸平末年（1002—1003），词应作于这两年中。在现存的柳词中，它可能是最早的。　2. "东南"三句：对杭州提出总评语，着重于它在江南的重要地位。　3. "三吴"，古地名。关于它的疆界，说者不一。兹依《水经注》，定为吴兴、吴郡、会稽。　4. "钱塘"，今浙江杭州。　5. "参差"，音 cēn cī，与"约略"义近，如白居易《长恨歌》"雪肤花貌参差是"。　6. "天堑"，天然的城壕。"堑"，音 qiàn，壕沟，护城河。　7. "户盈"句：市民的衣服讲究，都是丝织品。　8. "重湖"，西湖分里湖、外湖。"𪩘"，音 yǎn，上大下小，像两个甑子垒在一起的山，这里泛言山峦。"清嘉"，清美。　9. "桂子"，杭州灵隐山多桂树，寺僧说是月中种，夜半往往有子落下（参看《南部新书》）。　10. "羌管"二句：游人众多，乐声、歌声，日夜不绝。"羌管"，这里泛指乐器。　11. "菱歌"，采菱者的歌曲，这里泛指歌唱。　12. "嬉嬉"，游戏。"莲娃"，采莲的妇女。　13. "千骑"五句：当地长官也到湖上行乐，并且将来回朝，还要摹写成图，夸示别人。长官似暗指孙何。"高牙"，古代行军有牙旗。牙旗高大，故称高牙。　14. "烟霞"，自然风景，山水林泉等。　15.“图将”，画出来。“将”，语助词，用在动词之后。　16.“凤池”，凤凰池，指中书省（魏晋以来王朝中央的最高行政机关）。

夜半乐 [1]

冻云黯淡天气 [2]，扁舟一叶 [3]，乘兴离江渚 [4]。渡万壑千岩 [5]，越溪深处 [6]。怒涛渐息 [7]，樵风乍起 [8]。更闻商旅相呼。片帆高举 [9]，泛画鹢、翩翩过南浦 [10]。　望中酒旆闪闪 [11]，一簇烟村，数行霜树。残日下、渔人鸣榔归去 [12]。败荷零落，衰杨掩映，岸边两两三三，浣纱游女 [13]；避行客、含羞笑相语。　到此因念 [14]：绣阁轻抛 [15]，浪萍难驻 [16]。叹后约、丁宁竟何据 [17]！惨离怀、空恨岁晚归期阻。凝泪眼、杳杳神京路 [18]，断鸿声远长天暮 [19]。

1. 词记作者经过“越溪”他往的一段行程。柳永曾任定海（今浙江舟山市定海区）晓峰场盐官，有《煮海歌》，这首词可能作于此时。　2.“冻云”，带寒意的云。　3.“扁舟”，小舟。“扁”，音 piān。　4.“渚”，水中的沙洲。　5.“渡万”二句：船在浙江东北部群山中驶行。　6.“越溪”，若耶溪，在浙江绍兴南二十里，相传为西施浣纱处。这里泛指越州地区。　7.“怒涛”句：山中河床陡峻多石，水流湍急，波浪翻腾，水将出山，河床较平坦，波浪便渐平息。　8.“樵风”，指山风。山上多樵夫，风送樵声，故有此称。　9.“片帆”句：承前“樵风乍起”。船遇顺风便张帆。　10.“画鹢”，船。“鹢”，音 yì，水鸟名，古人将它画在船头上，因称船为画鹢。“翩翩”，形容船得风后行驶的轻疾。“南浦”，《楚辞·九歌》有“送美人兮南浦”，后来遂以南浦泛指水滨。　11.“望中”，领起中片，以下九句的内容都是望中所见。这种写法是长调中惯用的。"酒旆"，即酒旗，又称酒望子，酒家用它招引顾客。"旆"，音 pèi。　12. "鸣榔"，敲榔。"榔"，音 láng，是种长木棍。渔人有时用它敲船以驱鱼入网；有时用它敲船作歌唱中的节拍。这里用后者。　13. "浣纱游女"，指农村里在水边活动的妇女。借用西施浣纱的故事。　14. "到此因念"，承上启下，词意到此变换。　15. "绣阁"，指绣阁中人。　16. "浪萍"，浪里浮萍，作者自喻。　17. "丁宁"，同"叮咛"，郑重地嘱咐。"何据"，什么依据，意即不可靠。　18. "凝泪"二句：注目瞻望辽远的通往京都的道路，天外雁声更添助惆怅。"杳杳"，遥远。"神京"，京都。　19. "断鸿"，失群的鸿雁。"声远"，声自远方传来。

雨霖铃 [1]

寒蝉凄切 [2]，对长亭晚 [3]，骤雨初歇。都门帐饮无绪 [4]，方留恋处 [5]、兰舟催发 [6]。执手相看泪眼，竟无语凝噎 [7]。念去去、千里烟波 [8]，暮霭沉沉楚天阔 [9]。　　多情自古伤离别 [10]，更那堪、冷落清秋节 [11]！今宵酒醒何处 [12]？杨柳岸、晓风残月。此去经年，应是良辰好景虚设 [13]。便纵有千种风情 [14]，更与何人说？

1. 词为离汴京，别所欢而作。离别场面与离别心情是它的内容；心情中有别时的依恋和对别后凄凉寂寞的想象。　2. "寒蝉"三句：从自然景色揭开离别场面，雨乍晴，天已晚，寒蝉哀鸣，人将登程。"寒蝉"，蝉的一种，似蝉而小。　3. "长亭"，古制，十里一长亭，五里一短亭；长亭常指送别的地方。　4. "都门"，即京都，这里指汴京近郊。"帐饮"，设帐而饮。古人送别，常在郊野张帷宴饮，故别筵称帐饮。　5. "方"，或无此字，作三字句，似未妥。《词律》载黄裳《雨霖铃》作"吟蝉暗续"四字，可证。　6."兰舟"，以木兰为舟，极言船的美好。这里用以指舟人。汴京临汴河，由汴达淮，是唐宋交通要道。　7."凝"，凝视，即盯着看。"噎"，音 yē，同"咽"，即哽咽，人在悲泣时，往往声气结塞。　8."念"，想；直贯下句。"去去"，如言行行，一直前去。"烟波"，烟霭笼罩的水面，烟霭波涛迷茫不分。　9."暮霭"，傍晚的云气。"霭"，音 ǎi。"楚天"，泛指南方的天。"阔"，辽远。　10."多情"二句：前句承上，后句启下。　11."清秋节"，秋气清爽，秋景因草木摇落而显得凄清，故称秋日为清秋节。"节"，季节。　12."今宵"二句：揣想次日天将明时旅途上的情况。　13."应是"，推想之辞。　14."便纵"，同义语连用，如言即使、纵然。

八声甘州 [1]

　　对潇潇暮雨洒江天 [2]，一番洗清秋。渐霜风凄紧 [3]，关河冷落 [4]，残照当楼。是处红衰翠减 [5]，苒苒物华休 [6]；惟有长江水 [7]，无语东流。　　不忍登高临远 [8]，望故乡渺邈 [9]，归思难收 [10]。叹年来踪迹 [11]，何事苦淹留 [12]？想佳人妆楼颙望 [13]，误几回、天际识归舟 [14]？争知我、倚阑干处，正恁凝愁 [15]！

1. 词写漂泊羁旅的感慨，而自季节变化引起。　2."对潇"二句：江天暮雨使季节发生显著的变化。"洗"，洗涤，这里有改变的意思。　3."凄紧"，凄清而急剧。　4."关河"，关塞与山河。　5."是处"，处处，到处。"是"，有凡的意思。"红衰翠减"，花、叶凋零。　6."苒苒"，在这里同"冉冉"，慢慢地，渐渐地。"物华"，泛指景物风光。　7."惟有"二句：江水东流不受季节影响，用它的不变衬托其他方面的全变与大变。 8."不忍"句：季节的变化激起诗人内心的波动，以下皆就此发挥。 9."渺邈"，遥远。 10."收"，收拾起来，停止。 11."叹年"二句：由思故乡转为怨漂泊。 12."何事"，为什么。"淹留"，久留，即久留他乡。 13."颙望"，殷切的盼望。"颙"，音 yóng，向慕，仰望。 14."天际识归舟"，谢朓《之宣城郡出新林浦向板桥》中句。 15."恁"，音 nèn，这样。"凝愁"，愁思凝结。

忆帝京 [1]

薄衾小枕凉天气，乍觉别离滋味 [2]。展转数寒更，起了还重睡，毕竟不成眠，一夜长如岁。　也拟待、却回征辔 [3]，又争奈、已成行计 [4]。万种思量，多方开解 [5]，只恁寂寞厌厌地 [6]。系我一生心 [7]，负你千行泪。

1. 这是首秋夜客中怀人的词。词中人因天气勾起别情，彻夜无眠，归不得，放不下。 2."乍觉"，刚刚觉得，突然觉得。 3."拟待"，打算。"却回"，退回。 4."争奈"，怎奈。 5."开解"，开导和解释。 6."厌厌"，同"恹恹"，形容病态，意即无精打采。 7."系我"二句："系我"，上面省你字。"负你"，上面省我字。

李 觏

李觏（音 gòu）（1009—1059），字泰伯，南城（今江西南城）人。家世寒微，自称"南城小民"。应试制科下第后，便立学授徒。宋仁宗嘉祐（1056—1063）中，曾为海门主簿，太学说书。他是思想家，也是诗人。诗常涉及政治得失、人民疾苦，意境、辞句则多奇特。有《李直讲先生文集》。

读长恨辞[1]（二首选一）

蜀道如天夜雨淫[2]，乱铃声里倍沾襟[3]；当时更有军中死，自是君王不动心[4]。

1."长恨辞"，即白居易的《长恨歌》。将士卒的死与杨妃的死并提，作者从前人所未言处，指出明皇的荒淫。　2."蜀道"二句：《长恨歌》有"夜雨闻铃肠断声"，李诗本此。"蜀道如天"，李白《蜀道难》有"蜀道之难，难于上青天"。　3."乱铃"句：据《明皇杂录》载，安史之乱，玄宗奔蜀，经斜谷，遇久雨，闻铃声与雨声相应，益思杨妃。　4."不动心"，与"倍沾襟"相对照，反衬明皇不关心部下疾苦。

忆钱塘江 [1]

昔年乘醉举归帆 [2]，隐隐前山日半衔 [3]；好是满江涵返照 [4]，水仙齐著淡红衫 [5]。

1.浙江流经杭州城南，称钱塘江。诗凭作者的记忆，绘出钱塘薄暮的奇景。 2.“举”，高挂。 3.“日半衔”，太阳西沉，山头上只余一半。 4.“好是”二句：夕阳返照入江，江水全红。“涵”，容受。 5.“水仙”“红衫”的比喻应与首句“乘醉”合看，人在醉时，易有幻想。“水仙”，泛言水中女神。

文　同

文同（1018—1079），字与可，梓州永泰（今四川盐亭）人。宋仁宗皇祐元年（1049）中进士。他做过朝官与地方官，敢论时政，以廉明称。他有多方面的艺术才能，而以画的成就最高。诗近孟浩然、韦应物；在写自然风景中，他惯用画家的眼光来欣赏、评论。有《丹渊集》。

织妇怨 [1]

掷梭两手倦，踏籋双足跰 [2]；三日不住织，一疋才可剪 [3]。
织处畏风日 [4]，剪时谨刀尺；皆言边幅好 [5]，自爱经纬密 [6]。昨朝
持入库 [7]，何事监官怒 [8]？大字雕印文 [9]，浓和油墨污 [10]！父母
抱归舍，抛向中门下 [11]；相看各无语，泪迸若倾泻 [12]。质钱解衣
服，买丝添上轴。不敢辄下机 [13]，连宵停火烛 [14]。当须了租赋 [15]，
岂暇恤襦袴 [16]；前知寒切骨 [17]，甘心肩骭露。里胥踞门限 [18]，叫
骂嗔纳晚。安得织妇心 [19]，变作监官眼！

1. 诗从织妇的哀怨，揭露当时劳动人民所受的残酷压榨。全篇是织妇的自
诉。　2. "籋"，各本多作"茧"，兹据《四部丛刊》本《皇朝文鉴》改。
"籋"，音 niè，是织机的踏板。"跰"，音 jiǎn，脚上因摩擦过多而生的硬
皮。　3. "可剪"，已经织成，可以剪下机来。"疋"，同"匹"。　4. "畏
风日"，丝经风吹日晒，颜色便不鲜明，所以觉得风日可怕。　5. "皆
言"二句：别人称赞，自己也满意。"边幅好"，绢的门面宽。　6. "经纬
密"，经丝与纬丝都稠密，也就是绢的质料结实。　7. "库"，官府验收绢
的库房。　8. "何事"，表示事出意外，正见"监官"无理。"监官"，负责
验收的官吏。　9. "大字"，指雕在印上，又被监官印在绢上的"退"字。
"印"，指"退印"。　10. "浓和"句：印上的浓厚油墨把绢搞脏。　11. "中
门"，内室的门。　12. "迸"，音 bèng，爆开，流散。　13. "辄"，常
常。　14. "连宵"句：一连几夜留着灯火赶织。　15. "当须"，应当，必
须。"了"，交清。　16. "恤"，忧虑，爱惜。　17. "前知"二句：早就知
道冬无襦袴寒气将深透到骨，但情愿让肩和腿都露着。"骭"，音 gàn，小

腿骨。 18.“胥”，乡里小吏，公差。 19.“安得”二句：“织妇心”是赶着织，织得好。“监官眼”是吹毛求疵，永远不满足。在无可奈何中，幻想能易地而处，得到监官的谅解。

新晴山月 [1]

高松漏疏月，落影如画地 [2]；徘徊爱其下，及久不能寐。怯风池荷卷 [3]，病雨山果坠 [4]；谁伴予苦吟？满林啼络纬 [5]。

1.诗写作者山中月夜的感受，而给读者提供了夜景清幽、人物潇洒的画面。 2.“画地”，在地上作画。 3.“怯风”，畏风，顶不住风。 4.“病雨”，受到雨的损害。 5.“络纬”，虫名，又名纺织娘，至秋则鸣。

王安石

王安石（1021—1086），字介甫，临川（今江西抚州市临川区）人。宋仁宗庆历二年（1042）中进士后，曾在鄞县、舒州诸地任知县、通判、知州等职。神宗锐意改革，命他为宰相。他有远识，有魄力。他的新法、新学，在当时政治上、思想上均有巨大影响，引起新旧纷争。特别是新法，由于它妨碍到大地主、大商人的利益，更遭到以司马光为代表的"旧党"的剧烈攻击。在"旧党"的反对下，他最后退居江宁，抑郁而卒。

集政治家和文学家于一身，王安石常在诗中表达他的政治见解与抱负。这类诗接触到当时社会的重要问题；但常不免于散文化，因而显得明朗刚劲有余，蕴藉含蓄不足。此外辞意险怪，或掉书袋，也使部分王诗受人非议。但这些瑕疵，并不妨碍作者成为杰出的诗人。他意志坚毅，胸襟广阔，阅世深，读书博，功力足，挥毫落纸，自然不同凡响。随着生活的变化，诗的内容和风格早年与晚年不尽同。早年意气自许，风格多廉悍；晚年转向深婉，而济世热情则稍减退。他不以词名，却有名篇。有《临川先生文集》。

壬辰寒食 [1]

客思似杨柳，春风千万条；更倾寒食泪，欲涨冶城潮 [2]。巾发雪争出 [3]，镜颜朱早凋；未知轩冕乐 [4]，但欲老渔樵 [5]。

1. 壬辰是仁宗皇祐四年（1052）。寒食在清明前二日，旧俗在这个节日祭墓。这年王安石在舒州做通判，父王益葬江宁牛首山，诗大约是他由舒州回到江宁扫墓时作的。　2. "欲涨"，将使它涨。"冶城潮"，指江潮。"冶城"，在今南京西，因曾为吴国铸冶之地，故名。　3. "巾发"四句：这年，王安石三十二岁，自伤早衰，有去官退隐的念头。　4. "轩冕"，古制，大夫以上的官可以乘轩戴冕，后来遂用轩冕指官位爵禄。"轩"，有屏蔽的车子。"冕"，音 miǎn，古代皇帝、诸侯和高级官吏戴的一种礼帽。 5."老渔樵"，为渔人、樵夫终老，实即隐居不仕。

明妃曲[1]（二首选一）

明妃初出汉宫时[2]，泪湿春风鬓脚垂[3]；低徊顾影无颜色[4]，尚得君王不自持[5]。归来却怪丹青手[6]，入眼平生几曾有[7]；意态由来画不成[8]，当时枉杀毛延寿。一去心知更不归[9]，可怜着尽汉宫衣[10]；寄声欲问塞南事[11]，只有年年鸿雁飞[12]。家人万里传消息[13]，好在毡城莫相忆[14]；君不见，咫尺长门闭阿娇[15]，人生失意无南北[16]。

1.诗作于仁宗嘉祐四年（1059）。它颂美明妃的绝色和她对祖国的怀慕，也流露不为人知重的感慨。表现手法多是从侧面衬托。 2."明妃"四句：意思是明妃即使在悲戚流泪时，她的美仍极动人。 3."泪湿春风"，泪流满面。杜甫《咏怀古迹》有"画图省识春风面"，这里因以"春风"指面。"鬓脚"，鬓的边沿。 4."低徊"，如徘徊，心有感念、犹豫，行动也迟迟不前。"顾影"，顾视自己的影像，是自我怜惜。"无颜色"，无动人的颜色，指因伤心而面色惨淡。 5."不自持"，倾倒得把握不了自己。 6."归来"，如言回头来，指元帝言。"丹青手"，画师。 7."入眼"，眼所看到的。 8."意态"二句：人的神采从来是画不出来的，毛延寿因所画的昭君不如本人而被杀实是冤枉。 9."更不归"，不再回来。 10."着尽汉宫衣"，衷心思汉，所以常穿汉宫衣。日久，衣皆穿尽。 11."塞南"，边塞以南，指汉王朝地域。 12."只有"句：相传鸿雁可以传书信，但明妃只见雁飞，不见书至。　13."家人"五句：托为家人慰解明妃之辞。家人不了解明妃思念祖国的苦心，而说即令接近皇帝，也会被遗弃。　14."好在"，如言"好吧"，是问候语，有时用在被问候者之前。"毡城"，匈奴所居毡帐，这里指居住在毡城的生活。　15."咫尺"，极近的距离。"咫"，音 zhǐ，八寸为咫。"长门"，长门宫。"阿娇"，姓陈，汉武帝的皇后，后失宠，退居长门宫。　16."无南北"，不分南北，是说北国、南朝均有失意人。

白沟行¹

　　白沟河边蕃塞地²，送迎蕃使年年事³；蕃使常来射狐兔⁴，汉兵不道传烽燧⁵。万里鉏耰接塞垣⁶，幽燕桑叶暗川原⁷；棘门灞上徒儿戏⁸，李牧廉颇莫更论⁹。

1."白沟"，河名，即界河，宋与辽在此分界。嘉祐四年（1059），王安石出使辽国，诗当作于此时。主题是批判宋王朝忽视边防，守边者非良将。　2."蕃塞地"，与辽国接界的边塞地区。　3."蕃使"，指辽国的使臣。　4."蕃使"句：李壁注："自五代以来，契丹岁压境，及中国征发，即引去。遣问之，曰：'吾校猎尔。'"5."不道"，不知。"传烽燧"，指报警。6."万里"句：是说广大无边的农业生产地区与边塞相通连。"鉏耰"，这里指耕种的地。"鉏"，与"锄"同，作动词用，即锄地。"耰"，音 yōu，古时农具，像耙子，作动词用，即在播种后，用耰翻土盖上。　7."幽燕"句：说明这个地区在蚕桑上的重要性。幽燕，古代的幽州、燕国，今河北、辽宁一带，这里主要指今河北北部。"暗川原"，桑树枝叶繁茂，遮盖得川原都阴暗起来。　8."棘门"句：汉文帝时，匈奴内侵，文帝命刘礼率兵驻灞上，徐厉率兵驻棘门，周亚夫率兵驻细柳。文帝到各驻地巡视慰问，认为细柳最好，军纪森严，灞上、棘门二处好像儿戏。作者用刘礼、徐厉指边将无能。　9. "李牧、廉颇"，战国时赵国的良将。李牧常居代郡与雁门郡防御匈奴；廉颇以勇气闻于诸侯，为赵败燕。"莫更论"，不要再提起，意即当时边将根本不能与李牧、廉颇相比。

思王逢原 [1]（三首选一）

　　蓬蒿今日想纷披 [2]，冢上秋风又一吹；妙质不为平世得 [3]，微言唯有故人知 [4]，庐山南堕当书案 [5]，湓水东来入酒卮 [6]；陈迹可怜随手尽 [7]，欲欢无复似当时 [8]。

1. 王逢原即王令，王安石的知交和连襟。他死于嘉祐四年（1059）秋，诗作于次年。　2. "蓬蒿"，两种野草，常生在墓地上。"想"，王令葬常州，作者时在汴京，坟上情况非目睹，故言想。"纷披"，杂乱披拂，形容多而乱。　3. "妙质"二句：为王令未得重用，不为人知而惋惜。"妙质"，优秀的才能与品格。"不为平世得"，不曾为太平盛世所重视、使用。王令未做官，死时年仅二十八岁。　4. "微言"，精微的议论和卓越的见解。"故人"，是作者自称。　5. "庐山"二句：追忆当年与王令在山水胜地同游的乐事。"庐山"，在江西九江南。"南堕"，高峰南峙，如自天而下。"当"，对。　6. "湓水"，入江处在九江西。湓，音 pén。"东来入酒卮"，洪波自西而东，仿佛要流入酒杯里。卮，音 zhī。　7. "陈迹"，旧事。"随手尽"，极言消逝迅速。　8. "欲欢"，想再寻欢乐。

河北民 [1]

河北民，生长二边长苦辛 [2]。家家养子学耕织，输与官家事夷狄 [3]。今年大旱千里赤，州县仍催给河役 [4]；老小相依来就南 [5]，南人丰年自无食 [6]。悲愁天地白日昏，路旁过者无颜色 [7]。汝生不及贞观中 [8]，斗粟数钱无兵戎 [9]。

1."河北"，指黄河以北地区。诗为哀怜饥民流亡而作，可能是神宗熙宁七年（1074）的作品。这年四月，神宗以天旱罢方田（新法的一种），王安石因而求去，遂罢相，出知江宁。　2."二边"，指与辽接界的北边和与西夏接界的西北边。　3."官家"，皇帝。宋人习用语。"事夷狄"，指宋以银、绢与辽和西夏讲和事。　4."给河役"，做河工。　5."就南"，到黄河南岸就食。　6."自"，尚且，还。　7."无颜色"，面色不好，如惨白、黄瘦。　8."汝生"二句：说河北民饥饿流离由于生非其时，这是对王朝的讽刺。"贞观"，唐太宗年号（627—649）。王安石对贞观的政治非常向往。　9."兵戎"，战争。

后元丰行 [1]

歌元丰，十日五日一雨风 [2]。麦行千里不见土 [3]，连山没云皆种黍 [4]。水秧绵绵复多稌 [5]，龙骨长干挂梁梠 [6]。鲋鱼出网蔽洲渚 [7]，荻笋肥甘胜牛乳 [8]；百钱可得酒斗许 [9]，虽非社日长闻鼓 [10]，吴儿蹋歌女起舞[11]，但道快乐无所苦。老翁堑水西南流[12]，杨柳中间杙小舟[13]，乘兴欹眠过白下[14]，逢人欢笑得无愁[15]。

1. "行"是歌行的行。因为已有《元丰行示杨德逢》，所以这首加"后"字。诗是时和年丰的颂歌，也是对新法的礼赞。时作者罢相居江宁。　2. "十日"句：古人称气候和美，风雨及时为"五日一风，十日一雨"（《论衡·是应》）。　3. "麦行"，麦陇。"行"，音háng。"不见土"，麦苗旺盛，把地全盖起来。　4. "连山"，山山相连，意即不止一山。"没云"，将云掩没起来，是说茂盛的庄稼直种到高山的最高处。"黍"，一种有黏性的谷类。　5. "稌"，音tú，稻。　6. "龙骨"句：雨水充足，水车挂起不用。"龙骨"，水车名。"梁梠"，屋梁和屋檐。"梠"，音lǔ，屋檐。　7. "鰤鱼"，一种多脂肪味鲜美的鱼。"鰤"，音shí。"蔽洲渚"，极言产量丰富。　8. "荻笋"，芦笋。"荻"，音dí。　9. "斗许"，一斗左右。"许"，估计之辞。　10. "虽非"句：元丰时，农村生活富裕，不在社日也可听到鼓声。"社日"，古代祭地神的节日，春季、秋季各有社日。"鼓"，祭神时击的鼓。　11. "吴儿"，江苏一带古属吴国，故称那里的人为吴儿和吴女。诗是王安石居江宁时作的，故所写是江苏一带的情况。"蹋歌"，用脚打着拍子歌唱。　12. "堑水"，开水道。　13. "杙"，音yì，小木桩。木桩可以拴东西，杙在这里也作拴讲。　14. "欹眠"，斜倚地躺着。"欹"，音qī，歪斜。"白下"，白下城，在今南京西北。　15. "逢人"句：心里无忧愁，所以见人都喜笑颜开。

桃源行[1]

望夷宫中鹿为马[2]，秦人半死长城下[3]；避时不独商山翁[4]，亦有桃源种桃者。此来种桃几经春，采花食实枝为薪；儿孙生长与世隔，虽有父子无君臣[5]。渔郎漾舟迷远近，花间相见惊相问；世上那知古有秦[6]，山中岂料今有晋。闻道长安吹战尘[7]，春风回首一沾巾[8]；重华一去宁复得[9]，天下纷纷经几秦[10]！

1.晋陶潜作《桃花源诗》与《桃花源记》，描绘了一个与世隔绝的美好地方，用以寄托他的康乐宁静的理想社会。这首诗根据陶潜的诗和记，而有所发挥；着重在桃源所产生的历史环境和其中的"无君臣"的社会制度，并为天下久乱难治而感叹。　　2."望夷"四句：就陶记"先世避秦时乱，率妻子、邑人，来此绝境，不复出焉"数语，提出"桃源"出现的历史环境。"望夷宫"，秦宫名，赵高在这里杀死秦二世皇帝。"鹿为马"，赵高要作乱，怕群臣不服。为窥探群臣的态度，他拿鹿献给二世，说："这是马。"二世说："丞相搞错了吧？"赵高转问群臣，有的说是鹿，有的不敢开口，有的顺承赵高的意思，也说是马。那些说是鹿的人后来都被赵高暗害。"指鹿为马"因而成为一个著名的颠倒是非的典故。诗借此事揭示当时朝政的黑暗。　　3."秦人"句：战国时，秦、赵、燕的边境上都有长城，防御北方民族侵袭。秦始皇毁旧长城，筑新长城，长万余里。规模大，工作苦，人民为此死者很多。诗借此揭示当时人民的痛苦。　　4."避时"，躲避乱时。"商山翁"，秦末，东园公、角里先生、绮里季、夏黄公，避乱隐居商山。四人皆年老发白，时人称为"商山四皓"。　　5."虽有"句：只有亲属关系，没有统治者与被统治者。这和陶诗的"秋熟靡王税"，同样地透露出作者的政治思想，而王比陶更进一步。　　6."世上"二句：陶仅言山中不知有汉，王更言外界不知有秦。　　7."闻道"四句：借桃源人的感慨，为治世少乱世多而叹息。"长安"，这里泛指中原故国。"吹战尘"，发生战事。西晋先有统治阶级内部的纷争，后有外族的侵扰，终于形成南北分裂的局面。　　8."春风"，意即春风里。"沾巾"，流泪。　　9."重华"，即帝舜，相传他是古代的好皇帝。"宁复得"，何可再得。　10."经几秦"，经过多少像秦那样暴乱的王朝？

江　上

　　江水漾西风 [1]，江花脱晚红 [2]；离情被横笛，吹过乱山东 [3]。

1."漾西风"，因西风而生微波。　2."脱晚红"，晚开的花也落了。　3."吹过"句：笛声将离情向远方传播。

送和甫至龙安微雨，因寄吴氏女子 [1]

　　荒烟凉雨助人悲 [2]，泪染衣巾不自知。除却春风沙际绿 [3]，一如看汝过江时 [4]。

1."和甫"，王安石弟王安礼字和甫。"龙安"，即龙安津，在江宁城西二十里。吴氏女子是王安石的长女，吴安持的妻子。古时女子出嫁后，从夫姓，称某氏。诗写因送弟而思女的心情。　2."助人悲"，人本已伤别，烟雨荒凉更加重这种悲伤。　3."春风沙际绿"，春风吹拂，沙边草青。　4."一如"，一切都像。"汝"，吴氏女子。

北陂杏花[1]

　　一陂春水绕花身[2]，花影妖娆各占春[3]。纵被春风吹作雪[4]，绝胜南陌碾成尘[5]。

1.北陂应是地名，疑在江宁。这是首咏物诗，但也透露诗人的"宁为玉碎不为瓦全"的倔强性格。　2."一陂"二句：写花开。花生水边，树树繁茂。"陂"，池塘。　3."花影妖娆"，花傍水生，影投水面，从花影可表现花的本身。作者另有杏花，也着重写花影。"占春"，占领春光。　4."纵被"二句：写花落。花落如人失意，在失意时，宁受贬斥，不甘屈辱。"作雪"，飘散如雪。　5."绝胜"，绝对胜过。"碾成尘"，言备受践踏。

书湖阴先生壁[1]（二首选一）

　　茅檐长扫静无苔[2]，花木成畦手自栽[3]；一水护田将绿绕[4]，两山排闼送青来[5]。

1.杨德逢号湖阴先生，是王安石在江宁的邻居。诗称赞杨家庭院内外环境的优美。　2."茅檐"二句：由于杨的辛勤经营，庭院整洁多花木。"静"，通"净"。　3."畦"，音qí，田园中分割的小区。　4."一水"二句：宅外山水对人有情。"护田"，《汉书·西域传序》说："自敦煌西至盐泽，往往起亭，而轮台、渠犁，皆有田卒数百人，置使者校尉领护。""绿"，田中一片碧色的庄稼。　5.“排闼”，硬推开门，《汉书·樊哙传》说：高帝尝病，恶见人，卧禁中，诏户者无得入群臣，哙乃排闼直入。“闼”，音 tà，宫中小门。“青”，苍翠的山色。

郊 行 [1]

柔桑采尽绿阴稀 [2]，芦箔蚕成密茧肥 [3]；聊向村家问风俗 [4]，如何勤苦尚凶饥 [5]？

1.农民辛勤劳动，仍然缺衣少食，其原因何在？诗提出这个疑问，实即揭发封建剥削的残酷。　2.“柔桑”二句：用桑叶稀、蚕茧肥，反映农民的勤苦。　3.“芦箔”，用芦苇做成的蚕帘。　4.“聊向”二句：点出劳动者反而不得食的社会矛盾。　5.“尚凶饥”，还过着凶年饥岁的生活。

贾 生 [1]

一时谋议略施行 [2]，谁道君王薄贾生 [3]？爵位自高言尽废 [4]，古来何啻万公卿 [5]。

1.“贾生”，即贾谊，西汉政论家与文学家。诗借贾生事抒发谋议不得施行的感慨。　2.“一时”二句：用谋议被采纳的事实驳文帝薄贾生的旧说。“施行”，《史记·贾谊传》“诸律令所更定及列侯悉就国，皆自贾生发之”。

这说明贾生的建议，文帝多施行。　3.“薄”，不重视，不信用。　4.“爵位”二句：进一步申述前边的主张，认为厚薄不在官爵的高低，言不见用便是薄。“自”，由，在这里有尽管的意思。　5.“何啻”，何仅，不止此数。“啻”，音 chì，但，仅。

孟 子 [1]

沉魄浮魂不可招 [2]，遗编一读想风标 [3]；何妨举世嫌迂阔 [4]，故有斯人慰寂寥 [5]。

1.孟子名轲，战国时的思想家。诗表达作者对孟子的敬仰，同时暗示出他受人排挤的政治处境。　2.“沉魄浮魂”，旧说以为魂是人的阳神，魄是人的阴神，阳浮而阴沉，所以魂归于天，魄归于地。　3.“风标”，风度与标格。　4.“何妨”二句：用孟子的遭遇和自己的遭遇相比拟，从而得到精神上的支持。“举世”，世上所有的人。“嫌迂阔”，孟子的政见曾被视为迂阔（参看《史记·孟子荀卿传》），王安石的新法，也受到同样的攻击（参看王安石《上仁宗皇帝言事书》）。　5.“故”，而。“斯人”，指孟子。“寂寥”，孤独寂寞。

桂枝香·金陵怀古 [1]

登临送目 [2]，正故国晚秋 [3]，天气初肃 [4]。千里澄江似练 [5]，翠峰如簇[6]。征帆去棹斜阳里[7]，背西风、酒旗斜矗[8]。彩舟云淡[9]，星河鹭起[10]，画图难足。　　念往昔、繁华竞逐[11]，叹门外楼头[12]，悲恨相续。千古凭高对此[13]，漫嗟荣辱[14]。六朝旧事随流水，但寒烟衰草凝绿[15]。至今商女[16]，时时独唱，《后庭》遗曲[17]。

1.金陵即今南京，六朝建都于此。词因登高望远而怀想前代兴亡，批判南朝统治阶级的腐朽生活。　2."送目"，望远。　3."故国"，本指古老的国家，这里指历史上的重地。　4."初肃"，开始显得肃杀。　5."澄江似练"，谢朓《晚登三山还望京邑》有"余霞散成绮，澄江静如练"。"练"，绢类的丝织品，洁白有光。　6."如簇"，好像攒聚成一堆，极言山多。　7."征帆去棹"，江上过往的船。　8."矗"，音 chù，竖起来。　9."彩舟"句：彩舟随江远去，因为水天相接，便像在云里。　10."星河"，即银河，这里指江流。　11."念往"三句：由陈后主的事，揭示前代兴亡的因果关系——以骄奢始，以悲恨终。"繁华竞逐"，唯恐自己的繁华不如别人。　12."门外楼头"，陈亡时事。陈后主沉溺声色，不问国事，宠幸贵妃张丽华等。隋韩擒虎率兵破金陵，斩张丽华，俘陈后主。杜牧《台城曲》有"门外韩擒虎，楼头张丽华"。　13."千古"二句：兴亡的因果是必然的，后人凭高吊古，对亡国者的耻辱，感叹伤嗟都是枉然。"千古"，千秋万岁后的人。　14."漫"，徒然，枉然。"荣辱"，复词偏义，这里重在辱。　15."凝绿"，一个劲儿苍黯地绿着。　16."至今"三句：杜牧《夜泊秦淮》有"商女不知亡国恨，隔江犹唱《后庭花》"。"商女"，以歌唱为业的女子。　17.《后庭》，陈后主作《玉树后庭花》曲，简称为《后庭花》。

王 令

王令（1032—1059），字逢原，江都（今江苏扬州市江都区）人。他有改革政治的理想，也有出众的才华，未得稍展抱负，便过早地死去。他的诗充满愤世和济世的激情，构思、措辞都突出地奇特，时有浪漫色彩；某些地方似唐代卢仝，而思想内容较丰富，风格较雄健。有《广陵先生文集》。

梦 蝗[1]

至和改元之一年[2]，有蝗不知自何来；朝飞蔽天不见日，若以万布筛尘灰[3]，暮飞噆地赤千里[4]，积叠数尺交相埋。树皮竹颠尽剥秸[5]，况又草谷之根荄[6]。一蝗百儿月两孕，渐恐高厚塞九垓[7]。嘉禾美草不敢惜，欲恐压地陷入海，万生未死饥饿间[8]，肢骸遂转蛟龙醢[9]。

群农聚哭天[10]，血滴地烂皮[11]，苍苍冥冥远复远[12]，天闻不闻不可知。我时为之悲，堕泪注两目[13]，发为疾蝗诗[14]，愤扫百笔秃。一吟青天白日昏，两诵九原万鬼哭[15]，私心直冀天耳闻，半夜起立三千读[16]。

上天未闻间[17]，忽作遇蝗梦。梦蝗千万来我前，口似嚅嗫色似冤[18]；初时吻角犹唧嗾[19]，终遂大论如人然[20]。问我："子何愚，乃有疾我诗[21]？我尔各生不相预[22]，子何诗我盍陈之[23]？"我时愤且惊，噪舌生条枝[24]，谓此腐秽余[25]，敢来为人讥[26]！"尔虽族党多，我谋久已就[27]，方将诉天公，借我巨灵手[28]。尽拔东南竹柏松，屈铁缠缚都为帚，扫尔纳海压以山，使尔万噍同一朽[29]。尚敢托人言，议我诗可否？"

群蝗顾我嗟[30]："不谓相望多[31]！我欲为子言，幸子未易唒[32]。我虽身为蝗，心颇通尔人。尔人相召呼，饮啜为主宾[33]。宾饮啜嚼百豆爵[34]，主不加诟翻欢欣[35]。此竟果有否？子盍来我陈[36]？"余应之曰："然，此固人间礼，傧介迎召来[37]，饮食固可喜。"

蝗曰："子言然[38]，余食何愧哉？我岂能自生，人自召我来。啜食借使我过甚，从而加诟尔亦乖[39]。尝闻尔人中，贵贱等第殊。雍雍材能官[40]，雅雅仁义儒[41]，脱剥虎豹皮[42]，假借尧舜趋[43]，齿牙隐针锥，腹肠包虫蛆；开口有福威，颐指转赏诛[44]，四海应呼吸，千里随卷舒[45]；割剥赤子身[46]，饮血肥皮肤，噬啖善人党[47]，嚼口不肯吐。连床列竽笙[48]，别屋闲嫔姝[49]，一身万椽家[50]，一口千仓储，儿童袭公卿[51]，奴婢连簪裾[52]，犬豢羡膏粱[53]，马厩余绣涂[54]。其次尔人间，兵倡释老徒，子不父而父[55]，妻不夫而夫，臣不君尔事[56]，民不家尔居[57]。目不识牛桑，手不亲犁锄，平时不把兵[58]，皮革包矛殳[59]。开口坐待食，万廪倾所须[60]；家世不藏机，绘绣锦衣襦[61]；高堂倾美酒，脔肉鲙百鱼[62]；良材琢梓楠[63]，重屋擎空虚[64]。贫者无室庐[65]，父子一席居；贱者饿无食，妻子相对吁。贵践虽云异⁶⁶，其类同一初。此固人食人，尔责反舍且⁶⁷！我类蝗自名⁶⁸，所食况有余。吴饥可食越⁶⁹，齐饥食鲁郱⁷⁰；吾害尚可逃，尔害死不除。而作疾我诗，子言得无迂⁷¹？"

1.这是首寓言性的诗。作者痛恨残害庄稼的蝗虫，更恨吮民膏血以自肥的剥削阶级。这种深刻的憎恨，借蝗口来表达，而这些蝗又来到诗人的梦中和他争辩。蝗灾发生于宋仁宗至和元年（1054），诗也成于此时。　2.这段写蝗灾如何开始与蝗为害之烈。"改元"，皇帝改换他的年号。宋仁宗皇祐六年（1054）四月改为至和元年。　3."万布筛尘灰"，比喻蝗虫极多，难以数计，而且到处乱飞。　4."啮"，音niè，咬。　5."竹颠"，如言竹梢。"尽剥秸"，完全被咬得像剥去皮的禾秸。"秸"，音jiē，农作物收割后的茎。　6."荄"，音gāi，草根，这里泛指根。　7."九垓"，或解为九天，或解为九州，这里指天地间。"垓"，音gāi。　8."万生"，亿万生灵。"未死饥饿间"，不曾因饥饿致死。　9."遂转蛟龙醢"，因而变成蛟龙的肉酱，即为水族所食。"醢"，音hǎi。　10.这段说，农民因蝗灾严重，向天痛哭，诗人作诗帮助控诉。　11."血"，即泪。　12."冥冥"，幽远。　13."注两目"，从两眼向下倾注。　14."疾"，憎恨。　15."一吟"与"两诵"互文见义，意即一再诵读，不必拘泥数字。"九原"，如言九泉，指地下、阴间。　16."三千读"，读三千次。"三千"是虚数，极言次数之多。　17.这段说诗人梦中遇蝗，蝗质问诗人为何作《疾蝗诗》，诗人严加斥责。　18."嚅嗫"，音rúniè，想说而又停止。　19."唧嗾"，音jīsǒu，很小的声音。　20.自"上天"至此，诗在协韵上与常规略有出入，它们是一、三、四、六句相协。　21."乃"，竟然、居然。　22."预"，干预。　23."诗我"，诗作动词用，即用诗来攻击我。"盍陈之"，何不陈述你的理由？"盍"，音hé。　24."噪舌"，多言善说的舌头。"生条枝"，仿佛树生枝条，彼此撑挂，运转不灵，意即说不出话来。　25."腐秽余"，腐烂污秽的残余。　26."为人讥"，和人相讥议。"为"，与。　27."已就"，已成，已经定下来。　28."巨灵"，古代神话传说中的巨大有力的神，能导河开山。29."万噍"，如言万口、万条生命。"噍"，音 jiào，本意是咬嚼，引申而作口或生命讲。"朽"，这里意如死亡。　30.在这段里，论题稍有改变。蝗为替自己的行为辩护，特从人类招待宾客上，设问以困诗人。"顾我嗟"，望着我叹息。　31."不谓"，如言不料。"望"，怨，责。　32."未易呶"，不要轻易吵闹。"呶"，音 náo，喧闹。　33."饮啜"句：或为主，或为宾，共同吃喝。"啜"，音 chuò，喝，吃。　34."豆"，古代食肉的器皿。"爵"，饮酒器。　35."诟"，音 gòu，辱骂。"翻"，同"反"。　36."来"，前来。"我陈"，对我陈述。　37."傧介"，古代称帮主人招待客人的人为傧，帮助傧的人为介，这里泛指招待宾客的人。　38.在这段里，蝗先以宾客自居，认为诗人不应指责他们，随后缕述统治阶级和寄生者的过恶，认为诗人舍人责蝗，未免迂阔。　39."乖"，乖戾，乖张。　40."雍雍"句：指以干才为封建统治服务的官吏。"雍雍"，形容和乐安详。　41."雅雅"句：指以学术为封建统治服务的学者文人。"雅雅"，形容风雅严正。　42."虎豹皮"，比喻他们的凶恶残暴的本来面目。　43."尧舜趋"，古代圣君尧、舜的行动，也就是体现最高道德标准的行动。"趋"，本作走讲，这里作名词用，指行动。　44."颐指"，用面部表情来指使别人。"颐"，音 yí，面颊。　45."卷舒"，伸缩；和上句的"呼吸"都是以人身为喻。　46."赤子"，婴儿；婴儿不会犯罪，用以比喻纯良无罪的人。　47."噬啖"，音 shìdàn，咬，吃，意即攻击、迫害。　48."床"，放置器物的架子，这里指陈列乐器的，如琴床之属。　49."闲"，栅栏，这里作动词用，也就是关起来。"嫔姝"，音 pínshū，贵家姬妾。　50."一身"句：言住宅非常广大。　51."袭公卿"，继承先人的职位做高官。"袭"，继。　52."奴婢"句：奴婢们都穿戴得同富贵人一样。"簪裾"，泛指富贵人的服饰。　53."豢"，音 huàn，喂养牲畜，这里作名词用，与下句的"厩"对言，即犬的饲料。"羡"，多余，剩下来。"膏粱"，泛指肥美的食物。　54."余"，与羡意同，用不完。"绣涂"，泛指美丽的涂饰。　55."不父而父"，不把你的父亲当父亲看待。"而"，你的。　56."不君尔事"，不把你的事当作君的事，也就是身为臣子却不为君做事。"尔"，你的。　57."不家尔居"，不把你住的地方当作家，也就是身为百姓，却不住在家里。　58."不把兵"，不拿兵器。　59."皮革"句：兵器不用，都使皮革包起来。"矛殳"，泛指兵器。"殳"，音 shū，杖类的武器。　60."万廪"句：成千上万的粮仓都被他们吃垮。"廪"，音 lǐn，粮仓。"须"，同"需"，这里指吃。　61."绘绣"句：用锦缎做成，又以绘画与刺绣为饰，极言衣服华丽珍贵。　62."脔"，音 luán，切肉成碎块。"鲙"，音 kuài，细切鱼肉。　63."梓楠"，树名，都是珍贵木材。　64."重屋"，不止一层的房屋。"擎"，音 qíng，举起。"空虚"，指天空。　65."贫者"四句：穷人们的居处简陋，食物缺乏，一家人挤在一起，相对愁叹。　66."贵贱"四句：综合上文，指出应受谴责的是人类中的剥削者，怪诗人未加斥责。　67."且"，音 jū，语助词，这里义如"之乎"。　68."蝗自名"，蝗是害虫，我们以此自称，不伪装善良。　69."吴""越"，春秋时两个相邻的国家，吴在今江苏，越在今浙江。　70."齐""鲁""邾"，春秋时三个相邻的国家，均在今山东。"邾"，音 zhū。　71."得无"，推想其或然之辞，如口语的恐怕、未免。

暑旱苦热[1]

　　清风无力屠得热[2]，落日着翅飞上山[3]；人固已惧江海竭[4]，天岂不惜河汉干。昆仑之高有积雪[5]，蓬莱之远常遗寒[6]，不能手提天下往，何忍身去游其间[7]。

1.诗体现了作者深刻而分明的爱憎、愿与天下人共苦难的崇高的情感与阔大的胸襟。　2."清风"二句：风能驱暑，现在都显得无力；日能助热，现在反而应落不落。"屠"，杀掉。用字狠，是由于对热恨得深。　3."着翅"，安上翅膀，意即老不落。　4."人固"二句：用人心推测天心，天心不可理解，与人心不同。"已惧""不惜"是天人的对照。　5."昆仑"四句：虽有凉爽的地方，因不能和天下人同往，情愿不去。"昆仑"，中国西部大山。因为极高，上有终年不化的积雪。　6."蓬莱"，神话传说中的东方的仙岛。"遗寒"，不曾为热所驱逐净尽而保留下的寒冷。在作者幻想中，昆仑、蓬莱都是清凉世界。　7."身去"，只身独往。

苏　轼

　　苏轼（1037—1101），字子瞻，眉州眉山（今四川眉山）人。父苏洵、弟苏辙都是著名的散文家。他是宋仁宗嘉祐二年（1057）的进士，官至翰林学士、知制诰、礼部尚书。北宋统治阶级内部的激烈政治斗争，造成他悲剧的遭遇。他本主张政治改革，却有保守倾向。因此，当王安石行新法时，他属于旧党，是反对者；而当旧党推翻新法时，他又主张保留其行之有效的部分。这种态度使他在新旧两党间均受排斥。尽管他力避纠纷，自请出朝任杭州、颍州等地的地方官，可是仍受迫害。宋神宗时，因诗刺新法，被罗织投狱；哲宗时，更因"讥谤先朝"的罪名，远贬惠州、儋州。做地方官期间，他比较关心人民生活的疾苦。兴利除弊的政绩，常赢得当地百姓的爱戴。

苏轼是北宋中年以后的文坛领袖，诗、词、散文都称大家；具有过人的才华，又读万卷书，行万里路，这使他既继承了前人的优秀成果，又有创造革新的精神。他的诗、词在不同程度上代表新的转变。作品的题材广阔，艺术手法多样化，语言更新颖俊美；表现为作品的重要艺术特征是：既奔放灵动，逸态横生，而又不失规矩法度。不过作者政治上的保守倾向与思想上的佛老影响，往往不同程度地削弱了某些作品的思想深度，这在学习苏诗、苏词时，必须认识清楚。有《东坡七集》等。

王维吴道子画[1]

何处访吴画[2]？普门与开元[3]。开元有东塔，摩诘留手痕[4]。吾观画品中，莫如二子尊[5]。道子实雄放，浩如海波翻，当其下手风雨快，笔所未到气已吞[6]。亭亭双林间[7]，彩晕扶桑暾[8]。中有至人谈寂灭[9]，悟者悲涕迷者手自扪。蛮君、鬼伯千万万[10]，相排竞进头如鼋[11]。摩诘本诗老[12]，佩芷袭芳荪[13]；今观此壁画，亦若其诗清且敦[14]。祇园弟子尽鹤骨[15]，心如死灰不复温[16]。门前两丛竹，雪节贯霜根[17]；交柯乱叶动无数[18]，一一皆可寻其源。吴生虽绝妙[19]，犹以画工论[20]。摩诘得之于象外[21]，有如仙翮谢笼樊[22]。吾观二子皆神俊，又于维也敛衽无间言[23]。

1. 诗作于仁宗嘉祐八年（1063），苏轼时为凤翔（今陕西宝鸡市凤翔区）签判。它是组诗《凤翔八观》之一。　2. "吴画"，吴道子的画。道子又名道玄，唐代名画家，善画佛像、山水。　3. "普门""开元"，二寺名，均在凤翔。　4. "摩诘"，王维的字。"手痕"，手迹。　5. "吾观"二句：总评吴、王，确定他们在画家中的地位。以下分论。　6. "气"，气势。"吞"，包笼压倒。　7. "亭亭"句：自此专论开元寺大殿上的吴画。这是幅大型壁画，自释迦佛始生、修行、说法，直画到他死（参看邵博《见闻后录》二十八）。苏诗所论是释迦佛临终的场面。"亭亭"，形容耸立。"双林"，指拘尸那城婆罗双树，释迦死在那里。　8. "彩晕"句：是说佛的圆光像扶桑初日的光彩。"扶桑"，古代神话中的树名，相传太阳从这里出来。"暾"，音 tūn，刚出来的太阳，日光。　9. "至人"，品德最高的人，这里指佛。"谈寂灭"，谈说佛教超脱生死的思想。　10. "蛮君、鬼伯"，据佛书，释迦死时，诸鬼王、诸天王都来到。　11. "相排竞进"，争着挤向前。　12. "诗老"，如言诗翁。　13. "佩芷"句：是说王维有高洁的品德。"芷""荪"，皆香草名，以比美德。"袭"，加衣于外，在这里和佩都有具备的意思。　14. "敦"，厚。　15. "祇园"句：自此专论开元寺东塔的王画。"祇园弟子"，佛的门徒。"祇园"，"祇树给孤独园"的省称。给孤独长者在园中建精舍，请佛居此说法。"鹤骨"，言神貌清癯绝俗。　16. "心如"句：尘俗念头消除已尽，不再萌生。　17. "雪节""霜根"，竹经冬不凋，耐得霜雪，故云。　18. "交柯"二句：竹的枝叶虽茂密交错，难以数计，但繁而不乱，枝枝叶叶都有来源。　19. "吴生"六句：合论二家，定吴、王先后。　20. "画工"，职业的画师、画匠。　21. "之"，指画的妙处。"象外"，迹象之外，不为迹象所局限。　22. "仙翮"，仙禽。"谢"，如言离去。　23. "敛衽"，整敛衣襟，表示尊敬。"间言"，异言。

和子由苦寒见寄[1]

　　人生不满百，一别费三年[2]。三年吾有几，弃掷理无还[3]。长恐别离中，摧我鬓与颜[4]。念昔喜著书，别来不成篇；细思平时乐，乃为忧所缘[5]。吾从天下士[6]，莫如与子欢。羡子久不出[7]，读书虱生毡[8]。丈夫重出处，不退要当前[9]。西羌解仇隙[10]，猛士忧塞壖[11]；庙谟虽不战[12]，虏意久欺天[13]。山西良家子[14]，锦缘貂裘鲜[15]，千金买战马，百宝妆刀镮[16]。何时逐汝去[17]，与虏试周旋[18]。

1. "子由"，苏轼弟苏辙字子由。诗作于英宗治平元年（1064）。时作者将离凤翔，还汴京。感叹别离，抉择出处是诗的主要内容。当时西夏蓄意侵宋的形势激起诗人赴敌救国的热情。　2. "三年"，苏轼于仁宗嘉祐六年（1061）赴凤翔，与苏辙别，到此时恰是三年。　3. "理无还"，在道理上，不能复返。　4. "摧我"句：意即发白颜衰。　5. "乃为"，恰是。"忧所缘"，当前苦恼的来由。　6. "从"，从游，相来往。"天下士"，可以有两种解释：其一，指天下最出色的人物；其二，泛指天下的士人。旧注用前者，实应用后者。　7. "羡子"句：苏辙在嘉祐六年中制科后，因父洵在京修礼书，请求留京奉养，故言"久不出"。　8. "读书"句：久坐不动，致坐毡生虱，极言读书的专一。　9. "不退"句：既然不隐退，就该前进。　10. "西羌"四句：西北方民族将再侵宋，边防可虑。"解仇隙"，消除彼此间的仇怨、裂痕，一同对付宋王朝。西羌事见《汉书·赵充国传》。　11. "塞壖"，边地。"壖"，音 ruán，空隙地。　12. "庙谟"，王朝中央的计谋。谟，音 mó，计谋，谋略。　13. "虏"，指西夏。"久欺天"，久已打算侵扰内地。斥其妄为，故言"欺天"。嘉祐六年，赵谅祚（西夏国主赵元昊子）上书宋仁宗，言仰慕中原衣冠，明年当迎汉使。仁宗允许他的请求。英宗治平元年秋，西夏屡犯边境，扰乱秦、凤、泾源，杀掠以万计。苏轼是凤翔签判，负责运饷。诗作于这年十一月，故为边防担忧。 14."山西"六句：愿随西北猛士，与敌战斗。"山西"，华山以西地区。《汉书·赵充国传赞》"山西出将"。"良家"，封建社会以医、商、贾、百工以外的人家为良家。 15."锦缘"，用锦缘饰衣边。 16."镮"，与"环"同。 17."逐"，这里意如追随。"汝"，指"良家子"。 18."周旋"，与敌作战而言周旋，用《左传》僖公二十三年晋文公语。

游金山寺 [1]

　　我家江水初发源 [2]，宦游直送江入海 [3]；闻道潮头一丈高，天寒尚有沙痕在 [4]。中泠南畔石盘陀 [5]，古来出没随涛波 [6]；试登绝顶望乡国 [7]，江南江北青山多 [8]。羁愁畏晚寻归楫 [9]，山僧苦留看落日；微风万顷靴文细 [10]，断霞半空鱼尾赤 [11]。是时江月初生魄 [12]，二更月落天深黑。江心似有炬火明 [13]，飞焰照山栖乌惊。怅然归卧心莫识，非鬼非人竟何物？江山如此不归山 [14]，江神见怪惊我顽 [15]。我谢江神岂得已 [16]，有田不归如江水 [17]！

1.金山寺在今江苏镇江金山上，是个有名的古寺。神宗熙宁四年（1071），苏轼因与王安石政见不合，乞外调，由汴京赴杭州任时，中途来游。结合江上景物的描绘，诗主要写作者的乡思，而在乡思深处则蕴含着政治的牢骚。 2."我家"二句：开始便将乡思与江水联系起来，并点明因做官而远离家乡。"初发源"，古人认为长江发源于四川岷山；苏轼的家乡是四川眉山，又在长江上游，所以这样说。　3."宦游"，因做官而游历。"直送"，自长江上游沿江东行，仿佛相送。"入海"，镇江在长江下游，离海不远。　4."天寒"，苏游金山在熙宁四年十一月。"沙痕在"，证明潮头确高一丈。　5."中泠"，泉名，在金山西北。"泠"，音líng。"盘陀"，形容山石的高大和堆垛。　6."古来"句：自古以来，山石随水势的涨落而出没不定。　7."乡国"，家乡。　8."江南"句：是说山多遮碍望眼，乡思便不能轻减。　9."羁愁"，旅客思乡的愁苦。"畏晚"，一本作"长晚"。日暮黄昏容易引动人的乡思，乡思给人痛苦，故以"畏"为宜。"楫"，这里指船。　10."靴文细"，江面波平，细得如靴上的纹路。　11."断霞"，如言残霞。　12."初生魄"，月刚发出光。"魄"，光。苏轼游金山这天是十一月初三日。　13."江心"二句：《岭表异物志》说"海中遇阴晦，波如然（燃）火满海"。苏轼所见或与此相类。"炬火"，火把。　14."江山"二句：对所见奇景的解释。"归山"，回故乡。　15."顽"，愚钝。　16."谢"，告诉。　17."有田"句：与江神为誓。"如江水"，以江水为证。

戏子由[1]

　　宛丘先生长如丘[2]，宛丘学舍小如舟；常时低头诵经史，忽然欠伸屋打头[3]。斜风吹帷雨注面，先生不愧旁人羞。任从饱死笑方朔[4]，肯为雨立求秦优[5]。眼前勃谿何足道[6]，处置六凿须天游[7]。读书万卷不读律[8]，致君尧舜知无术[9]。劝农冠盖闹如云[10]，送老虀盐甘似蜜[11]。门前万事不挂眼[12]，头虽长低气不屈[13]。余杭别驾无功劳[14]，画堂五丈容旗旄[15]；重楼跨空雨声远，屋多人

少风骚骚 [16]。平生所惭今不耻 [17]，坐对疲氓更鞭箠 [18]；道逢阳虎呼与言 [19]，心知其非口诺唯 [20]。居高志下真何益 [21]，气节消缩今无几。文章小伎安足程 [22]，先生别驾旧齐名，如今衰老俱无用 [23]，付与时人分重轻 [24]。

1. 诗作于熙宁四年（1071）。这时候，苏氏弟兄因反对新法先后离朝，任地方官。苏轼为杭州通判，苏辙为陈州教授。苏轼反对新法却仍须执行，因而羡慕苏辙任学官，可以置身事外，而且对子由的倔强坚决也很嘉许。诗用嘲戏的笔调抒发政治牢骚。它体现诗人的诙谐洒脱的性格和他对人民的同情，同时也暴露他在政治上的保守思想。 2. "宛丘先生"，陈州别称宛丘，苏辙为陈州学官，所以这样称他。"长如丘"，丘是土丘，子由身材长大，故以为喻，含有戏谑的意思。 3. "欠伸"，呵欠，伸腰。"打"，碰。 4. "任从"二句：称赞子由的宁受贫困，而不屈己求人的傲骨。"饱死笑方朔"，汉东方朔初到长安时，因俸过薄，同武帝说："侏儒长三尺余，奉（同"俸"）一囊粟，钱二百四十。臣朔长九尺余，亦奉一囊粟，钱二百四十。侏儒饱欲死，臣朔饥欲死。"（参看《汉书·东方朔传》）"饱死"指侏儒，这里言幸臣。"方朔"，比子由。 5. "肯为"，意即不肯因为。"雨立求秦优"，秦优是秦优旃。秦始皇殿上设宴，遇雨。优旃见陛楯郎（殿前执楯的卫士）都被雨淋着，遂于殿上上寿时向他们大呼："汝虽长何益，幸雨立；我虽短也，幸体居！"秦始皇为此，令陛楯郎可以一半一半地轮值（参看《史记·滑稽列传·优旃传》）。这里以秦优指幸臣。 6. "眼前"二句：称赞子由蔑视当前的纠纷、困难，一切因任自然。"勃豀"，争斗。豀，音 xī。 7. "六凿"，六根，即眼、耳、鼻、舌、身、意。"天游"，任天自在。 8. "读书"二句：当时朝廷重法，立新科明法（对旧科明法言），考试律令、刑统大义、断案等（参看《宋史·选举志》一）。苏轼不赞成，故以反话讽刺。 9. "致君尧舜"，导致皇帝成为尧舜那样的圣君。 10. "劝农"四句：在新法大力推行时，子由却甘守淡泊，意气自若，不为所动。"劝农"，指朝廷派遣到各地视察农田、水利、赋税、劳役的官吏。　11."廇盐"，指极清苦的生活。"廇"，音 jī，咸菜。　12."不挂眼"，不放在眼里。　13."头虽常低"，双关语，既指学舍狭小，须低头，又指官职卑小不能扬眉吐气。　14."别驾"，刺史的辅助者。宋代通判所担任的职务与以前的别驾相同，故苏轼用以自称。　15."五丈容旂旄"，秦始皇建前殿阿房，上可坐万人，下可容五丈旗。"旂旄"，音 qímáo，旌旗的一种。　16."骚骚"，形容风的劲烈。　17."平生"六句：自责不能发扬气节，坚持己见，而鞭打贫民，敷衍小人。　18."疲氓"，贫苦的百姓，主要指犯盐法的人。　19."道逢阳虎"：阳虎（阳货）是孔子所鄙视的人，他想见孔子，孔子却不愿见他。他给孔子送个猪，孔子特别选他外出时去答谢。他在路上遇见孔子，批评孔子不应该不出仕。孔子敷衍他说："诺，吾将仕矣。"（参看《论语·阳货》）这里阳货指张靓、俞希旦。　20."诺唯"，都是应辞，表示同意、顺从。　21."居高志下"，做高官，而志气卑下。　22."文章"四句：用反话表达他与苏辙在政治上受排挤的感慨。"安足程"，何足程，即算不得什么。"程"，计算考核。　23."衰老俱无用"，愤语。这时候，苏轼年三十六，苏辙年三十三，正当壮年。　24."分重轻"，评定优劣。

六月二十七日望湖楼醉书 [1]（五首选一）

　　黑云翻墨未遮山 [2]，白雨跳珠乱入船；卷地风来忽吹散，望湖楼下水如天 [3]。

1.组诗是熙宁五年（1072），苏轼做杭州通判时作的。望湖楼在西湖边昭广寺前。　2.“黑云”二句：黑云未遮山，白雨已入船，从夏日急雨的特点着笔。　3.“水如天”，借水写天；天已晴，故水天一色。

於潜女 [1]

　　青裙缟袂於潜女 [2]，两足如霜不穿屦 [3]；鬒沙鬟发丝穿柠 [4]，蓬沓障前走风雨 [5]。老濞宫妆传父祖 [5]，至今遗民悲故主 [7]。苕溪杨柳初飞絮 [8]，照溪画眉渡溪去；逢郎樵归相媚妩 [9]，不信姬姜有齐鲁 [10]。

1. 於潜即今浙江於潜。诗歌颂於潜的劳动妇女，所以这样标题。熙宁六年（1073），苏轼以杭州通判巡视於潜，诗中形象应是凭所见者创造的。　2.“缟”，音 gǎo，白色的丝织品。这里作“白”讲。“袂”，音 mèi，衣袖，这里指上衣。　3.“屦”，音 jù，麻鞋。　4.“鬒沙”句：写於潜女梳头的样式。“鬒沙”，翘张，形容鬟发。“鬒”，音 zhā。“柠”，应作“杼”，织机上总持纬丝的部分。“丝穿柠”，发在银梳下，如丝穿在杼里。　5.“蓬沓”，於潜妇女头上插的大银梳（参看苏轼《於潜令刁同年野翁亭》诗自注）。“沓”，音 tà。“走风雨”，不避风雨。　6.“老濞”二句：指出这样妆束源于吴越王钱氏。“老濞”，用汉代吴王刘濞指吴越王。“濞”，音 pì。　7.“悲故主”，思念钱氏，所以传其妆束。　8.“苕溪”，水名，源出天目山，流经於潜。　9.“相媚妩”，相爱悦。　10.“不信”句：是说夫妇相爱，丈夫不信世间有比她更美的人。“姬姜有齐鲁”，周初，太公姜尚封于齐，周公姬旦子伯禽封于鲁，姬与姜遂成为妇女的美称。

饮湖上初晴后雨[1]（二首选一）

水光潋滟晴方好[2]，山色空蒙雨亦奇[3]。欲把西湖比西子[4]，淡妆浓抹总相宜[5]。

1.诗是熙宁六年（1073），苏轼在杭州时作的。　2."潋滟"，音 liàn yàn，形容水盈溢波动。　3."空蒙"，云雾迷茫，若有若无。　4."西子"，西施，春秋末越国美人。　5."淡妆"句：尽管打扮不同，西子总是美的；尽管有晴有雨，西湖的景色总是好的。

百步洪[1]（二首选一）

长洪斗落生跳波[2]，轻舟南下如投梭；水师绝叫凫雁起[3]，乱石一线争磋磨[4]。有如兔走鹰隼落[5]，骏马下注千丈坡[6]，断弦离柱箭脱手[7]，飞电过隙珠翻荷[8]。四山眩转风掠耳[9]，但见流沫生千涡。崄中得乐虽一快[10]，何意水伯夸秋河[11]。我生乘化日夜逝[12]，坐觉一念逾新罗[13]。纷纷争夺醉梦里，岂信荆棘埋铜驼[14]。觉来俯仰失千劫[15]，回视此水殊委蛇[16]。君看岩边苍石上[17]，古来篙眼如蜂窠，但应此心无所住，造物虽驶如吾何[18]！回船上马各归去[19]，多言譊譊师所呵[20]。

1. 百步洪又名徐州洪，在江苏铜山附近。悬流迅疾，乱石激涛，数里始平静。诗作于神宗元丰元年（1078）。诗序说：王定国到徐州访苏轼，曾乘小舟与颜长道等游泗水。北上圣女山，南下百步洪，饮酒吹笛，乘月归来。时苏轼因事未得往。王定国离徐后，苏轼与参寥放舟洪下，追念昔游，慨然成诗。因此，诗先写舟行的惊险，次谈人生的哲理。　2. "洪"，为石所阻激，湍急难行舟的河流。"斗"，同"陡"，也作猝然讲。　3. "水师"，水手，驾船的人。"绝叫"，大声叫。　4. "乱石"句：船行跳波里，航路窄狭如线，四周乱石都像是争着来琢磨船。　5. "隼"，音 sǔn，猛禽名，飞速，善袭。　6. "注"，自高处疾驰而下。　7. "柱"，琴瑟上用以系弦的小木柱。　8. "隙"，裂缝。　9. "风掠耳"，梁曹景宗说：骑快马"觉耳后生风"（《南史·曹景宗传》），苏用此意。　10. "嶮中"二句：由记舟行转向谈哲理。"嶮"，同"险"。　11. "何意"，何曾起到。"水伯夸秋河"，《庄子·秋水》："秋水时至，百川灌河，泾流之大，雨涘（水边）渚崖之间，不辨牛马。于是焉，河伯（河神）欣然自喜，以为天下之美，为尽在己。"　12. "我生"六句：意思是，洪水奔流虽极快，但生命的消逝，意念的转易，世变的反复，更甚于此。"乘化"，因任自然。"日夜逝"，《论语·子罕》："子在川上曰，逝者如斯夫，不舍昼夜（昼夜不停）。"苏诗用此，以流水比生命。　13. "一念逾新罗"，是说意念转移不受空间限制。诗用《传灯录》中从盛禅师语，又发挥了庄子的"其（人心）疾俛仰之间而再抚四海之外"的思想（《在宥》）。"新罗"，朝鲜半岛古国名。　14. "荆棘铜驼"，晋代索靖预见天下将大乱，指洛阳宫门边的铜驼说："会见汝在荆棘中。"（《晋书·索靖传》）15. "觉来"，悟过来。"俯仰"，指极短的时间。"劫"，佛家语，梵文劫簸之省。意即长时，指世界的成、住、坏、空。　16. "委蛇"，"蛇"，音 yí，安闲自得。　17. "君看"四句：就行舟洪中的人言。意思是，许多古人虽已全不存在，但如能称心而行，无所执着，自然运行虽快，又能奈我何！　18. "造物"，天，自然。"驶"，疾行。　19. "回船"二句：每人都该回家去，多说将受责备。　20. "譊譊"，音 náonáo，争辩的声音。"师所呵"，为佛师所呵责。

鱼蛮子[1]

　　江淮水为田，舟楫为室居，鱼虾以为粮，不耕自有余。异哉鱼蛮子，本非左衽徒[2]，连排入江住[3]，竹瓦三尺庐[4]。于焉长子孙[5]，戚施且侏儒[6]。擘水取鲂鲤[7]，易如拾诸途[8]，破釜不著盐，雪鳞芼青蔬[9]，一饱便甘寝[10]，何异獭与狙[11]。人间行路难[12]，踏地出赋租[13]，不如鱼蛮子，驾浪浮空虚。空虚未可知[14]，会当算舟车[15]。蛮子叩头泣，勿语桑大夫[16]。

1.《老学庵笔记》说：张舜民元丰中谪湖湘，作《渔父诗》，有"小舟胜养马，大罟当耕田，保田原无籍，青苗不著钱"等语。苏轼取张诗意作《鱼蛮子》。诗为作者于元丰五年（1082）谪居黄州时所作。它对新法尽管有微辞，但还是反映出劳动人民的疾苦。　　2."左衽徒"，指汉族以外的人。"左衽"，非汉族的衣服样式。"徒"，徒类。　3."排"，筏，连竹木而成。　4."竹瓦"句：在排上，用竹当瓦，盖成矮房子。　5."于焉"，在这里或在那里。　6."戚施"，驼背，直不起身来。"侏儒"，矮人。　7."擘"，音 bò，用手分开。"鲂"，音 fáng，鱼名，即鳊鱼。　8."诸"，之于。　9."雪鳞"，鱼色白如雪。"芼青蔬"，青菜掺鱼作羹。　10."甘寝"，睡得香甜。　11."獭"，音 tǎ，水獭。"狙"，音 jū，猕猴。　12."行路难"，借用乐府标题，指生活道路的艰难。　13."踏地"句：疑指新法中的方田法。　14."未可知"，将来能否仍不出赋租，不可预知。　15."会当"，同义字连用，含有将然的意思。"会"，也是当。"算"，汉代赋税的一种，这里作动词用，意如纳税。　16"桑大夫"，汉桑弘羊为治粟都尉、御史大夫，汉代算舟车从他和孔仅等开始。这里借指朝中妄言兴利理财的官吏。

书鄢陵王主簿所画折枝二首 [1]（选一）

论画以形似 [2]，见与儿童邻 [3]；赋诗必此诗 [4]，定非知诗人 [5]。诗画本一律，天工与清新 [6]。边鸾雀写生 [7]，赵昌花传神 [8]。何如此两幅 [9]，疏淡含精匀 [10]！谁言一点红 [11]，解寄无边春 [12]。

1. 鄢陵即今河南鄢陵。王主簿的名字与事迹均不详。折枝是不画全株，只画一枝或数枝。诗是哲宗元祐二年（1087），苏轼为翰林学士时作的。他借题画阐述他的不求形似、以少胜多的艺术见解。　2."论画"六句：首言画、诗不应追求形似，次言诗和画有共同的艺术标准，即自然清新，得物之神理。　3."见"，见识。"邻"，近似。　4."此诗"，这样的诗，即专求形似的诗。　5."知诗人"，了解诗的人。　6."天工"，如自然形成，不见人为痕迹。　7."边鸾"句：边鸾是唐代画家，花鸟精妙。德宗时，新罗国进献孔雀，边鸾奉命在玄武殿写生（以活的生物为绘画的范本）。他画出一对孔雀，极生动，如能鸣。　8."赵昌"句：赵昌是宋代画家，善画折枝花果。相传他早年每日晨起，便绕花圃，既细心观察，又调色描摹。人称他能与花传神。　9."两幅"，指王画。　10."疏淡"句：着笔不多，传色轻淡，而精巧停匀。　11."谁言"二句：慨叹知道重神略形、寓多于少这样道理的人太少，同时也是称许王能如此。"谁言"，谁能说出。　12."解"，懂，在这里有"能"的意思。

荔枝叹 [1]

十里一置飞尘灰 [2]，五里一堠兵火催 [3]，颠坑仆谷相枕藉 [4]，知是荔枝龙眼来 [5]。飞车跨山鹘横海 [6]，风枝露叶如新采；宫中美人一破颜 [7]，惊尘溅血流千载 [8]。永元荔枝来交州 [9]，天宝岁贡取之涪 [10]；至今欲食林甫肉 [11]，无人举觞酹伯游 [12]。我愿天公怜赤子 [13]，莫生尤物为疮痏 [14]；雨顺风调百谷登 [15]，民不饥寒为上瑞。君不见：武夷溪边粟粒芽 [16]，前丁后蔡相笼加 [17]，争新买宠各出意，今年斗品充官茶 [18]。吾君所乏岂此物，致养口体何陋耶 [19]！洛阳相君忠孝家 [20]，可怜亦进姚黄花 [21]！

1. 这首诗作于哲宗绍圣二年（1095）。在封建社会里，由于帝王穷奢极欲，官吏惯于媚上邀宠，各地的名产反而常增加人民的痛苦。苏轼贬居广东惠州，常食荔枝，有感于此，因而对汉、唐的进荔枝与宋代的进茶、进花作深刻的讽刺。　2."置"，用马传递文书的驿站，这里泛指站。"飞尘灰"，用尘土飞扬表现马的疾驰。　3."堠"，路旁记里数的土堡。这里也作"站"讲。"兵火催"，催促急如兵火。这句与上句互文见义。　4."相枕藉"，互相枕垫着，这里是说成堆死去。　5."龙眼"，果名，即桂圆。　6."飞车"句：言传送迅速。古神话说，奇肱民能造飞车，从风飞行（参看《帝王世纪》），故用以指快车。"鹘"，音 hú，海鹘，鸟名。古代船上刻海鹘形状，故用以称船。　7."宫中美人"，指杨贵妃。"一破颜"，一笑。　8."惊尘"句：因进荔枝而造成大量伤亡的故事，千载流传着。　9."永元"四句：汉、唐并论，慨叹当前官吏中无人反对这种虐政。"永元"，汉和帝年号。"交州"，汉地名，辖今广东、广西的大部及越南横山、班杜一线以北诸省。苏轼自注："汉永元中，交州进荔枝、龙眼。"　10."涪"，音 fú，今重庆市涪陵区。天宝中进荔枝有自南海与自蜀二说，苏轼取后者（参看苏诗自注）。　11."欲食林甫肉"，唐玄宗时，李林甫为宰相，对进荔枝事不加谏阻，人民愤恨，欲食其肉。　12."举觞酹伯游"，汉唐羌字伯游，见交州进荔枝，死亡惨重，上书论列，和帝因令不再进献；他为人民做过好事，应该祭他。"酹"，音 lèi，浇酒致祭。　13."我愿"四句：人不可恃，遂求之天。求天莫生奇异的特产，而使粮食丰收。"赤子"，婴儿，这里指百姓。　14."疮痏"，如言灾祸。"痏"，音 wěi。　15."登"，谷物成熟，好收成。　16."武夷"，武夷山，在福建，产名茶。"粟粒芽"，武夷茶中的上品。叶小而嫩，故有此称。　17."丁"，丁谓，宋真宗时为相，封晋国公。"蔡"，蔡襄，大书家，也是茶事专家。"笼"，指收罗。"加"，抢先压倒。苏轼自注："大小龙茶（即龙团茶，供皇帝饮用），始于丁晋公，而成于蔡君谟（蔡襄字）。"　18."今年"，绍圣二年。"斗品"，又称斗茶，可以参加比赛的品种。宋代有斗茶的风气。"官茶"，贡茶。苏轼自注："今年闽中监司（官名）乞进斗茶，许之。"　19."致养"句：孟子将孝养父母分为"养志"与"养口体"，而肯定前者（参看《孟子·离娄》）。因为"养口体"只是满足父母生活中的物质需要，"养志"却是承顺父母的意志，使父母在精神上得到安慰。诗人认为向皇帝进茶与事奉父母而只养口体相同，是庸俗鄙陋的。　20."洛阳"句：吴越王钱俶对宋不战而降，宋太宗称他"以忠孝而保社稷"。子惟演随父降宋，晚年，以使相留守西京（洛阳），所以苏轼称惟演为相君，又说是"忠孝家"。　21."可怜"，可惜，有轻蔑的意思。"姚黄"，牡丹中的名贵品种。苏轼自注："洛阳贡花，自钱惟演始。"

行琼儋间，肩舆坐睡，梦中得句云，千山动鳞甲，万谷酣笙钟，觉而遇清风急雨，戏作此数句[1]

四州环一岛[2]，百洞蟠其中，我行西北隅[3]，如度月半弓。登高望中原，但见积水空[4]；此生当安归，四顾真途穷。眇观大瀛海[5]，坐咏谈天翁[6]；茫茫太仓中，一米谁雌雄[7]。幽怀忽破散[8]，永啸来天风；千山动鳞甲[9]，万谷酣笙钟[10]。安知非群仙[11]，钧天宴未终[12]，喜我归有期，举酒属青童[13]。急雨岂无意，催诗走群龙[14]，梦云忽变色[15]，笑电亦改容[16]；应怪东坡老，颜衰语徒工。久矣此妙声[17]，不闻蓬莱宫！

1. 琼是琼州（今海南海口市琼山区），在海南岛北部。儋是儋州（今海南儋州），在琼山西南。绍圣四年（1097），苏轼自惠州改贬儋州。六月渡海，七月至贬所。这首诗即作于由琼到儋的途中。诗充分地体现出作者的旷达态度和瑰丽的幻想。　　2."四州"，琼、崖（今海南三亚市崖州区）、儋、万（今海南万宁）。"环一岛"，琼在北，崖在南，儋在西北，万在东南。　　3."西北隅"，由琼至儋正是海南岛的西北角。　　4."但见"三句：苏轼在儋自书，"吾始至南海，环视天水无际，凄然伤之，曰：'何时得出此岛耶？'"诗句与此正同。　　5."眇观"四句：用驺衍与庄子的学说作自我排遣，以为中国在大瀛海里不过如仓中一米，那么，海南岛与中原的差别乃至政治生活上的得意与失意都不值得计较。"眇观"，远视。"大瀛海"，周末驺衍认为：中国名赤县神州，内有九州；中国以外，还有像中国那样大的八个州，合为九州，有"大瀛海环其外"（参看《史记·孟子荀卿列传》）。"瀛"，也是指海。　　6."谈天翁"，齐人称驺衍为"谈天衍"。　　7."太仓""一米"，《庄子·秋水》："计中国之在海内，不似稊米之在太仓乎？"苏诗本此。"谁雌雄"，与谁较量优劣短长，即算不得什么。 8."幽怀"二句：经过排遣，怀抱忽然开朗，长啸引来天风。 9."千山"句：大风雨中，山上草木皆急剧地披拂摇动。以龙喻山，草木如龙之鳞甲。 10."万谷"句：风雨与岩石、草木的冲击声、溪涧奔流声等，有宏有细，宛如笙、钟酣畅地并奏。 11."安知"四句：幻想当前的见闻是天上群仙庆祝他将回到天上。 12."钧天"，天的中央，神仙所居。 13."青童"，古仙人青童君。 14."催诗"句：群龙即前面的"千山"，使它们为催诗而奔走。 15."梦云"，疑是迷茫飘忽的云。 16."笑电"，相传东王公与玉女投壶（游艺的一种），有误。天为之笑，开口流光，即是电（参看《神异经》）。"变色""改容"，云、电变而与人相亲。 17."久矣"二句：前后倒装，实即久不闻蓬莱仙宫的美妙声音。

澄迈驿通潮阁二首 [1]（选一）

余生欲老海南村，帝遣巫阳招我魂 [2]；杳杳天低鹘没处 [3]，青山一发是中原。

1.澄迈驿，在今海南澄迈。通潮阁在驿西。哲宗元符三年（1100），苏轼自儋州北归，经澄迈作此诗。诗写作者殷切思归却愁路远的心情。 2."帝遣"句：言皇帝召他北还。"帝"，天帝，这里借指哲宗。"巫阳招我魂"，《楚辞·招魂》说：天帝怜悯屈原灵魂离体，因使巫阳给他招魂。"巫阳"，古巫名。 3."没"，消失。

六月二十日夜渡海 [1]

参横斗转欲三更 [2]，苦雨终风也解晴 [3]。云散月明谁点缀 [4]，天容海色本澄清。空余鲁叟乘桴意 [5]，粗识轩辕奏乐声 [6]。九死南荒吾不恨 [7]，兹游奇绝冠平生 [8]。

1．"六月"指元符三年（1100）的六月。这时候苏轼自海南岛渡海返大陆。蛮荒久谪，终得北归，他的心情很愉快，并且回顾了过去政治的、生活的遭遇。这些内心活动是通过写景与用典来表达的，所以诗中语多双关。　2．"参""斗"，都是星名。"参"，音 shēn。"横"，横斜。"转"，回转。这里都指星的移动。　3．"苦雨"，久落不停，造成灾害的雨。"终风"，从早刮到晚的风（参看《诗经·终风》毛传）。"也解"，加重地表示久雨新晴后的喜悦。　4．"点缀"，晋谢重侍王道子夜坐。月夜明净，道子叹为佳景。谢重说"不如微云点缀"（参看《世说新语·言语》）。苏诗反用谢语。　5．"鲁叟"，孔子。"乘桴"，坐竹筏子。孔子曾说"道不行，乘桴浮于海"（《论语·公冶长》）。　6．"轩辕"，黄帝，古代传说中较早的帝王。"奏乐声"，《庄子·天运》记黄帝关于奏乐的议论。　7．"九死"，屡濒于死。　8．"冠平生"，平生第一。

江城子·密州出猎 [1]

老夫聊发少年狂 [2]，左牵黄 [3]，右擎苍 [4]；锦帽貂裘 [5]，千骑卷平冈 [6]。为报倾城随太守 [7]，亲射虎，看孙郎 [8]。　酒酣胸胆尚开张⁹，鬓微霜，又何妨。持节云中，何日遣冯唐¹⁰？会挽雕弓如满月¹¹，西北望，射天狼¹²。

1. 密州即今山东诸城。熙宁八年（1075）冬，苏轼祭常山回来，与同官习射放鹰，有《祭常山回小猎》诗。词亦此时作，于出猎的行动外，并写从军报国的壮怀。　2. "老夫"，苏轼自称，时年四十。　3. "黄"，黄犬。　4. "苍"，苍鹰。　5. "锦帽貂裘"，锦蒙帽与貂皮裘。　6. "千骑"句：《祭常山回小猎》有"黄茅冈下出长围"，可作此句注脚。　7. "为报"，传言。"倾城"，空城，尽全城所有的人。　8. "孙郎"，本指孙策（参看《三国志·孙策传》），这里却指孙权。《三国志·孙权传》说，孙权曾"亲乘马射虎于凌亭"。　9. "胸胆尚开张"，胸怀还开阔，胆气仍豪壮。　10. "持节"二句：前后倒装，即何日派遣冯唐持节赴云中。"节"，符节。"云中"，汉郡名，在今内蒙古托克托一带。"遣冯唐"，云中太守魏尚被错误地免官，冯唐认为魏尚有功，不应受这样的处分。汉文帝接受冯唐的意见，派他持节赴云中赦免魏尚，并复原官（参看《史记》与《汉书》的《冯唐传》）。诗人用这个故事，表示希望出守边疆。　11. "会"，预期。"满月"，圆月，形容拉开的弓。　12. "天狼"，星名，主侵略，这里指侵扰中国边境的敌人。

水调歌头

丙辰中秋，欢饮达旦，大醉，作此篇，兼怀子由¹。

明月几时有？把酒问青天。不知天上宫阙²，今夕是何年？我欲乘风归去³，又恐琼楼玉宇⁴，高处不胜寒⁵。起舞弄清影，何似在人间[6]？　　转朱阁[7]，低绮户[8]，照无眠。不应有恨[9]，何事长向别时圆？人有悲欢离合[10]，月有阴晴圆缺，此事古难全。但愿人长久[11]，千里共婵娟[12]。

1."丙辰"指熙宁九年（1076）。时苏轼仍在密州。词写诗人月下醉后的心情，其中包含出世与入世的矛盾、圆缺离合的矛盾及诗人对矛盾的处理。　2."不知"二句：人间是中秋节，天上是否也如此。　3."我欲"五句：将关于月的神话传说与对现实的不满结合起来。在出世和入世的矛盾中，诗人选择后者。　4."琼楼玉宇"，《酉阳杂俎·壶史》说：翟乾祐与弟子数十人在江岸玩月，有人问月中有什么。翟说，"可随吾指观之"。遂见月中"琼楼金阙"。　5."不胜寒"，《明皇杂录》：八月十五夜，叶静能邀明皇游月宫。临行，叶教他着皮衣。到月宫，他果然冷得难以支持。　6."何似"，如言不如。　7."转朱"三句：由前段人望月转到月照人。"转朱阁"，随着时间的早晚，月照楼阁的方向有所转移。　8."低"，月光下射。　9."不应"二句：诗人设问。月对人该没有什么怨恨，为什么偏在人们别离的时候而独自圆满。　10."人有"三句：解答疑问。圆缺离合的矛盾自古存在。　11."但愿"二句：诗人解决矛盾的方法。他希望彼此都长健在，而且不相忘。　12."婵娟"，指明月。

浣溪沙（五首选一）

徐门石潭谢雨道上作五首。潭在城东二十里，常与泗水增减，清浊相应[1]。

簌簌衣巾落枣花[2]，村南村北响缫车[3]，牛衣古柳卖黄瓜[4]。

酒困路长惟欲睡，日高人渴漫思茶 [5]，敲门试问野人家 [6]。

1.徐门即徐州，如彭城称彭门。熙宁十年（1077），苏轼知徐州。次年春旱，他因人建议，置虎头石潭中以求雨。后得雨，他到石潭谢神。泗水导源山东，经徐州入淮。据当地父老传说，石潭与泗水通。组词写农村见闻。　2."簌簌"，音 sùsù，细碎声，又形容纷纷下落，这里兼用二者。　3."缫车"，缫丝的工具。"缫"，音 sāo，同"缫"，抽茧出丝。　4."牛衣"，用粗麻编织的衣服，这里指粗糙的衣服。　5."漫思"，无意中想起。"漫"，不经意。　6."野人"，乡间人。

定风波

三月七日，沙湖道中遇雨。雨具先去，同行皆狼狈，余独不觉。已而遂晴，故作此 [1]。

莫听穿林打叶声，何妨吟啸且徐行。竹杖芒鞋轻胜马 [2]，谁怕 [3]？一蓑烟雨任平生 [4]。　料峭春风吹酒醒 [5]，微冷，山头斜照却相迎。回首向来萧瑟处 [6]，归去，也无风雨也无晴 [7]。

1."三月"指元丰五年（1082）的三月。沙湖在黄州东南三十里。苏轼到那里看所买的地（参看《东坡志林》）。词所写的仅是途中遇雨小事，但由此反映出作者随遇而安、旷达洒脱的人生态度。　2."芒鞋"，草鞋。　3."谁怕"，意即不怕。　4."一蓑"句：一向是披领蓑衣任凭烟笼雨打。　5."料峭"，形容风寒，如俗语"冷的尖"。　6."萧瑟"，指风雨声，也指风雨引起的困难。"处"，境地。　7."也无"句：雨晴两不存在，是说二者等同，并无差别。

西江月

　　顷在黄州，春夜行蕲水中[1]，过酒家饮酒，醉，乘月至一溪桥上，解鞍曲肱[2]，醉卧少休。及觉，已晓。乱山攒拥，流水锵然[3]，疑非尘世也。书此语桥柱上[4]。

　　照野弥弥浅浪[5]，横空隐隐层霄[6]。障泥未解玉骢骄[7]，我欲醉眠芳草。　　　可惜一溪风月，莫教踏碎琼瑶[8]。解鞍欹枕绿杨桥[9]，杜宇一声春晓[10]。

1."蕲水"，源出湖北蕲春。"蕲"，音 qí。　2."曲肱"，弯着胳膊，《论语·述而》有"曲肱而枕之"。"肱"，音 gōng。　3."锵然"，本为玉声，这里形容水声的清越。　4.词作于元丰五年（1082）。　5."弥弥"，音 mímí，形容水满。　6."层霄"，层云。　7."障泥"，马鞯。用布或绸做成，垫在马鞍下，垂在马腹旁，用以遮泥土。"玉骢"，指良马。"骢"，音 cōng，青白色相杂的马。"骄"，壮健而不顺从。《晋书·王济传》说：王济乘马外出，马披锦障泥。途中遇水，马不肯渡。王猜想它是爱惜障泥，解去障泥，马果渡水。苏用此故事，意在表现马的矜贵。　8."琼瑶"，美玉，比水上月色。　9."欹枕"，斜枕着。　10."杜宇"，鸟名，即杜鹃。

念奴娇·赤壁怀古 [1]

　　大江东去 [2]，浪淘尽、千古风流人物 [3]。故垒西边 [4]，人道是、三国周郎赤壁 [5]。乱石崩云 [6]，惊涛裂岸，卷起千堆雪 [7]。江山如画 [8]，一时多少豪杰。　　遥想公瑾当年，小乔初嫁了 [9]，雄姿英发 [10]。羽扇纶巾 [11]，谈笑间、强虏灰飞烟灭 [12]。故国神游 [13]，多情应笑我 [14]，早生华发 [15]。人间如梦 [16]，一尊还酹江月。

1.赤壁有二：一在湖北嘉鱼东北江滨，三国时，吴将周瑜在这里大破曹兵；一在湖北黄冈城外，名赤鼻矶，苏轼据传说以为是周瑜破曹处。词作于元丰五年（1082）七月。它先写赤壁的形势景色，次述古人的英雄事迹和自己的感慨。　2.“大江”二句：赤壁的景与人同时提出。　3.“风流人物”，才能出众、品格超群的人。　4.“故垒”，旧的营垒。　5.“周郎”，周瑜字公瑾，助孙策平定长江下游，少年英雄，时人称为周郎。　6.“崩云”，如云的崩裂。此句又作“乱石穿空”。　7.“雪”，指浪花。　8.“江山”二句：由山水到人物，引起下片。　9.“小乔”，“乔”本作“桥”，桥玄女，周瑜妻，与姊大乔皆有美色，合称二乔。“初嫁”，泛言。乔嫁周在十年前。　10.“英发”，英气勃发。　11.“羽扇纶巾”，古代儒将的装束，用以形容周瑜的雍容闲雅。这是周的丰采的另一面，与“雄姿英发”相统一。“纶巾”，青丝带的头巾。“纶”，音 guān，青丝带。　12.“强虏”句：曹军战船完全烧掉，士卒死伤残重。　13.“故国”三句：自叹身世漂泊，功未立而人将老。“故国”，故乡。“神游”，身不到，神魂往游。苏轼因政治失意，故有归故乡的念头。　14.“多情”，关心他的人。　15.“早生”，苏轼早在熙宁八年已言“鬓微霜”《江城子》。　16.“人间”二句：是说人间既像梦那样难凭，古人的煊赫与自己的沦落又何必计较。古往今来，唯有江月可为证，还是应该用酒祭它。"人间"又作"人生"。

水龙吟·次韵章质夫杨花词[1]

似花还似非花[2]，也无人惜从教坠。抛家傍路[3]，思量却是，无情有思。萦损柔肠[4]，困酣娇眼，欲开还闭。梦随风万里[5]，寻郎去处，又还被莺呼起。　　不恨此花飞尽[6]，恨西园、落红难缀。晓来雨过[7]，遗踪何在？一池萍碎。春色三分[8]，二分尘土，一分流水。细看来[9]、不是杨花，点点是离人泪。

1.次韵是依照别人所用的韵来作诗词。章质夫是章楶（音 jié），苏轼的朋友。词作于元祐二年（1087），苏轼在京任翰林学士时。这样刻画细腻、情致缠绵的咏物词，在苏词中虽不多见，但它体现诗人的另一种艺术风格。　2."似花"二句：杨花像花又不像花，无人爱惜，任它飘零落地。　3."抛家"三句：以沦落的妇女为喻。寻思起来，她离开室家，彷徨路侧，即是无情，还有所思。"家"比枝头。　4."萦损"三句：在极度的愁苦中，肠既受损，眼也倦慵难睁。"柔肠"比柳枝，柳枝细柔。"娇眼"比柳叶，柳叶称柳眼。　5."梦随"三句：人在梦中寻找意中人，却被莺唤醒，如花因风远飘，又给风吹回。　6."不恨"二句：以下从惜春写杨花，以落花为陪衬。杨花飘尽不算憾事，憾事是园花委地，难回枝头。　7."晓来"三句：落花经雨，连遗迹都不存在；杨花也化为池中浮萍。"萍碎"，旧说柳絮入水化为浮萍（参看《植物名实图考长编》卷十三"水萍"条）。　8."春色"三句：总言春尽。二分就园花言，尘土指花落地；一分就杨花言，流水指花化萍。　9."细看"二句：结束全词。"离人"，思念意中人的人，也是惜春的人。

黄庭坚

黄庭坚（1045—1105），字鲁直，号山谷道人，分宁（今江西修水）人。宋英宗治平四年（1067）进士。他的政治遭遇随新旧党争的变化而升沉。家庭环境与文学交游促使他倾向"旧党"。神宗时，他在叶县、太和等地做地方官。哲宗初年，"旧党"得势，他入朝任秘书省校书郎、国史编修官等职。后"新党"再度执政，他被贬为涪州（今重庆市涪陵区）别驾。徽宗即位，他曾起复；继因蔡京当国，又被目为"奸党"；以"幸灾谤国"的罪名，除名羁管宜州（今广西河池市宜州区），到宜年余卒。

黄庭坚曾与苏轼并称为"苏黄"，这种声名显然超过他的实际成就。他有心继承宋初诗文革新运动的业绩，在诗歌上有所建树，实际上走的却是与西昆貌离神合的道路。他学杜甫，但着重追求的只是艺术技巧。以俗为雅、以故为新、用险韵、用僻典、作拗体等是他惯用的诗法。这种形式主义的道路，终于在宋诗中发展为人所指摘的江西诗派。不过，黄庭坚毕竟是有才能、有修养、关心国计民生的诗人，披沙简（亦作"拣"）金，诗中还不乏值得诵习的优秀篇章。有《山谷集》。

赣上食莲有感[1]

莲实大如指，分甘念母慈[2]；共房头馺馺[3]，更深兄弟思。实中有么荷[4]，拳如小儿手；令我念众雏[5]，迎门索梨枣。莲心政自苦[6]，食苦何能甘？甘飡恐腊毒[7]，素食则怀惭[8]。莲生淤泥中[9]，不与泥同调；食莲谁不甘？知味良独少[10]！吾家双井塘[11]，十里秋风香。安得同袍子[12]，归制芙蓉裳[13]！

1.赣上即赣州，今江西赣州。诗作于神宗元丰四年（1081），黄庭坚初为太和令时。任渊《山谷诗内集注》以为"山谷或以白事至此"。诗流露着对亲子、兄弟与故乡的爱，并且涉及他对立身处世的一些看法；有六朝乐府风调，但无模拟痕迹。　2."分甘"，分好吃的东西与人。"甘"，本为五味之一，但味道可口的也都可以称甘。　3."房"，莲房，即莲蓬。"馺馺"，音jíjí，本用以形容角的众多，这里借以形容莲房中的莲子。　4."么荷"，指莲实中嫩芽。"么"，同"幺"，小。5."雏"，小鸟，借指小儿。6."莲心"四句：从莲心的苦味，联想到追求逸乐的有害与不尽职的可耻。"政"，同"正"。"自"，语助词。　7."甘飡"，食肥甘。"飡"，即"餐"字。"腊毒"，"腊"，音xī，干肉，日久易含毒。8."素食"，无功受禄。9."莲生"四句：从莲的出淤泥而不染，联想到不受恶劣环境影响的人太少。　10."知味"，了解、欣赏莲那种出泥不染的情味。"良"，信、真。　11."双井"，黄庭坚的家乡，在今江西修水。12."同袍子"，相友好、共事业的人。　13."芙蓉裳"，象征志行高洁。《离骚》："集芙蓉以为裳。""芙蓉"，即莲。

上大蒙笼 [1]

黄雾冥冥小石门 [2]，苔衣草路无人迹 [3]。苦竹参天大石门 [4]，虎远兔蹊聊倚息 [5]。阴风搜林山鬼啸 [6]，千丈寒藤绕崩石 [7]。清风源里有人家 [8]，牛羊在山亦桑麻 [9]。向来陆梁嫚官府 [10]，试呼使前问其故。衣冠汉仪民父子 [11]，吏曹扰之至如此！"穷乡有米无食盐 [12]，今日有盐无食米 [13]。但愿官清不爱钱，长养儿孙听驱使 [14]！"

1. 大蒙笼在太和县（今江西泰和）。这首诗是黄庭坚元丰五年（1082），为太和令时作的。当时食盐由官府派销；销盐和处分不肯买盐的人都由县令负责。黄庭坚亲自下乡，知道些民间疾苦，执行盐法便比较宽和适中，百姓得到方便。诗写作者在大蒙笼的见闻。"吏曹扰之至如此"，是诗人此行的深刻感受。　2. "小石门"，与下边的大石门皆地名。　3. "苔衣草路"，荒芜的山路上全是青苔。"衣"，覆盖。　4. "苦竹"，竹的一种，高五六丈。　5. "远"，音 háng，野兽走的道路。"蹊"，音 xī，步行小路。　6. "搜林"，林风猛吹如在搜索。　7. "寒"，在这里指枯槁凋零，缺少生机。8. "清风源"，地名。　9. "牛羊"句：既畜牧牛羊，也种植桑麻。　10. "向来"二句：这里百姓向来强梁，轻侮官府，我叫他来问原因。"陆梁"，本是地名，在今广东、广西一带。那里人多山居，性强梁，故有此称。引申而为强悍、蛮横。这里用引申义。"嫚"，音 màn。　11. "衣冠"二句：清风源的人纯良有礼，他们轻侮官府，是群吏骚扰逼出来的。"汉仪"，汉族的派头。"民父子"，官民亲如父子。　12. "穷乡"四句：清风源居民说出他们的困难与愿望。　13. "有盐无食米"，米为官府征去，有盐何用；同时，无米也就无钱买盐。作者《劳坑入前城》有"赖官得盐吃，正苦无钱刀"，意与此同。 14."长养"，养活大。"听驱使"，听从使令。

登快阁¹

痴儿了却公家事²，快阁东西倚晚晴³。落木千山天远大，澄江一道月分明⁴。朱弦已为佳人绝⁵，青眼聊因美酒横⁶。万里归船弄长笛⁷，此心吾与白鸥盟⁸！

1.快阁在太和县，以江山广远，景物清华得名。诗作于元丰五年（1082），黄庭坚为太和令时。它在清秋江山的壮美外，还写出诗人自甘孤独的心情。 2."痴儿"，如言痴人，作者自称。"了却公家事"，办完公事。晋夏侯济与傅咸书说："生子痴了公事，官事未易了也。"黄诗本此。 3."晚晴"，点出登临的时间与天气，下二句由此发挥。 4."澄江"，双关语。它是水名，快阁即在其上；也是清澈平静的江。 5."朱弦"句：世无知己，不愿再施逞材能。古时，伯牙善鼓琴，钟子期最知音。子期死，伯牙绝弦，示不再弹。黄诗用此事。 6."青眼"句：是说值得喜爱重视的只有酒。晋阮籍能作"青白眼"。嵇喜来，他作白眼，表示厌恶；嵇康来，他作青眼，表示爱重。"横"，在这里指目光流动。 7."万里"二句：表示将乘舟归隐。 8."与白鸥盟"，和鸥盟誓说明归心坚决，而且唯鸥鸟可以为友。

寄黄幾复 [1]

我居北海君南海 [2]，寄雁传书谢不能 [3]；桃李春风一杯酒 [4]，江湖夜雨十年灯 [5]。持家但有四立壁 [6]，治国不蕲三折肱 [7]。想得读书头已白 [8]，隔溪猿哭瘴烟藤 [9]！

1.黄幾复名介，与黄庭坚同乡，少时便相往还。元丰八年（1085），黄幾复在广州四会县，黄庭坚在德州德平镇。诗叙彼此离合与对故人的系念。 2."我居"二句：叹彼此远离，音信难通。"北海""南海"，《左传》僖公四年："君处北海，寡人处南海。"德平在山东，故称北海；四会在广东，故言南海。作者自跋亦言四会、德平"皆海滨也"。 3."寄"，托。"谢"，辞谢，雁以不能传书辞谢。用雁飞不过衡阳故事。 4."桃李"二句：欢聚的时间短，离别的时间长。"桃李春风"，欢聚时的美好季节与美好环境。看花饮酒可助欢乐。 5."江湖夜雨"，离别后的漂泊生活。灯下听雨加深怀念。 6."持家"句：言幾复家道清寒。"四立壁"，用《汉书·司马相如传》"家徒四壁立"。 7."治病"句：言幾复谙练世故，富有才能，不经困难，便可有好治绩。"蕲"，求。"三折肱"，反用《左传》定公十三年"三折肱知为良医"语意。 8."想得"二句：称赞幾复老而勤学。 9."猿哭瘴烟藤"，诗人想象中的幾复的读书环境。猿声悲切，故用哭字。"瘴烟"，四会在广东，多瘴。

送范德孺知庆州 [1]

乃翁知国如知兵 [2]，塞垣草木识威名 [3]；敌人开户玩处女 [4]，掩耳不及惊雷霆[5]。平生端有活国计[6]，百不一试薶九京[7]！阿兄两持庆州节[8]，十年麒麟地上行[9]。潭潭大度如卧虎[10]，边头耕桑长儿女。折冲千里虽有余[11]，论道经邦政要渠。妙年出补父兄处[12]，公自才力应时须。春风旍旆拥万夫[13]，幕下诸将思草枯[14]；智名勇功不入眼[15]，可用折箠笞羌胡[16]。

1.庆州即今甘肃庆阳，北宋时迫近西夏，是西北边区。范德孺名纯粹，范仲淹第四子。范知庆州在元丰八年（1085）八月，黄诗则成于次年（哲宗元祐元年）春。作者关心国事，故于颂美范氏父兄守边的才能功勋外，并希望范德孺能巩固国防，抵御西夏的侵扰。诗的用韵比较奇特：在通篇平韵中插两句仄韵，而且上下段间用同一韵脚相联系。这可说是作者追求技巧新颖的一例。 2.“乃翁”，你的父亲。“知国如知兵”，政治和军事同样深通。 3.“塞垣”句：宋仁宗时，西夏扰边，范仲淹知庆州，为环庆路经略安抚缘边招讨使。他修城砦，招流亡，羌人亲爱，呼为“龙图老子”（参看《宋史·范仲淹传》）。 4.“敌人”句：这句源于《孙子·九地》“始如处女，敌人开户”。是说主持治军安闲镇静，如闺中少女，敌人遂玩忽，不加戒备。 5.“掩耳”句：当敌人“开户”时，突然进击，使敌人惊慌无措，如疾雷不及掩耳。 6.“端”，真。“活国”，使国家转危为安。 7.“百不一试”，试行的不及百分之一。“薶”，古“埋”字。“九京”，如九泉，即地下。 8.“阿兄”，指范纯仁（范仲淹次子）。“两持庆州节”，范纯仁在神宗熙宁七年（1074）与元丰八年，两知庆州。 9.“麒麟地上行”，麒麟古称仁兽，相传它走路不踏生虫，不折生草，以麒麟相比，足见范的仁厚。就诗意言，到“薶九京”为一段，就韵脚言，到“地上行”为一段。这和一般古诗随诗意改变而换韵不同。 10.“潭潭”，形容深广。“卧虎”，意谓不动声色，而为敌人所畏。 11.“折冲”二句：说明范纯仁何以内调。他的才能在外拒敌虽有余，但治理国家的重任正需要他承担。 12.“妙年"二句：范德孺尚在少年，而出补父兄之缺，是由于才力适合当时的需要。　13."旆"，同"旌"。"拥"，群聚。　14."幕下"句：幕下诸将都在等待时机，为国立功。"草枯"，指秋深。秋高马肥，最宜作战。　15."智名"句：意思是范德孺有高度军事修养，别人重视的智名勇功，他都不放在眼里。《孙子·形篇》："善战者之胜也，无智名，无勇功。"黄诗本此。　16."折箠笞羌胡"，意思是说对于范德孺而言，打击西夏是轻而易举的。

题竹石牧牛

子瞻画丛竹怪石，伯时增前坡牧儿骑牛，甚有意态，戏咏[1]。

野次小峥嵘[2]，幽篁相倚绿；阿童三尺箠[3]，御此老觳觫[4]。石吾甚爱之[5]，勿遣牛砺角[6]！牛砺角尚可，牛斗残我竹。

1."伯时"指李公麟，宋代名画家。哲宗元祐三年（1088），苏轼知贡举，荐黄庭坚、李公麟诸人为属官，诗或即此时作。　2."野次"，野地里。"峥嵘"，指怪石。　3."阿童"，即童。"阿"，发语词，无意义。　4."觳觫"，音 húsù，指牛。与前面的"峥嵘"同，都是以形容词作名词。　5."石吾"句：五言诗句大都是上二下三格或上三下二格，这句却是上一下四；句法也是散文式的。　6."勿遣"三句：担心画中的牛将在石上磨角，将因斗伤竹；从对牧儿的嘱咐中有力地颂美画的高度艺术成就。

晏幾道

晏幾道（1038—1110），字叔原，晏殊的幼子。他是个富有才华、高傲不合时宜的词人。仕宦不得志，生平似只监过颍昌许田镇。词风与晏殊近，但较感伤。所写多饮酒听歌、离别相思，而身世之感见于言外。华美多哀思，遂成晏词的特点。有《小山词》。

临江仙 [1]

梦后楼台高锁 [2]，酒醒帘幕低垂。去年春恨却来时 [3]，落花人独立 [4]，微雨燕双飞。　　记得小蘋初见 [5]，两重心字罗衣 [6]，琵琶弦上说相思 [7]。当时明月在 [8]，曾照彩云归 [9]。

1. 词的内容是梦破酒醒后对过去生活的追忆。　2.“梦后”二句：深夜醉梦醒时触目所见。楼锁幕垂说明室内寂寥，人物孤独。　3.“去年”句：在这孤独寂寥的时候，去年伤春怀人的哀愁又来到。“却”，有“再”意。　4.“落花”二句：追述去年的情景。花因雨落，燕双人独。　5.“记得”，直贯下二句。“小蘋”，歌者的名字。　6.“心字罗衣”，心字应是罗衣上绘绣的花纹，有人释为心字香熏过的罗衣，似勉强。　7.“琵琶”句：用琵琶声表达爱慕。晏幾道《小山词序》说：沈廉叔、陈君庞家有歌姬莲、鸿、蘋、云诸人。晏与沈、陈常持酒听她们唱他作的词。后来，沈卒陈病，歌姬与歌辞都"流转人间"。 8."当时"二句：是说当时照人的月虽在，而被照的人却不能再见；似是自慰，实是自伤。 9."彩云"，指蘋、云。李白《宫中行乐词》："只愁歌舞散，化作彩云飞。"

鹧鸪天 [1]

彩袖殷勤捧玉钟，当年拚却醉颜红 [2]；舞低杨柳楼心月 [3]，歌尽桃花扇底风 [4]。 从别后，忆相逢，几回魂梦与君同 [5]！今宵剩把银𫓧照 [6]，犹恐相逢是梦中。

1. 词中人仍是蘋、云等。重逢的喜悦促使诗人歌咏。 2."当年"，贯串上下四句。"拚"，音 pàn，俗语"豁着"。 3."舞低"，舞到月已低沉。"杨柳楼心月"，杨柳当楼，月照楼中。 4."歌尽"，唱到风停，极言唱了很久。"桃花扇底风"，歌者手持桃花色的扇子，挥扇生风。 5."几回"，言多次。"同"，意即在一起。 6."今宵"二句：杜甫《羌村》有"夜阑更秉烛，相对如梦寐"，晏词本此。"剩"，尽。

鹧鸪天 [1]

醉拍春衫惜旧香 [2]，天将离恨恼疏狂 [3]。年年陌上生秋草 [4]，日日楼中到夕阳 [5]。 云渺渺，水茫茫，征人归路许多长 [6]。

相思本是无凭语⁷，莫向花笺费泪行⁸。

1. 词写离别与情场失意的痛苦。　2.“醉拍”二句：是说旧情不易断绝，离恨无法逃避。“惜旧香”，衣服所带旧日意中人的香气，不能忘人，故重视香。　3.“天将”，天用。离恨无法摆脱，只好归之天意。“疏狂”，疏阔狂放的人。　4.“年年”二句：旧情别苦使人感到生活的厌倦。　5.“年年”“日日”，年年如此，日日如此，无时可了。“秋草”“夕阳”，秋草荒芜可哀，夕阳象征迟暮，都是惹人伤感的景色。　6.“许多长”，言极长。　7.“相思”二句：决定不再为爱情伤心落泪。　8.“花笺”，彼此往来的书简。

秦　观

秦观（1049—1100），字少游，扬州高邮（今江苏高邮）人。宋神宗元丰八年（1085）进士，曾任蔡州教授、国史院编修官等职。在新旧两党的斗争中，他受到新党章惇诸人的打击，初通判杭州，后贬处、柳、横、雷等南方边远地区，徽宗初放远，死于途中。

秦观以词名，也能诗。他是苏轼的门客，但在文学创作上却自辟蹊径。诗修辞精致而伤纤弱。词以婉约著称，基调则是低沉感伤的。除有关爱情者外，词的代表作多是为被放逐的哀怨而发，从侧面反映封建文人在统治阶级内部斗争中的不幸遭遇，是这类作品的社会意义。有《淮海集》。

秋 日 [1]（三首选一）

连卷雌蜺挂西楼 [2]，逐雨追晴意未休 [3]。安得万妆相向舞 [4]，酒酣聊把作缠头 [5]。

1. 组诗三首取材各异，这首用豪放的笔调描述虹的奇丽和由此而产生的幻想。　2. "连卷"，形容长而屈曲。"雌蜺"，虹的内环为正虹，旧称雄虹；外环为副虹，旧称雌虹或雌霓。"蜺"，音 ní，同"霓"。"挂西楼"，虹朝现于西方，晚现于东方，诗咏朝虹，故有此语。　3. "逐雨追晴"，逐是驱逐，追是追随，虹在雨后转晴时出现，恰如逐追。　4. "万妆"，成千上万的盛妆美人。　5. "缠头"，古时舞人当舞蹈时，用锦缠头。在规模较大的宴会上，舞人舞罢，座中人常赠送他们锦、罗，表示奖赏、祝贺。这种赠品称缠头。

好事近·梦中作 [1]

春路雨添花，花动一山春色 [2]。行到小溪深处，有黄鹂千百。　飞云当面化龙蛇 [3]，夭矫转空碧 [4]。醉卧古藤阴下，了不知南北 [5]。

1. 秦观于哲宗绍圣元年（1094）贬处州（今浙江丽水），绍圣三年（1096）

改贬郴（音 chēn）州（今湖南郴州），词可能是这时候的作品（参看苏轼《书秦少游词后》）。它写景奇丽，而言外有前途渺茫之感。　2."动"，教它活动起来。　3."化龙蛇"，变化得形如龙蛇。　4."夭矫"，屈伸有力而自然。　5."了不如"，完全不知。

踏莎行 [1]

　　雾失楼台 [2]，月迷津渡 [3]，桃源望断无寻处 [4]。可堪孤馆闭春寒 [5]，杜鹃声里斜阳暮 [6]。　　驿寄梅花 [7]，鱼传尺素 [8]，砌成此恨无重数 [9]。郴江幸自绕郴山 [10]，为谁流下潇湘去 [11]？

1.这首词作于秦观贬郴州时。秦于绍圣三年（1096）岁暮到郴，词为次年春日作，写谪居幽怨，遂成哀音。　2."雾失"三句：是说与衷心向往的地方隔绝，既不能去，又望不见。"雾失"，为雾所迷失。　3."月迷"，月光与波光融合成一片，使人分辨不清。　4."桃源"，有二说：一指陶潜《桃花源记》中的桃源，一指刘晨、阮肇采药遇仙女的桃源。这里泛指词中人所思慕神往的地方。　5."可堪"二句：写谪居的寂寞。用"孤馆""杜鹃""斜阳"等引人伤感的事物构成孤独凄凉气氛。"闭春寒"，馆门在春寒中紧闭。　6."暮"，作动词用，言斜阳下沉。　7."驿寄"句：《荆州记》说，陆凯自江南托驿使把梅花寄给北方的范晔。　8."鱼传"句：古乐府《饮马长城窟行》有"客从远方来，遗我双鲤鱼，呼儿烹鲤鱼，中有尺素书"。　9."砌成"，堆积起来。　10."郴江"二句：怪江水无端与山分离。言外意是自伤沦落，渴望与亲知欢聚。"郴江"，出郴州黄岑山，北流入湘水。"幸自"，即幸，"自"是语助词。　11."为谁"，作者以为水绕山是幸运，现水竟舍山而去，所以问"为谁"。

如梦令 [1]

遥夜沉沉如水 [2]，风紧驿亭深闭 [3]。梦破鼠窥灯 [4]，霜送晓寒侵被 [5]。无寐 [6]，无寐，门外马嘶人起。

1. 词以夜宿驿亭的情景为创作素材，静与寒是描写重点。　2. "遥夜"，长夜，深夜。"沉沉"，形容深邃，这里指夜静，夜久。"如水"，黑夜在沉寂中消逝，如水平静地流着。　3. "驿亭"，驿站上过客休止的房舍。　4. "窥"，偷看。　5. "霜送"，霜本因寒降，这里倒言，使霜成为有意志的。　6. "无寐"，用叠句，是这个词调的定格。

张　耒

张耒（1054—1114），字文潜，楚州淮阴（今江苏淮安市淮阴区）人。他由主簿、县尉，官至起居舍人。新旧党争中，他受到章惇、蔡京的迫害，一再被贬黜；晚年居陈州，士人多从他学习。

张耒受白居易、张籍的影响很深，成就却不及他们。他的诗常反映人民的疾苦，风格平易舒坦，不尚雕琢；但因过重平易，忽视锤炼，故常失于草率。有《柯山集》。

再和马图[1]

我年十五游关西[2]，当时唯拣恶马骑。华州城西铁骢马[3]，勇士十人不可羁[4]。牵来当庭立不动，两足人立迎风嘶[5]。我心壮此宁复畏[6]，抚鞍蹞蹞乘以驰[7]。长衢大呼人四走，腰稳如植身如飞[8]；桥边争道挽不止，侧身逼坠壕中泥。悬空十丈才一掷[9]，我手失辔犹攒蹄，回头一跃已在岸，但见满道人嗟咨[10]。关中地平草木短[11]，尽日散漫游忘归，驱驰宁复受鞭策[12]，进止自与人心齐[13]。尔来十年我南走，此马嗟嗟入谁手，楚乡水国地卑污[14]，人尽乘船马如狗。我心未老身已衰，梦寐时时犹见之；想图思画忽有感[15]，况复慷慨吟公诗[16]。达人遇境贵不惑[17]，世有尤物常难得，宁能使我即无情[18]，搔首长歌还叹息。

1. 张耒有《读苏子瞻韩干马图诗》，这首诗题"再和"，当是继前诗而作。苏诗作于宋神宗熙宁十年（1077）春，张诗可能也作于此时或稍后。 2. "关西"，函谷关以西的地区，今陕西、甘肃一带。 3. "华州"，今陕西渭南市华州区。"铁骢马"，青毛黑毛相杂的马。 4. "羁"，龙头，引申为管束。 5. "人立"，用后腿站起，像人那样。 6. "壮此"，喜爱马的壮伟。 7. "以"，而且。 8. "腰如植"，腰挺得稳直，像栽在那里。"植"，栽。"身如飞"，人善骑，马善走。 9. "才一掷"，仅仅一跃。"掷"，形容马跳跃的迅疾。　10.“嗟咨”，赞叹。　11.“关中地平”，指陕西平原。　12.“驱驰”句：走得很快，哪里还需要再加鞭箠？　13.“进止”句：走和停都如人意。“齐”，一致。　14.“楚乡”，如言楚地。“水国”，多水的地区。张耒二十岁左右中进士，后任临淮主簿（参看《宋史·张耒传》《后涉淮赋序》），“楚乡”“水国”应指此。　15.“想图思画”，张耒未见韩画，仅读苏诗（参看《读苏子瞻韩干马图诗》）。　16.“公”，指苏轼。　17.“达人”，见识高超，达观一切的人。“不惑”，不疑惑，意即不溺于物。　18.“宁能”，何能，岂能。

劳　歌 [1]

　　暑天三月元无雨 [2]，云头不合惟飞土。深堂无人午睡余，欲动身先汗如雨。忽怜长街负重民，筋骸长彀十石弩 [3]；半衲遮背是生涯 [4]，以力受金饱儿女 [5]。人家牛马系高木 [6]，惟恐牛躯犯炎酷 [7]；天工作民良久艰 [8]，谁知不如牛马福。

1. 这首诗为出卖劳力养家的贫苦人民申诉。诗人从自己畏热，想到劳动者的苦况。　2.“元”，无。不用无而用元，为避重复。　3.“彀十石弩”，用拉硬弓来描写负重民的劳累。“彀”，音 gòu，将弓弩拉开。　4.“衲”，音 nà，补。这里指补过的衣服。　5.“以力受金”，言用劳力换钱。　6.“人家”四句：富人重畜轻人；劳动者在炎日下干重活，不如树下的牛马有福气。　7.“犯炎酷”，为炎天酷暑所侵犯。　8.“天工”，天公。“作民”，作育人类。“久艰”，历时既久，又不容易。

北邻卖饼儿每五鼓未旦即绕街呼卖，虽大寒烈风不废，而时略不少差也，因为作诗，且有所警，示秬秸[1]

城头月落霜如雪，楼头五更声欲绝[2]；捧盘出户歌一声，市楼东西人未行。北风吹衣射我饼[3]，不忧衣单忧饼冷。业无高卑志当坚[4]，男儿有求安得闲！

1."秬秸"，指张耒的儿子张秬和张秸。诗意在勉励他们坚定意志，努力干事业。作者对贫苦人民的体贴提高了诗的思想性。　2."欲绝"，将断。　3."北风"二句：写卖饼儿的心情。　4."业无"二句：卖饼儿的行动给诗人的启发。

夜 坐

庭户无人秋月明，夜霜欲落气先清。梧桐真不甘衰谢[1]，数叶迎风尚有声。

1."梧桐"二句：写物而有人在，有曹操"老骥伏枥，志在千里"（《龟虽寿》）的意味。

陈师道

陈师道（1053—1102），字无己，彭城（今江苏徐州）人。由于苏轼、孙觉等的推荐，他以白衣得官，曾任徐州教授、秘书省正字诸职。一生贫困，而耿介自守，不附权贵。

陈师道是江西诗派重要诗人之一，诗学黄庭坚，也宗杜甫。他知道过于求奇是黄庭坚诗法的缺点，但他学杜甫，仍然局限在技巧方面。由于他生活领域不广阔，胸襟不开阔，作诗又运思幽僻，刻意求深，所以内容狭窄、艰涩难懂是其作品的重要缺点。为世传诵的是一部分既有真情实感，文字又不追求深奇的篇章。有《后山集》。

别三子[1]

夫妇死同穴[2]，父子贫贱离；天下宁有此[3]？昔闻今见之！母前三子后，熟视不得追；嗟乎胡不仁[4]，使我至于斯[5]！有女初束发[6]，已知生离悲；枕我不肯起，畏我从此辞。大儿学语言，拜揖未胜衣[7]；唤"爷我欲去"，此语那可思[8]！小儿襁褓间[9]，抱负有母慈；汝哭犹在耳[10]，我怀人得知[11]！

1.宋神宗元丰七年（1084），陈师道的岳父郭槩（音gài）任西川提刑，陈的妻、儿皆随郭入蜀；陈因母老，不能同往。诗应作于此时或稍后。它写作者夫妇、父子，因贫穷被迫远离的极痛深悲。　2."同穴"，同墓穴。"死则同穴"，出于《诗经·大车》，陈诗用《诗经》语而意思却是：他与妻被迫生离，只有等死后，方能埋在一起。　3."宁有此"，岂有此。　4."胡不仁"，为什么这样残酷。　5."至于斯"，到这步田地。　6."束发"，如言结发。古时，女年十五，将发束起，加笄（簪）。　7."拜揖"句：《史记·三王世家》有"皇子赖天，能胜衣趋拜"。陈诗本此，反用。言大儿尚幼弱，不能穿起衣服行礼。　8."那可思"，不能想，言太令人痛心。　9."襁褓间"，言尚需负抱。"襁褓"，音qiǎngbǎo，背负小儿时所用的被子与带子。　10."犹在耳"，哭声还可听到。　11."人得知"，是说别人哪能知道。

放歌行[1]（二首选一）

　　春风永巷闭娉婷[2]，长使青楼误得名[3]。不惜卷帘通一顾[4]，怕君着眼未分明。

1.《放歌行》是乐府旧题。古辞或叹年命无常，或鼓励人际会风云，建功立业。陈师道的《放歌行》却是假托失意宫人，来抒发他的因耿介自守，致沦落下位的愤懑。　2."春风"二句：写诗中人的遭遇。美人在宫中被冷落，虚度良时，却被误传为受到君王的恩宠。"春风"，象征好时节。"永巷"，汉代宫中的长巷，用以幽禁有罪的宫人。"娉婷"，形容姿容的美好，也指美人。　3."青楼"，美人所居，也指楼中人。"误得名"，误得承宠之名。　4."不惜"二句：写诗中人如何自重。她未尝不肯卷起帘来，看一眼，略示情愫，但怕对方无眼力，不能识别她的绝色与深情，因而宁受冷落，终不一顾。"通"，表达。

晁补之

晁补之（1053—1110），字无咎，济州巨野（今山东巨野）人。曾任著作郎、礼部郎中与扬州、湖州等地方官，曾因党争被贬。词风格豪迈，接近苏轼。有《晁氏琴趣外篇》。

摸鱼儿·东皋寓居 [1]

买陂塘、旋栽杨柳 [2]，依稀淮岸江浦。东皋嘉雨新痕涨 [3]，沙嘴鹭来鸥聚 [4]。堪爱处，最好是、一川夜月光流渚 [5]。无人独舞。任翠幄张天 [6]，柔茵藉地 [7]，酒尽未能去。　　青绫被 [8]，莫忆金闺故步 [9]，儒冠曾把身误 [10]。弓刀千骑成何事 [11]，荒了邵平瓜圃 [12]。君试觑 [13]，满青镜、星星鬓影今如许 [14]。功名浪语 [15]。便似得班超，封侯万里 [16]，归计恐迟暮 [17]。

1.晁补之晚年罢官，闲居济州（今山东巨野）金乡，建东皋归来园，有楼观堂亭，自作记、画图，记题画上（参看《鸡肋集·归来子名缗城所居记》、《西塘集耆旧续闻》卷三）。词作于宋徽宗崇宁四年（1105）左右，于描绘风物外，兼抒发作者的政治牢骚。　2."买陂"二句：叙在东皋的布置。"陂"，池塘。"旋"，急，即。　3."嘉雨"，好雨。"新痕"，新涨的水痕。　4."沙嘴"，沙岸突入水中的部分。　5."光流渚"，月光遍照洲渚。月光似水，故言流。　6."幄"，音 wò，帐幕。"张天"，在天空张开。　7."茵"，褥、席，垫子。"藉"，铺，垫。　8."青绫"三句：对过去朝官生活的否定。"青绫被"，汉制，尚书郎入署值班，官方供新青缣白绫被或锦被。　9."金闺"，金门，即金马门。汉代优异的征士在金马门听候诏命。"故步"，往事，指作者任秘书省正字、校书郎等职时事。　10."儒冠"句：读书、做官耽误自己。"儒冠"，儒者之冠，指做儒生。　11."弓刀"二句：对地方官生活的否定。"千骑"，古代诸侯称千乘之君，后来的太守比古诸侯，因言千骑。作者曾知河中府、湖、密、果等州。本句指此。"成何事"，言一无所成。作者任地方官是因在朝受排挤，故有此愤语。　12."邵平瓜圃"，秦亡后，东陵侯邵平家贫，在长安东门外种瓜。这里指隐居生活。　13."觑"，间觑，看。　14."青镜"，青铜镜。"星星"，形容鬓白。　15."浪语"，空话。　16."封侯万里"，东汉班超未显贵时，相者说他的相貌是万里侯相，后在西域立大功，封定远侯。　17."归计"句：班超在外三十余年，回到京都洛阳，已七十一岁。

王　观

王观（1035—1100），字通叟，如皋（今江苏如皋）人。宋哲宗时进士，官至翰林学士。以作应制词得罪，被贬，遂自号逐客。词多不传，有《冠柳集》。

卜算子·送鲍浩然之浙东 [1]

水是眼波横 [2]，山是眉峰聚。欲问行人去那边？眉眼盈盈处 [3]。才始送春归，又送君归去。若到江南赶上春，千万和春住 [4]。

1.鲍浩然事迹不详。浙东是浙江东路（今浙江东部）的简称。　2.“水是”二句：美人眉、目，一向用山水来作比，这里反过来写。“波”“峰”皆是双关。“横”，目光流动。　3.“眉眼”句：指山水秀美的地方。浙东多名山水，所以这样说。“盈盈”，形容美好。　4.“和春住”，与春同住，不放春去。

孔平仲

孔平仲（生卒不详），字毅父，新喻（今江西新余）人。曾为集贤校理、江东转运使判官等官。因属“元祐党人”，故受贬黜。他与兄文仲、武仲，并称“三孔”。诗风时近苏轼。有《朝散集》。

代小子广孙寄翁翁 [1]

爹爹来密州 [2]，再岁得两子 [3]。牙儿秀且厚 [4]，郑郑已生齿；翁翁尚未见，既见想欢喜。广孙读书多，写字辄两纸；三三足精神 [5]，大安能步履。翁翁虽旧识，伎俩非昔比 [6]。何时得团聚，尽使罗拜跪 [7]。婆婆到辇下 [8]，翁翁在省里 [9]，太婆八十五 [10]，寝膳近何似？爹爹与妳妳 [11]，无日不思尔 [12]。每到时节佳，或对饮食美，一一俱上心 [13]，归期当屈指。昨日又开炉，连天北风起，饮阑却萧条 [14]，举目数千里 [15]。

1.这是一首代儿子写给祖父的诗。"小子"即儿子。"广孙"是儿子的名字。"翁翁"是对祖父的称呼。　2."密州"，今山东诸城。　3."再岁"，两年。　4."牙儿""郑郑"，都是广孙的弟弟。"秀且厚"，清秀而丰满。　5."三三""大安"，也是广孙的弟弟。　6."伎俩"句：是说精灵调皮的本领超过从前。　7."罗拜跪"，环绕祖父跪而且拜。　8."婆婆"，祖母。"辇下"，京都。　9."省"，古时中央的官署有的称省，如尚书省、中书省等。　10."太婆"，曾祖母。　11."妳妳"，同"奶奶"，这里指母亲。　12."尔"，你们。　13."上心"，如俗言惦记着。　14."却"，反而。"萧条"，形容心情不愉快，如言索然寡欢。　15."举目"句：相隔太远，望也望不见。

张舜民

张舜民（生卒未详），字芸叟，邠（音 bīn）州（今陕西彬州）人。宋哲宗初，做过监察御史，曾因新旧党争被贬。他的诗学白居易，词传者不多，但有为人称颂的。有《画墁集》。

打 麦[1]

打麦打麦[2]，彭彭魄魄[3]，声在山南应山北[4]。四月太阳出东北，才离海峤麦尚青[5]，转到天心麦已熟[6]。鹃旦催人夜不眠[7]，竹鸡叫雨云如墨[8]。大妇腰镰出，小妇具筐逐[9]；上垅先择青[10]，下垅已成束。田家以苦乃为乐[11]，敢惮头枯面焦黑。贵人荐庙已尝新[12]，酒醴雍容会所亲[13]；曲终厌饫劳童仆[14]，岂信田家未入唇！尽将精好输公赋[15]，次把升斗求市人[16]。麦秋正急又秧禾[17]，丰岁自少凶岁多[18]！田家辛苦可奈何，将此打麦词[19]，兼作插禾歌。

1.这首诗用两个不同画面表现两个不同阶级的生活，从而反映出农村麦季的紧张劳动和封建剥削者的无耻掠夺。 2."打麦"三句：从打麦的声音传写劳动的紧张。 3."彭彭""魄魄"，皆打麦声。 4."应山北"，山北发出回声。　5.“海峤”，海中山，指日出处。“峤”，音 qiáo，尖而高的山，也泛指山。　6.“转到天心”，中午。　7.“鹘旦”，鸟名，从夜啼到晓。　8.“竹鸡”，鸟名，栖竹林内。　9.“具”，具备。“逐”，紧跟上，不愿落在后边。　10.“捋”，音 luō，采取。　11.“乃”，却。　12.“荐庙”，用初熟的五谷或新出的果物在祖庙献祭。“尝新”，吃新成熟的谷、菜、果等。　13.“醴”，音 lǐ，甜酒，这里泛指酒。“所亲”，亲近的人。　14.“曲终”，宴会上歌罢舞毕。“饫”，音 yù，饱。“劳”，慰劳，这里意如赏赐。　15.“输”，送。“公赋”，赋租。　16.“求市人”，农家需钱，麦收后，请求商人购买。这里指出剥削农民的，除官僚地主外，还有商人。　17.“秧”，栽秧，栽。　18.“自”，自来，从来。　19.“将此”二句：将打麦词作插禾歌用，是说在富人的压榨下，农民的遭遇总是悲惨的，插禾时和打麦时一样。

卖花声·题岳阳楼[1]

　　木叶下君山[2]，空水漫漫。十分斟酒敛芳颜[3]。不是渭城西去客[4]，休唱阳关[5]。　　醉袖抚危栏，天淡云闲。何人此路得生还[6]？回首夕阳红尽处[7]，应是长安[8]。

1.这首词作于宋神宗元丰六年（1083），张舜民谪赴郴州途中（参看《画墁集》卷四）。岳阳楼在湖南岳阳城西门上。　2.“木叶下”，《楚辞·九歌》：“袅袅兮秋风，洞庭波兮木叶下。”“君山”，在湖南洞庭湖中。　3.“十分”句：意思是斟酒很殷勤，但因惜别容颜不欢。“颜”，眉目之间。　4.“不是”二句：嘱咐歌者莫唱离别歌曲；是对惜别者的安慰，也是自我宽解。"渭城"，汉改秦咸阳为渭城。王维《送元二使安西》有"渭城朝雨浥轻尘"。　5."阳关"，指《阳关曲》。王维诗（题同上）："劝君更尽一杯酒，西出阳关无故人。"　6."何人"句：悬想此后谪居生活的艰危。"此路"，指谪郴。　7."回首"，前途艰危的预感引起对京都的依恋、思念。　8."应是长安"，长安是汉唐古都，用以指汴京。白居易《题岳阳楼》有"夕阳红处是长安"，张词本此，加"应是"，便更委婉深厚。

李之仪

李之仪（约1035—1117），字端叔，沧州无棣（今山东无棣）人。宋神宗时举进士，做过枢密院编修官，以朝散大夫终。他于词能作、能论。有《姑溪词》。

卜算子

我住长江头，君住长江尾。日日思君不见君[1]，共饮长江水。　　此水几时休[2]？此恨何时已？只愿君心似我心，定不负相思意。

1.“日日”二句：在爱而不见时，用共饮江水自慰。　2.“此水”二句：离恨与江水同样地无尽。

贺　铸

　　贺铸（1052—1125），字方回，卫州（今河南卫辉）人。他虽出身贵族，但因性耿直，尚气近侠，不媚权贵，故未得高官。宋哲宗元祐中，为和州管界巡检，历阳石碛戍官；徽宗时，为泗州通判，太平州倅。晚年退居苏州。

　　贺铸词的风格和他的为人有相类处。它的华赡处似晏幾道，哀婉处似秦观，更有晏、秦所无的沉郁和挺拔。作品的内容也较丰富，特别值得重视的是其中反映出在王朝颠覆前夕诗人胸中所蕴积的爱国忧时的激情。这样的词不妨看作南宋辛派的先声。有《东山词》。

鹧鸪天[1]

　　重过阊门万事非[2]，同来何事不同归！梧桐半死清霜后[3]，头白鸳鸯失伴飞。　　原上草[4]，露初晞[5]，旧栖新垄两依依[6]。

空床卧听南窗雨[7]，谁复挑灯夜补衣？

1.贺铸改"鹧鸪天"为"半死桐"，今仍旧。词为悼念亡妻而作。贺铸晚年退居苏州，词言"阊门""白头"，应作于此时。　2."阊门"，苏州的西北门，这里指苏州。　3."梧桐"二句：言老年丧偶，生意索然。"梧桐半死"，白居易《悼亡诗》用枚乘《七发》中语，有"半死梧桐老病身"，贺词本此。"梧桐半死"比喻自己的久历风霜，衰病憔悴。　4."原上"三句：从妻亡感到生命短促，因而既恋旧居，也念新冢。　5."晞"，音 xī，干。　6."旧栖"，以前同住的地方。"新垄"，新坟。　7."空床"，曾与人同睡，现在一人独睡的床。《古诗十九首》中"荡子行不归，空床难独守"的"空床"与此意同。

青玉案[1]

凌波不过横塘路[2]，但目送、芳尘去[3]。锦瑟华年谁与度[4]？月桥花院[5]，琐窗朱户，只有春知处。　　飞云冉冉蘅皋暮[6]，彩笔新题断肠句。若问闲情都几许[7]？一川烟草[8]，满城风絮，梅子黄时雨。

1.贺铸改"青玉案"为"横塘路"，今仍旧。词的内容是对偶然相遇者的思慕。　2."凌波"三句：点出与所思慕者相遇的情况。他和她仅在望中一见。"凌波"，形容妇女步履的轻美，或以指妇女的步伐。"横塘"，在苏州附近，是个经贯南北的大塘，那里有贺铸的别墅。　3."芳尘"，所思慕者的行迹。"尘"，迹。　4."锦瑟"句：自问她的盛年与谁同度，也就是揣想她的伴侣是谁。"锦瑟华年"，李商隐《锦瑟》有"锦瑟无端五十弦，一弦一柱思华年"，贺词本此。　5."月桥"三句：自答。从她的宅院到她的门户，只有春知，实即无人能知。　6."蘅皋"，生有香草的水边，即词中人顾望徘徊的地方。　7."都"，总。　8."一川"三句：以极习见、极具体的自然风物说明极复杂、极细微的心情。

六州歌头 [1]

　　少年侠气 [2]，交结五都雄 [3]。肝胆洞 [4]，毛发耸。立谈中 [5]，死生同，一诺千金重 [6]。推翘勇 [7]，矜豪纵，轻盖拥 [8]，联飞鞚 [9]，斗城东 [10]。轰饮酒垆 [11]，春色浮寒瓮 [12]，吸海垂虹 [13]。闲呼鹰嗾犬 [14]，白羽摘雕弓 [15]，狡穴俄空 [16]。乐匆匆 [17]。　　似黄粱梦 [18]，辞丹凤 [19]；明月共，漾孤篷 [20]。官冗从 [21]，怀倥偬 [22]，落尘笼，簿书丛 [23]。鹖弁如云众 [24]，供粗用 [25]，忽奇功。笳鼓动 [26]，《渔阳弄》[27]，《思悲翁》[28]。不请长缨 [29]，系取天骄种 [30]，剑吼西风 [31]。恨登山临水 [32]，手寄七弦桐 [33]，目送归鸿 [34]。

1.据程俱作的贺铸墓志，贺卒于宋徽宗宣和七年（1125），词可能即此年作。它写作者对少年游侠生活的回忆和救国无路的抑郁。金统治阶级在灭辽后，积极准备攻宋，而宋王朝却以为天下自此太平，拒绝臣民对边防建议，甚且严刑禁论边事。诗人感到国家的危机将至，从而发出迫切的抗敌的呼声。　2."少年"二句：下面游侠生活的总述。　3."五都"，汉与唐均有五都，而地点各异。这里应是泛指北宋的一些大城市。"雄"，雄豪的人，即游侠者流。　4．"肝胆"五句：述豪侠的为人。他们坦率无隐，激昂奋发，立地订交，同生同死，一言既定，绝不更改。"洞"，通，中空，引申为无所隐藏。　5．"立谈"，不待坐下谈，极言迅速。　6．"一诺"句：《史记·季布传》有"得黄金百斤，不如得季布一诺"。　7．"推翘"五句：他们以勇敢豪华相尚，轻车飞马，结队在京东取乐。"翘"，特出。　8．"盖"，车盖，这里指车。　9．"鞚"，音kòng，马勒，这里指马。　10．"斗城"，汉代长安故城。这里指汴京。　11．"轰饮"，喧哗地聚饮。　12．"春色"，酒的美丽颜色。　13．"垂虹"，相传虹能吸饮涧溪中水，且能饮酒。　14．"嗾"，音sǒu，使犬声。　15．"摘"，发。　16．"狡穴"，狡兔的洞。以狡兔指代机警的野兽。"俄"，一会儿。　17．"乐匈"句：结束上文。　18．"似黄"二句：梦一样地离开京都。"黄粱梦"，唐传奇《枕中记》叙：卢生遇吕翁于旅舍，翁与生枕，使睡。生在梦中尽历富贵荣华，直至老死。睡时店主人正煮黄粱，醒时黄粱尚未熟。　19．"丹凤"，即丹凤城。春秋时，秦穆公女弄玉善吹箫，凤降其城，因有此称，后来用指京城。　20．"漾"，浮行。"孤篷"，孤舟，以篷代舟。　21．"官冗"四句：官职低，心情烦，成堆的公事文书要处理；庸俗事务困人，像鸟关在笼里。就文职言，似作者自道。"冗从"，可有可无的从属职位。　22．"倥偬"，音kǒngzǒng，因匆忙而困苦。　23．"簿书"，公事文件。"丛"，聚积。　24．"鹖弁"三句：论武职人员。人才很多，但使用不当。"鹖弁"，音hébiàn，指武官。"鹖"，鸟名，勇健好斗。汉代虎贲中郎将等官都戴鹖冠（以鹖尾为饰）。"弁"，古时帽子的一种。　25．"粗用"，指做无大意义的事。　26．"箭鼓"三句：东北方民族势将南侵，自己年虽老，却为此悲愤。因当时统治集团禁言边事，所以这几句措辞较隐蔽。"箭鼓动"，指战事将爆发。　27．"《渔阳弄》"，古鼓曲有《渔阳掺》，《渔阳弄》似指此。这里是借用。渔阳指当时东北边，弄是小曲，也作弄兵讲。　28．"《思悲翁》"，汉乐府曲名。这里取意于"翁"。"思悲"，老人为边事悲伤。时作者年已过七十。　29．"不请"三句：不能到边地击败敌人，剑也愤怒。

"请长缨"，汉终军向皇帝请求，望能得长缨（指绳子），将南越王绑缚到汉朝京城（参看《汉书·终军传》），后代用指请求从军救国。　30."天骄种"，指蓄意侵犯中原的边疆民族。汉时匈奴自以为"天之骄子"（参看《汉书·匈奴传》）。　31."剑吼"，旧说剑能发声，如龙吟虎啸（参看《拾遗记》卷二）。　32."恨登"三句：对游山玩水，目望飞鸟，手弹琴瑟那类放任自得的生活不满意。　33."七弦桐"，指琴。琴用桐木做成，或五弦，或七弦。　34."目送"，晋嵇康《赠秀才入军诗》有"目送飞鸿，手挥五弦"。贺词本此。

周邦彦

周邦彦（1056—1121），字美成，钱塘（今浙江杭州）人。他博学多通，好声色，常冶游。宋神宗时，因献《汴都赋》为太学正。以后或在京都或在外郡，任庐州教授、秘书省正字等职。徽宗为粉饰太平，置议礼局，他为议礼局检讨官；又置大晟府，他为大晟府提举。他精通音乐，供职大晟时，与万俟（复姓，音Mòqí）咏诸人讨论古乐，创制新调。晚年出知顺昌府与处州。

周邦彦的生活和职务对他的文学创作是有影响的。在宋词的流派上，他继承柳永而有所变化。变化在于柳有市井文人气息，他有宫廷文人气息。在表现手法上，他有接近黄庭坚处。黄主张以故为新，他以善融化古句著称。不论抒情体物，他对于结构、布局、选声、遣辞，都悉心安排，故所作多精工，在艺术技巧上有所贡献；但思想内容缺乏深度，是作品的大病。有《片玉词》。

苏幕遮[1]

燎沉香[2]，消溽暑[3]。鸟雀呼晴，侵晓窥檐语[4]。叶上初阳干宿雨[5]，水面清圆[6]，一一风荷举。　　故乡遥，何日去？家住吴门[7]，久作长安旅[8]。五月渔郎相忆否[9]？小楫轻舟，梦入芙蓉浦[10]。

1.这首词是客居汴京，消夏思乡之作。写晓晴后荷叶，最得神理。　2."燎"，音 liáo，烧。"沉香"，沉香木所做的香料。　3."溽暑"，湿热。"溽"，音 rù，湿。　4."侵晓"，天刚亮。"窥檐"，在屋檐边窥伺。"语"，指彼此和鸣。　5."宿雨"，昨夜的雨。　6."水面"二句：荷花经雨润日照风吹，清润的圆叶一一挺立水面。　7."吴门"，江苏苏州。　8."长安旅"，京城的旅客。　9."五月"三句：因为他思念家乡渔人，曾梦见在荷花中荡舟，遂想到家乡人是否思念他。　10."芙蓉浦"，指生满荷花的渠塘。

兰陵王·柳[1]

柳阴直[2]，烟里丝丝弄碧[3]。隋堤上[4]、曾见几番，拂水飘绵送行色[5]？登临望故国，谁识，京华倦客[6]？长亭路、年去岁来，

应折柔条过千尺 [7]。　　　　闲寻旧踪迹 [8]。又酒趁哀弦 [9]，灯照离席 [10]，梨花榆火催寒食 [11]。愁一箭风快 [12]，半篙波暖 [13]，回头迢递便数驿 [14]，望人在天北 [15]。　　　　凄恻，恨堆积 [16]。渐别浦萦回 [17]，津堠岑寂 [18]，斜阳冉冉春无极 [19]。念月榭携手 [20]，露桥闻笛。沉思前事，似梦里，泪暗滴。

1. 这首词的题目虽是咏柳，实际上是借柳写别情。从送者的角度写，是客中送客。　　2. "柳阴"二句：写正午的柳荫和柳枝的美。"直"，日在中天，故树影直。　　3. "弄"，卖弄。　　4. "隋堤"二句：是说曾经多次看到柳送行人。"隋堤"，隋炀帝开汴河，沿堤植柳，因称隋堤。　　5. "行色"，行色匆匆的人。　　6. "倦客"，倦于在外作客的人，指作者自己。　　7. "应折"句：为送行而折的柳条应该超过千尺，极言送走者多。　　8. "闲寻"句：追思往事。指前数句言。　　9. "又酒"二句：转到当前的送别。"哀弦"，带有感伤性的音乐。"弦"，这里泛指音乐。　　10. "离席"，离别的筵席。　　11. "梨花"句：点出寒食节近，以见别离正当春深时候。"榆火"，寒食节在清明前二日，有禁火的风俗，节后另取新火。唐制，清明日取榆、柳的火，以赐近臣。　　12. "愁一"四句：送者为风快水满，行人迅速远去而哀愁。"一箭风快"，急风吹送，舟行如箭。　　13. "半篙"，船家或水边居民惯用篙来测量水的深浅涨落，因而有"一篙""半篙""三篙"等语。"波暖"，言春已深。　　14. "回头""望"，都就行者言。"迢递"，形容远。　　15. "人在天北"，行人回望，见送者在辽远的北方。汴河经开封、商丘等东南入淮，所以行人南往，送者北留。　　16. "凄恻"二句：与"闲寻旧踪迹"句相类，有承前启后作用。　　17. "渐别"三句：行人去后，送者触目所见，一一感到凄恻。"别"，作"另"讲。"萦回"，形容水的回旋，是说不同的浦水尚相回旋，人却天各一方。　　18. "堠"，音 hòu，路旁记里数的土堆。"岑寂"，是说行人远去，送者与津堠一样寂寞。　　19. "冉冉"，慢慢地，渐渐地。这里形容斜阳的西沉。　20."念月"四句：回忆前事，恍如梦中，不免暗暗流泪。

蝶恋花·早行 [1]

　　月皎惊乌栖不定 [2]，更漏将阑 [3]，辘轳牵金井 [4]。唤起两眸清炯炯 [5]，泪花落枕红绵冷 [6]。　　执手霜风吹鬓影。去意徘徊 [7]，别语愁难听 [8]。楼上阑干横斗柄 [9]，露寒人远鸡相应 [10]。

1.这是首别离词，取时于拂晓，取地于楼头。　2."惊乌"，为月光所惊的乌鸦。　3."阑"，尽。　4."辘轳"，音 lù，即辘轳，用以汲水的滑车。　5."唤起"，室外鸟啼声、汲水声将人惊起。"眸"，音 móu，眼珠子。"炯炯"，音 jiǒngjiǒng，明亮，这里形容人在将别时，含着泪花凝视对方的目光。　6."红绵冷"，泪湿透作枕芯的红色绵，因而使人有凉的感觉。　7."徘徊"，这里形容心绪不宁。　8."愁难听"，因心绪不宁而听不真。　9."楼上"句：用北斗横斜说明夜已将尽。"斗柄"，北斗七星中，五至七三个星称斗柄。"阑干"，形容横斜。　10."人远"，行人已远去。

玉楼春 [1]

　　桃溪不作从容住 [2]，秋藕绝来无续处 [3]。当时相候赤栏桥 [4]，今日独寻黄叶路 [5]。　　烟中列岫青无数 [6]，雁背夕阳红欲暮 [7]。人如风后入江云 [8]，情似雨余黏地絮。

1.这是首寻访旧人而不能再遇的词。 2.“桃溪”二句：是说匆匆相会，别后关系断绝。“桃溪”，桃花溪，指当年欢会的地方。暗用刘晨、阮肇遇仙的故事。 3.“藕”，偶（配偶）的谐音。“无续处”，既断便难接起来。 4.“当时”二句：用过去的欢爱与今日的冷落对比。“赤栏桥”，桥栏用赤色涂饰。 5.“黄叶路”，路上堆满黄叶。 6.“烟中”二句：记独寻时所见的景物。“列岫”，成排的山。“岫”，音 xiù，山。“青无数”，山多难数，一望皆青。 7.“红欲暮”，日将沉没，颜色特别红艳。 8.“人如”二句：所寻访者已无可寻觅，但相思之情终难断绝。

唐 庚

唐庚（1071—1121），字子西，眉州丹棱（今四川丹棱）人。宋哲宗绍圣中举进士，为州县官。徽宗政和时以张商英事久贬惠州。赦还，官承议郎。他是个苦吟诗人，作诗不厌屡改，诗也以简练精悍称。有《唐眉山文集》。

讯 囚[1]

参军坐厅事[2]，据案嚼齿牙；引囚到庭下，囚口争喧哗。参军气益振，声厉语更切：“自古官中财[3]，一一民膏血。为吏掌管钥[4]，反窃以自私；人不汝谁何[5]，如摘颔下髭[6]。事老恶自张[7]，证佐日月明；推穷见毛脉[8]，那可口舌争！"有囚奋然出，请与参军辨："参军心如眼，有睫不自见[9]。参军在场屋[10]，薄薄有声称，只今作参军，几时得骞腾[11]？无功食国禄，去窃能几何[12]？上官乃容隐[13]，曾不加遣诃。因今信有罪[14]，参军宜揣分[15]；等是为贫计[16]，何苦独相困[17]。"参军噤无语，反顾更卒羞。包裹琴与书，"明日吾归休[18]"。

1. 这是首尖锐的讽刺诗。　2. "参军"，即司理参军，知府属官，负责审案。"厅事"，指公堂。　3. "官中"，如言公家。　4. "为吏"句：做官的人是钱财的管理者。"管钥"，钥匙。　5. "人不"二句：别人不问你们，如果问，那毫不费事。"谁何"，问（参看《文选》贾谊《过秦论》李善注）。　6. "摘颔下髭"，言极容易。韩愈《寄崔二十六立之》有"若摘颔底髭"，唐诗本此。　7. "老"，日久。"恶自张"，过恶会自己暴露。　8. "推穷"，推究到底。"毛脉"，指隐情细节。　9. "有睫"句：《史记·越世家》有"吾不贵其用智之如目，见豪毛而不见其睫也"，唐诗本此。　10. "场屋"，科举考试的试场。这里指未做官时。　11. "骞腾"，如言飞腾。　12. "去"，距离。　13. "乃"，竟然。"容隐"，宽容，隐忍。　14. "信"，诚然。　15. "揣分"，揣度自己的本分。"分"，音 fèn。　16. "等是"，同是。　17. "相困"，和我为难。　18. "休"，语气词，如罢、了。

南 宋

张元幹

张元幹（1091—约1170），字仲宗，长乐（今福建福州市长乐区）人。曾任将作少监。宋高宗绍兴中，胡铨反对和议，被除名编管新州，他因作词送胡，也被削去官职。北宋末，他已以能词著称；杰作悲壮激昂，充满抗敌救国的激情。有《芦川词》。

石州慢·己酉秋吴兴舟中 [1]

雨急云飞，霎然惊散 [2]，暮天凉月。谁家疏柳低迷 [3]，几点流萤明灭。夜帆风驶 [4]，满湖烟水苍茫，菰蒲零乱秋声咽 [5]。梦断酒醒时，倚危樯清绝 [6]。 心折 [7]。长庚光怒 [8]，群盗纵横 [9]，逆胡猖獗 [10]。欲挽天河 [11]，一洗中原膏血。两宫何处 [12]？塞垣只隔长江 [13]。唾壶空击悲歌缺 [14]。万里想龙沙 [15]，泣孤臣吴越 [16]。

1.己酉是高宗建炎三年（1129）。这年春，金兵大举南侵，直达扬州。吴兴，今浙江湖州。词在秋江夜景外，激昂地抒写诗人忧念君国的悲愤。　2."瞥然"，一眨眼间。　3."低迷"，迷离模糊。　4."夜帆"句：夜间行舟，迅疾如风。　5."菰蒲"，泛指水草。"菰"，音 gū，水生植物，又名茭。"蒲"，蒲草。"咽"，幽咽，声音凄切萧瑟。　6."危樯"，高桅。"清绝"，其清无比。　7."心折"，心惊。江淹《别赋》变"心惊骨折"为"心折骨惊"，后人本之。　8."长庚"三句：星象预示兵祸，内忧外患都严重。"长庚"，太白星。相传它如出入失时，天下将有兵祸，甚且破国（参看《汉书·天文志》）。"光怒"，光芒特别强烈。　9."群盗"，指因朝廷措施乖谬，被迫反抗的百姓。称他们为"盗"，是当时士大夫共有的阶级局限性。　10."逆胡"，指金。　11."欲挽"二句：希望收复中原，重见太平。"挽天河""洗膏血"，杜甫《洗兵马》有"安得壮士挽天河，净洗甲兵长不用"，张词本此，而有所改变。　12."两宫"，指徽宗与钦宗。　13."塞垣"句：与敌人只隔长江。"塞垣"，边塞。　14."唾壶"句：晋王敦每当酒后，辄咏"老骥伏枥，志在千里；烈士暮年，壮心不已"；并用铁如意打唾壶，壶口全缺（参看《世说新语·豪爽》）。张词用王事表示愤慨与暮年壮怀。　15."龙沙"，白龙堆，在今新疆维吾尔自治区。这里指金囚系徽宗、钦宗的地方。　16."孤臣"，孤立之臣，作者自称。"吴越"，今江苏南部与浙江一带。

贺新郎·送胡邦衡待制赴新州[1]

　　梦绕神州路[2]，怅秋风、连营画角，故宫离黍[3]。底事昆仑倾砥柱[4]，九地黄流乱注[5]？聚万落千村狐兔[6]。天意从来高难问[7]，况人情老易悲难诉[8]！更南浦[9]，送君去！　　凉生岸柳催残暑。耿斜河 [10]、疏星淡月，断云微度。万里江山知何处 [11]？回首对床夜语。雁不到 [12]、书成谁与？目尽青天怀今古 [13]，肯儿曹、恩怨相尔汝 [14]？举大白 [15]，听《金缕》[16]。

1. 胡邦衡即胡铨。待制是备皇帝顾问的官。高宗绍兴八年（1138），胡铨因反对宋金和议，请斩王伦、秦桧遭贬，绍兴十二年（1142）更被编管新州（今广东新兴）。词即作于此时。对中原沦陷的悲痛，对统治集团卖国的愤怒，对爱国者被迫害的同情，使作品成为当时反投降的号角。　2. "神州"，战国时，驺衍称中国为赤县神州（参看《史记·孟子荀卿列传》），后代遂以神州为中国的代称，这里指北方沦陷地区。　3. "故宫"，汴京宫殿。"离黍"，《诗经》有《黍离》篇，是周室东迁后，周大夫哀故都废为耕地而作的诗。变"黍离"为"离黍"，为的是协韵。"离"，同"离离"，这里形容黍穗下垂。　4. "底事"二句：用山崩河决比喻中原沦陷，祖国颠危。在追问原因中，严厉地谴责投降派。"底事"，何事。"昆仑倾砥柱"，相传昆仑山有铜柱，其高入天，称为天柱。古代共工与颛顼（音 Zhuānxū）争帝位，共工怒触不周山，天柱折。禹治水，破山通河，河水包山而过，山在水中如柱，因名砥柱。这里合用《神异经》《淮南子》与《水经注》的三个传说，而有所改变。　5. "九地"，如言遍地。"九"是虚数，极言其多。"黄流"，比喻金兵侵扰所造成的灾祸。　6. "聚万"句：着重指出灾祸的严重。"万落千村"，北方的所有农村。"聚""狐兔"，敌人所在，生产破坏，野兽出没。"狐兔"，双关语。　7. "天意"二句：为时局担忧。朝廷用意难测，不少士大夫又漠视国事。　8. "人情"，众人（主要指士大夫）的爱国热情。"老易"，容易衰落。陆游《追感往事》有"新亭对泣亦无人"，意同。"悲难诉"，众人既忘国仇，诗人的悲愤也就无人可诉。　9. "南浦"，指送别的地方，《楚辞·九歌》有"送美人兮南浦"。　10. "斜河"，指天河。天河转斜，因时已交秋。　11. "知何处"，不知贬所在哪里。　12. "雁不到"，贬所在岭南，故言雁飞不到。　13. "目尽"二句：勉励战友，并以自勉。意思是应该纵观天下，以古今兴衰治乱为念，不应该只为个人交谊而怨离伤别。　14. "恩怨"，复词偏义，偏指恩。"相尔汝"，你你我我，纠缠不清。　15. "大白"，酒杯名。　16. 《金缕》，《金缕曲》，即《贺新郎》。

叶梦得

叶梦得（1077—1148），字少蕴，苏州吴县（今江苏苏州）人。北宋末，官至龙图阁直学士。南宋初，为江东安抚制置大使，并知建康府。为人博学多才。词风豪放潇洒，颇近苏轼。有《石林词》。

水调歌头

九月望日，与客习射西园，余病不能射[1]。

霜降碧天静，秋事促西风[2]。寒声隐地初听[3]，中夜入梧桐[4]。起瞰高城回望[5]，寥落关河千里[6]，一醉与君同[7]。叠鼓闹清晓[8]，飞骑引雕弓[9]。　　岁将晚，客争笑，问衰翁[10]："平生豪气安在？走马为谁雄[11]？何似当筵虎士[12]，挥手弦声响处，双雁落遥空。"老矣真堪愧[13]，回首望云中[14]。

1. 曾慥《乐府雅词》的小序可供参证："九月望日，与客习射西园。余偶痛不能射。客较胜相先，将领岳德，弓强二石五斗，连三发中的，观者尽惊。因作词示坐客。前一夕大风，是日始寒。" 2. "秋事"句：西风促成与秋有关的事物。 3. "寒声"二句：带有寒意的声音开始只是隐约可闻，深夜便集中到梧桐树上。 4. "入梧桐"，梧叶较大，风吹时声音较响。张炎《清平乐》有"只有一枝梧叶，不知多少秋声"，可为旁证。 5. "起瞰"三句：写登高饮酒。"瞰"，音 kàn，视。 6. "寥落"，形容空旷冷落。"关河"，关塞与山河。 7. "君"，指题下文的"客"。 8. "叠鼓"二句：言习射。"叠鼓"，不断击鼓。 9. "引"，开弓。 10. "衰翁"，作者自称。 11. "为谁"，与谁。 12. "虎士"，猛士，勇猛如虎的人。指岳德。 13. "老矣"二句：自伤老弱无能，但仍关心北方边地。 14. "云中"，汉郡名，曾是军事要地。

吕本中

吕本中（1084—1145），字居仁，寿州（今安徽凤台）人。北宋末，做过低级的朝官。宋高宗绍兴中，赐进士出身，任中书舍人。他是《江西诗社宗派图》的作者，诗也受黄庭坚、陈师道的影响，但不似一般江西派的艰涩；这可能因为他在杜甫、黄庭坚外，兼重李白和苏轼。有《东莱先生诗集》。

兵乱后杂诗[1]（三首选一）

晚逢戎马际[2]，处处聚兵时。后死翻为累，偷生未有期[3]。
积忧全少睡，经劫抱长饥[4]。欲逐范仔辈[5]，同盟起义师。

1.兵乱指宋钦宗靖康元、二年（1126、1127），金兵陷汴京，掳徽宗、钦宗
的变乱。金兵于靖康二年四月北去，组诗当即此时作。　2.“晚”，晚年。
靖康二年吕本中约四十四岁。“际”，时候。　3.“偷生”句：苟且求生的
日子没有尽头。　4.“抱长饥”，《三朝北盟会编》载，汴京破后，粮食缺乏，
不少人饿死。　5.“范仔辈”，自注：“近闻河北布衣范仔起义师。”

柳州开元寺夏雨[1]

风雨潇潇似晚秋，鸦归门掩伴僧幽[2]。云深不见千岩秀[3]，
水涨初闻万壑流。钟唤梦回空怅望，人传书至竟沉浮[4]。面如田
字非吾相[5]，莫羡班超封列侯[6]。

1.这首诗反映作者的流亡生活与情怀，是他避乱广西时作的。　2.“伴僧
幽”，与僧为伴，过幽寂的生活。　3.“云深”二句：写雨景的奇幻。山岩
本有而忽无，水声似无而乍有。　4.“沉浮”，晋殷羡字洪乔，做豫章太守
时，有人托他捎带书信。他将信投到水里，说：“沉者自沉，浮者自浮，殷
洪乔不能作致书邮。”（参看《世说新语·任诞》）吕诗用这个故事，是说书

为传书人所遗失。　5.“面如田字”，齐明帝称李安民“卿面方如田，封侯状也”（《南齐书·李安民传》）。　6.“班超封列侯”，班超未做官时，相面的人说他“生燕颔虎颈，飞而食肉，此万里侯相也”（参看《后汉书·班超传》）。

汪　藻

汪藻（1079—1154），字彦章，饶州德兴（今江西德兴）人。北宋时未任重要官职。南宋初，曾为兵部侍郎、显谟阁学士等官。他受过江西派诗人徐俯、洪炎诸人的重视，但就作品论，苏轼对他的影响很明显。有《浮溪集》。

己酉乱后寄常州使君侄 [1]（四首选一）

草草官军渡 [2]，悠悠敌骑旋 [3]。方尝勾践胆 [4]，已补女娲天 [5]。诸将争阴拱 [6]，苍生忍倒悬 [7]。乾坤满群盗 [8]，何日是归年。

1.“己酉”指宋高宗建炎三年（1129）。这年冬，金兵过江，陷建康，攻常州。时汪藻为翰林学士，事后上书批评诸将不尽力抗敌，请按轻重治罪（参看《浮溪集·奏论诸将无功状》）。书与诗可相参证。使君是对州郡长官的称呼。 2.“草草”句：责宋军匆匆向江南退却。汪藻上书说“而敌骑长驱……如入无人之境”。 3.“悠悠”句：叹过江敌兵北退无期。“旋”，回转。 4.“方尝”二句：是说尽管抗敌的行动刚开始，国家已可无虞。“勾践胆”，春秋时，越为吴破，越王勾践卧薪尝胆，立志复仇，后终灭吴。 5.“女娲天”，相传远古时，天缺西北，女娲炼石补天（参看《淮南子·览冥》）。 6.“诸将”二句：谴责诸将漠视国难，痛惜沦陷区人民受敌人压迫残害。“阴拱”，《汉书·英布传》：“阴拱而观其孰胜。”“拱”是敛手的意思，意即按兵不动，坐观成败。 7.“倒悬”，比喻难忍的痛苦。 8.“乾坤”，天地间，到处。

王庭珪

王庭珪（1079—1171），字民瞻，安福（今江西安福）人。举进士后便长期退隐。宋高宗绍兴中，因胡铨事忤秦桧被谪，秦死方得自便。后任国子监主簿等职。他对江西派有微辞，而推重黄庭坚。作品明畅，间有学黄处。有《泸溪集》。

和周秀实田家行 [1]

旱田气逢六月尾，天公为叱群龙起 [2]；连宵作雨知丰年，老妻饱饭儿童喜。向来辛苦躬锄荒[3]，剜肌不补眼下疮[4]；先输官仓足兵食，余粟尚可瓶中藏[5]。边头将军耀威武[6]，捷书夜报擒龙虎[7]；便令壮士挽天河[8]，不使腥膻污后土[9]。咸池洗日当青天[10]，汉家自有中兴年；大臣鼻息如雷吼，玉帐无忧方熟眠。

1. "周秀实"，即周苕，词人周邦彦侄。诗可能作于高宗绍兴十年（1140）。它从农民的角度写到三种人：农民喜望丰收，打算先交官粮，以足兵食；前线将士击败敌将，立下战功；朝廷大臣贪图逸乐，不问国事。　2. "群龙起"，当时传说认为龙能降雨，天旱是因为龙偷懒；天要下雨，便将龙叱起。　3. "躬锄荒"，亲自锄荒地。　4. "剜肌"句：唐聂夷中《伤田家》有"医得眼前疮，剜却心头肉"，王诗本此，而深入一层。　5. "余粟"句：陶潜《归去来辞序》有"瓶无储粟"，王诗反用。古代瓶近于瓮。　6. "边头"四句：是说田家闻战地捷报，便希望驱逐金兵，收复失地。"边头"，边境。　7. "擒龙虎"，自注："近报杀退龙虎大王。"龙虎大王是金兀术（音 wùzhú）部下大将。绍兴十年，金兀术"合龙虎大王、盖天大王与韩常之兵逼郾城"，为岳飞所败（参看《宋史·岳飞传》）。王诗所指疑即此次战役。　8. "挽天河"，用杜甫《洗兵马》中语，而有所改变，与张元幹《石州慢》"欲挽天河"二句意近。　9. "腥膻"，指以畜牧为业的民族，这里指金。"后土"，地，这里指国土。　10. "咸池"二句：南渡政权现虽偏安一隅，而必中兴，如太阳浴后又高悬天空。"咸池"，神话中地名，相传日浴于此。

送胡邦衡之新州贬所[1]（二首选一）

囊封初上九重关[2]，是日清都虎豹闲[3]。百辟动容观奏牍[4]，几人回首愧朝班[5]。名高北斗星辰上[6]，身堕南州瘴海间[7]。不待他年公议出[8]，汉廷行召贾生还[9]。

1. 绍兴十二年（1142），胡铨（邦衡）"编管"新州。王庭珪作诗送行，遂被流放泸溪（今湖南泸溪），直到绍兴二十五年（1155）方得"自便"。　2."囊封"四句：称颂胡铨的勇敢和他所上书的威力。"囊封"，即封事。机要的奏章封在囊中，以防泄露秘密。"九重关"，如言九重门，指皇帝所在的地方。　3."清都"，天帝所居，以比朝廷。"虎豹闲"，言奸邪恐惧，想法自卫（次首"当日奸谀皆胆落"可证）。"闲"，防御。　4."百辟"，百官。"奏牍"，指胡铨的上书。　5."愧朝班"，为身列朝班，却不能诛奸救国而自愧。　6."名高"二句：胡铨因上书而名震当时，身被放逐。"北斗星辰"，古人特重北斗星，孔子曾以为北斗乃众星所共尊（参看《论语·为政》）。　7."南州"，指新州贬所。"瘴海间"，新州在广东，故言瘴海。　8."不待"二句：认为胡铨将再起用。　9."汉廷"，汉代朝廷。"行"，将。"召贾生还"，贾谊因受大臣排挤，谪为长沙王太傅，岁余，得"征见"（参看《史记·屈原贾生列传》）。

朱敦儒

朱敦儒（1081—1159），字希真，洛阳（今河南洛阳）人。早年以布衣负重名。宋高宗绍兴初出仕，任秘书省正字、兵部郎官等职，官至鸿胪少卿。他本与主战派接近，后却受秦桧笼络，遂为论者所讥。他的词构思新颖，语言清畅，能深刻生动地表现不同的题材，风格多近苏轼；思想情感往往消极颓废，是其严重缺陷。有《樵歌》。

相见欢 [1]

金陵城上西楼，倚清秋 [2]。万里夕阳垂地 [3]，大江流。　　中原乱，簪缨散 [4]，几时收！试倩悲风吹泪 [5]，过扬州 [6]。

1. 这首词写秋望与流亡的感伤，悲中带壮。作期可能在高宗建炎四年（1130）前后。　2. "倚清"句：倚楼望秋日景色。　3. "万里"句：夕阳下沉，残照无边。　4. "簪缨"，封建时代官僚贵族的冠饰，也指用这种冠饰的人。　5. "试倩"二句：预想过扬州时的哀痛。"倩"，请。　6. "扬州"，南宋初，扬州曾遭金兵破坏，如建炎三年（1129）的焚烧。

朝中措 [1]

先生筇杖是生涯 [2]，挑月更担花。把住都无憎爱 [3]，放行总是烟霞 [4]。　　飘然携去 [5]，旗亭问酒 [6]，萧寺寻茶 [7]。恰似黄鹂无定，不知飞到谁家。

1. 朱敦儒在绍兴十九年（1149），上疏告归。词的内容是他晚年闲居时的生活片段。　2.“先生”二句：是说以携杖闲游、玩赏花月为生活。“筇杖”，即邛杖，用邛山竹做成的拄杖，这里泛指手杖。“筇”，音 qióng，竹名。　3.“把住”二句：意思是，手持筇杖，并非爱它，是因为好烟霞而放行。　4.“放行”：如言遨游。　5.“携去”，携杖而去。　6.“旗亭”，市楼，常指酒家。　7.“萧寺”，寺院。梁武帝好佛，建浮屠（即佛塔），令萧子云题“萧寺”，后人因称佛寺为“萧寺”（参看《杜阳杂编》）。

李清照

李清照（1084—约1155），号易安居士，济南（今山东济南）人。其父李格非是学者，也是散文家。夫赵明诚历任莱、淄等州太守，是金石学家。她多才多艺，胸襟开阔；在政治、文学上有一定见解。婚前与婚后，她一直在学术、文艺氛围浓厚的家庭里，从容自得地创作、研究。靖康事变，造成她后半生的不幸。丈夫病死，图籍失散，辗转兵火间，仅全性命，孤独愁苦地度过暮年。

李清照以词名，也工诗。她对诗词似有分工。评论古今、与时事政治有关的题材大都用诗写，词的题材多数是生活感受所引起的喜悦和哀愁。与生活变化相联系，早年的词多欢愉，晚年的词多哀伤。语言与表现手法的一贯特点是清新活泼，轻松含蓄；主导风格婉约俊秀。她又善论词，立论虽不免偏颇，但自成体系，为当时所稀见。有《李清照集》。

上工部尚书胡公 [1]

胡公清德人所难 [2]，谋同德协心志安 [3]；脱衣已被汉恩暖 [4]，
离歌不道易水寒 [5]。皇天久阴后土湿 [6]，雨势未回风势急 [7]；车声
辚辚马萧萧 [8]，壮士懦夫俱感泣。闾阎嫠妇亦何知 [9]，沥血投书
干记室 [10]。夷虏从来性虎狼 [11]，不虞预备庸何伤 [12]；衷甲昔时闻
楚幕 [13]，乘城前日记平凉 [14]。葵丘、践土非荒城 [15]，勿轻谈士弃
儒生 [16]；露布词成马犹倚 [17]，崤函关出鸡未鸣 [18]。巧匠何曾弃樗
栎 [19]，刍荛之言或有益 [20]。不乞隋珠与和璧 [21]，只乞乡关新信息。
灵光虽在应萧条 [22]，草中翁仲今何若 [23]？遗氓岂尚种桑麻 [24]？败
将如闻保城郭 [25]。嫠家父祖生齐鲁，位下名高人比数 [26]；当年稷
下纵谈时 [27]，犹记人挥汗成雨 [28]；子孙南渡今几年，飘零遂与流
人伍 [29]！欲将血泪寄山河 [30]，去洒东山一抔土 [31]。

1. "胡公"，即胡松年。宋高宗绍兴三年（1133），韩肖胄、胡松年奉命使金，
李清照为此，赋诗上韩、胡。诗先表示对胡松年的敬仰，然后缕述自己对国
事的意见，以及对沦陷区军民的关怀。胡松年是个有骨气的正直官吏。他反
对降金，主张收复中原必自山东始。因此，李清照写给他的诗，内容较给
韩的亲切充实。李的诗文与词不尽同，它们艺术风格都是开朗爽利，有豪
迈气，无儿女态，明显地体现出作者胸襟豁达的一面。这首诗便是个例
证。　2."胡公"句：从对方品德说起，引出下三句。　3."谋同德协"，

在国事上能与人同心共济。"心志安"，心胸坦率，意志坚定。　4."脱衣"句：胡受朝廷厚恩，对国事忠心耿耿。汉韩信说"汉王解衣衣我"（参看《史记·韩信传》）。作者变"解衣"为"脱衣"，如鲍照《秋日示上人》不用"浮客"而用"波客"，意在使诗的词汇多变化。　5."离歌"句：胡以国家为重，不计较个人利害。《宋史·胡松年传》叙他出使时说："时使命久不通，人皆疑惧，松年毅然而往。"由此可见，他这一次使金是冒着危险的。"易水寒"，荆轲谋刺秦王，辞燕入秦时作《易水歌》："风萧萧兮易水寒，壮士一去兮不复还。"诗人反用荆轲故事，以见胡比荆轲更勇决。　6."皇天"二句：借自然现象渲染出发时的悲壮气氛。　7."回"，转。　8."车声"句：用杜甫《兵车行》中语，以见这次出使大似出兵。"辚辚"，众车声。"萧萧"，马鸣声。　9."闾阎"二句：点出献诗。"闾阎"这里指民间。"嫠妇"，寡妇，指作者自己。"嫠"音lí。　10."沥血"，滴血，极言其诚恳。"沥"，音lì。"投书"，指献诗。"干"，求。"记室"，本为官名，后常用以指掌管文书的人。因对胡表示尊敬，不敢直达，故用"干记室"。　11."夷虏"四句：向胡建议之一。敌人诡诈，应警惕，要有武装准备。　12."不虞"，料不到的事。"庸何伤"，即何害。"庸何"，同义字连用。　13."衷甲"，将甲穿在衣内。《左传》襄公二十七年记晋、楚诸国订盟："将盟于宋西门之外，楚人衷甲。""幕"，营幕。　14."平凉"，今甘肃平凉。"乘城"，登城。史事不详。　15."葵丘"四句：向胡建议之二。沦陷区大有人才，应招揽录用。"葵丘"，地名，在今山东临淄西。"践土"，地名，在今河南广武。"非荒城"，不是僻远的城邑。　16."谈士"，游说之徒，泛指献言筹策的人。"儒生"，泛指文人学者。　17."露布"，军中告捷的文书。"词成马犹倚"，晋桓玄北征，令袁宏倚马前作露布。宏手不停书，顷刻七张（参看《世说新语·文学》）。　18."崤函"，函谷，在今河南灵宝西南。崤山是函谷的东端，故有此称。"关出鸡未鸣"，战国时，齐孟尝君入秦，秦王想杀害他。他逃归，路经函谷关。依照秦法令，鸡鸣时方开关门。他想提前走，苦无办法。幸门客中有人善学鸡鸣，他一鸣，众鸡皆鸣，关门遂开。孟尝君因得在鸡鸣前出关，平安归齐。　19.“巧匠”二句：结束前边两项建议，是说广采众议有好处，她的意见虽浅薄，也许不无可取。“樗”，音 chū，即臭椿。“栎”，音 lì，即柞树。　20.“刍荛”，音 chú ráo，割草打柴的人，借指地位低下的人。“言”，意见，建议。　21.“不乞”二句：引起下四句，表示关心山东的人民、古物。“隋珠”，隋（随）侯的珠。隋侯救大蛇，蛇报以珠。“和璧”，楚卞和在山中得的玉。　22.“灵光”，汉代鲁恭王的殿名。王延寿《鲁灵光殿赋》说：“遭汉中微，盗贼奔突，灵光独存。”　23.“翁仲”，贵族、豪门的坟墓或宫室前的石像。“何若”，何如。　24.“遗氓”，沦陷区的农民。“岂”，如俗语难道。　25.“败将”，为金所败的宋将。“保城郭”，败而不降，坚守城池，以待恢复。　26.“人比数”，意即为人所推重。“比数”，彼此比较而计其数，也就是定高下优劣。　27.“当年”二句：为父祖当年讲学的盛况。“稷下”，地名，在今山东临淄城北。一说，齐有稷山，立馆其下，因称稷下。此指济南。“纵谈”，指战国时驺衍诸人在齐讲学（参看《史记·孟子荀卿列传》）。　28.“挥汗成雨”，形容人多。　29.“与流人伍”，和流亡的人混在一起。　30.“寄”，交托。　31.“东山一抔土”，指山东的祖坟。“东山”，用《诗经·东山》里的典故，借指诗人的故乡。“一抔土”，坟墓。“抔”，音 póu，用手掬物。

绝　句 [1]

生当作人杰 [2]，死亦为鬼雄；至今思项羽 [3]，不肯过江东。

1. 这首诗讽刺逃向江南的统治集团，可能作于高宗建炎四年（1130）左右。　2.“生当”二句：人应有作人中豪杰、鬼中英雄的壮志。　3.“项羽”二句：秦末，项羽与刘邦争帝，最后败退乌江。有人劝他赶快渡江，回到江东（长江下游南岸地区）称王。他以为当年和他一起"渡江而西"的八千子弟现在无一生还，无颜再见江东父老，终不肯渡，自刎而死（参看《史记·项羽本纪》）。

如梦令 [1]

　　昨夜雨疏风骤 [2]，浓睡不消残酒。试问卷帘人，却道海棠依旧 [3]。知否？知否 [4]？应是绿肥红瘦 [5]。

1. 词写诗人对花开花落的关怀。　2."昨夜"句：诗人惜花，注意夜来风雨，故先提及，与篇末句相呼应。　3."却"，反而。表示问者不信卷帘人的回话。　4."知否"三句：纠正卷帘人的回话。　5."绿肥红瘦"，花残叶茂。

醉花阴 [1]

　　薄雾浓云愁永昼 [2]，瑞脑消金兽 [3]。佳节又重阳 [4]，玉枕纱厨 [5]，半夜凉初透。　　东篱把酒黄昏后，有暗香盈袖 [6]。莫道不消魂 [7]，帘卷西风，人比黄花瘦。

1. 词是重阳日作的，写秋闺的寂寞与闺人的惆怅。　2."薄雾"二句：诉说长日无聊，从香消见昼永。　3."瑞脑"，香名。"金兽"，兽形的铜香炉。　4."佳节"三句：慨叹季节变化迅速。　5."厨"，同"橱"，帐。　6."暗香"，幽香。　7. "莫道"三句：尽管把酒对菊，人的幽怨亦难消。从人比菊瘦见幽怨的深刻。

渔家傲 [1]

天接云涛连晓雾 [2]，星河欲转千帆舞 [3]。仿佛梦魂归帝所 [4]。闻天语，殷勤问我归何处？　我报路长嗟日暮 [5]，学诗谩有惊人句 [6]。九万里风鹏正举 [7]。风休住 [8]，蓬舟吹取三山去 [9]。

1. 诗人在作品中所绘出的是个神奇、美妙，而气象壮阔的梦境。寻仙是寄托，是用来表达她虽遇摧折，而仍奋勇追求理想的豪气。　2. "天接"句：水、天、烟雾相接连，构成辽阔迷茫的海面。　3. "星河"，有二解：一指天河，一指星辰与天河。这里用后者。杜甫《陪王侍御同登东山最高顶宴姚通泉晚携酒泛江》中"满空星河光破碎"即如此。"欲转"，长夜将晓，众星与天河将转移方向。"舞"，船走得快、美，像在飞舞。　4. "仿佛"三句：好像回到天上，见到天帝，天帝向她问话。"帝所"，天帝所在的地方。　5. "报"，回答。"路长""日暮"，用行路者的困难比喻理想难实现。　6. "学诗"句：空有卓异的诗才。　7. "九万"句：不因困难中止，将如鹏鸟乘风南徙。《庄子·逍遥游》："鹏之徙于南冥也，水击三千里，抟扶摇(暴风)而上者九万里。""举"，飞起。　8. "风休"二句：愿得好风支持，驶向神山。　9. "三山"，蓬莱、方丈、瀛洲，相传为海上三神山。

声声慢[1]

寻寻觅觅[2]，冷冷清清，凄凄惨惨戚戚。乍暖还寒时候[3]，最难将息[4]。三杯两盏淡酒[5]，怎敌他、晚来风急？雁过也[6]，正伤心，却是旧相识。　　满地黄花堆积[7]，憔悴损[8]，如今有谁堪摘？守着窗儿，独自怎生得黑？梧桐更兼细雨，到黄昏、点点滴滴。这次第[9]，怎一个、愁字了得？

1. 这首词写诗人秋窗听雨的愁怀。情感的哀伤与作者的国危家破的不幸遭遇有关。　2.“寻寻”三句：分析铺叙自己的苦闷心情。先言心头空虚，仿佛若有所失，因而寻求安慰。次言寻求的结果，在内心与周围都得不到温暖。最后说不仅空虚，而且凄惨哀伤。　3.“乍暖”二句：天气多变化，时常影响身心健康。“还”，读如“旋”，意与“旋”同，如言立即。　4.“将息”，将养休息。　5.“三杯”二句：兼指身心，酒不能却寒，也不能遣愁。“淡酒”，不仅言酒薄，也显出对酒无兴趣。　6.“雁过”三句：过雁也逗人伤心，它原来正是从前见的。“却是”，正是。“旧时相识”，言外意是它将引人回忆往事。　7.“满地”三句：菊也无心把玩，任它零落满地。　8.“损”，坏。　9.“次第”，如言其间。

永遇乐[1]

落日熔金[2]，暮云合璧[3]，人在何处？染柳烟浓[4]，吹梅笛怨[5]，春意知几许⁶？元宵佳节，融和天气，次第岂无风雨？来相召、香车宝马⁷，谢他酒朋诗侣。　　中州盛日⁸，闺门多暇，记得偏重三五⁹；铺翠冠儿¹⁰，撚金雪柳¹¹，簇带争济楚¹²。如今憔悴，风鬟雾鬓¹³，怕见夜间出去¹⁴。不如向、帘儿底下，听人笑语。

1.南渡后，李清照常思念汴京旧事，这首词便写今昔元宵节的不同生活与心情。措辞委婉含蓄，用寻常题材、寻常语言，寄托国危家破的深悲。　2."落日"三句：美丽的薄暮景色引起作者的漂泊感。"熔金"，落日灿烂，像正在熔化的黄金。　3."合璧"，云连成片像合起来的美玉。　4."染柳"三句：柳经烟霭渲染更显茂密，笛曲传达出梅花零落的幽怨，春意是何等浓郁。　5."笛怨"，古笛曲有《梅花落》，咏叹梅花的飘零。　6."几许"，多少，意即不少。　7."来相"二句：缺少游兴，谢绝朋友的邀请。二句次序倒置。　8."中州"，河南称中州，因为它在古九州的中心。这里指汴京。"盛日"，指未沦陷时。　9."偏重"，特别重视。"三五"，即元宵。　10."铺翠"，以翠为饰。　11."撚金雪柳"，"雪柳"是宋代妇女元宵节头上插戴的一种装饰。"撚"，即"捻"。"撚金"疑是雪柳上的点缀。　12."簇带"，插戴各种饰物，打扮。"济楚"，齐整、漂亮。　13."风鬟雾鬓"，流亡中无心修饰，头发不免零乱。　14."怕见"，懒得。

陈与义

陈与义（1090—1139），字去非，号简斋，洛阳（今河南洛阳）人。宋徽宗时，他已举进士，但只任文林郎、开德府教官等非重要职务，甚至受到谪贬，仅以诗见重。靖康变起，他间关辗转至临安，历中书舍人、吏部侍郎、翰林学士等，官至参知政事。

　　在南北宋间，陈与义是位杰出的诗人。他走江西派的路子，但不似其他江西派诗人的狭隘，而苏、黄并重。他的诗不艰涩，且有词句明畅，音节响亮之美。同时，避乱襄、汉，流离湖、湘，国破家亡的遭遇和抗敌救国的激情又将他的诗风带到雄阔慷慨方面。有《简斋集》。

襄邑道中 [1]

　　飞花两岸照船红，百里榆堤半日风 [2]。卧看满天云不动，不知云与我俱东。

1.襄邑在今河南睢县。徽宗政和七年（1117）春，陈与义过襄邑作此诗。　2.“百里”句：船趁顺风，半日已行百里。“榆堤”，种满榆树的堤。

和张规臣水墨梅五绝 [1]（选二）

其一

　　巧画无盐丑不除 [2]，此花风韵更清姝 [3]。从教变白能为黑 [4]，桃李依然是仆奴⁵。

1. 张规臣是陈与义的表兄，陈称他"好事工文妙九州"（《次韵谢表兄张元东见寄》）。组诗疑是政和七年（1117）至宣和元年（1119）间作品。题标墨梅，但有更深远的寓意。　2. "巧画"二句：绘画不能改变事物本身美丑。"无盐"，即钟离春，战国时，齐无盐人。奇丑而有才智，齐宣王立她为后。　3. "此花"，指水墨梅。"姝"，美。　4. "从教"二句：梅和人互比。"从教"，即令，一任。"变白能为黑"，《楚辞·怀沙》论当时是非颠倒有"变白以为黑兮"，陈诗本此，而作双关语用。　5. "桃李""仆奴"，苏轼《再和杨公济梅花十绝》有"无数桃李作舆台（贱役）"，陈诗本此，含义与苏诗不同，苏是赋体，陈是比体。

其二

含章檐下春风面¹，造化功成秋兔毫²。意足不求颜色似，前身相马九方皋³。

1. "含章檐下"，含章是南朝宋武帝的殿名，旁有梅花（参看《翰苑新书》记寿阳公主事）。"春风面"，美丽的脸。杜甫《咏怀古迹》有"画图省识春风面"。　2 "造化"句：天地养育名花的功绩由画笔完成。"秋兔毫"，指画笔，笔用兔毛做成。　3. "前身"，画师的前身。"相马九方皋"，秦穆公使九方皋找好马。三个月后，他回来告诉穆公说，好马已找到，是黄色牝（音 pìn）马。穆公派人牵马来，却是黑色牡马。伯乐替九方皋解释，说他所看重的是马的"天机"，"得其精而忘其粗，在其内而忘其外"（参看《列子·说符》）。

次韵尹潜感怀 [1]

胡儿又看绕淮春 [2]，叹息犹为国有人 [3]。可使翠华周宇县 [4]？谁持白羽静风尘 [5]！五年天地无穷事 [6]，万里江湖见在身 [7]；共说金陵龙虎气 [8]，放臣迷路感烟津 [9]。

1. "尹潜"，周莘字尹潜，他是陈与义的诗友。南渡初，陈与义避乱襄、汉，后转徙湖、湘，和周莘屡有倡和，这首诗即其中之一。高宗建炎三年（1129）春，金兵陷徐、泗、楚、扬诸州，周、陈的诗皆成于此时。 2. "胡儿"，指金兵。"又"，建炎二年（1128）冬，金兵曾扰徐、泗，攻扬州，次年春再至，故言"又"。"绕淮春"，淮水附近的春色。徐、泗、楚、扬，皆属这个地区。 3. "叹息"，指周诗的忧国内容。"犹为国有人"，还算是国家有爱国的人。 4. "可使"，反问，言不可使。"翠华"，用翠羽为饰的旗，因是皇帝所用，故常用它指皇帝。"周宇县"，遍走各地，实即到处奔逃。"宇县"，如言天下。建炎三年正月，金兵取徐州，逼泗州，二月犯楚州，南进至瓜洲。这时候，宋高宗自扬州奔镇江，经常州、吴江、秀州诸地，最后达杭州。 5. "白羽"，指白羽扇。《语林》说，诸葛亮执白羽扇，指挥三军。"风尘"，寇警，戎马所至，往往尘土飞扬。 6. "五年"句：自叹饱经丧乱。"五年"，自宣和七年（1125）到建炎三年，恰是五年。"无穷事"，言变乱剧烈频繁。 7. "万里"句：在奔逃流亡中幸保性命。"见在身"，现时存在的躯体。"见"，同"现"。 8. "共说"二句：希望定都金陵，抗金进犯。"龙虎气"，诸葛亮称金陵形势"钟山如龙蟠，石头如虎踞"。 9. "放臣"，被谪贬的官吏。陈与义自宋徽宗宣和六年（1124），谪监陈留酒税，到此时仍未复官。"迷路感烟津"，对当前大势本不甚了然，但觉得定都金陵是出路。

伤 春 [1]

庙堂无策可平戎 [2]，坐使甘泉照夕烽 [3]。初怪上都闻战马 [4]，岂知穷海看飞龙 [5]！孤臣霜发三千丈 [6]，每岁烟花一万重 [7]。稍喜长沙向延阁 [8]，疲兵敢犯犬羊锋 [9]。

1. 这首诗作于建炎四年（1130）春。前岁金兵过江，破临安、越州，宋高宗航海逃亡。这年春天，金又破明州，从海道追宋帝，宋帝逃到温州。诗题是伤春，实际上是忧国。尽管春光明媚，而国势危殆，所以诗人伤心。　2. "庙堂"二句：南宋统治集团不能抗金，致令敌人深入腹地。　3. "坐使"，因而使得。"甘泉照夕烽"，汉文帝时，匈奴入侵，烽火照甘泉宫。"甘泉"，汉离宫之一。　4. "上都"，京城。绍兴八年（1138），方定临安为都城，诗中"上都"还该是汴京。"闻战马"，诗人不忍直言汴京沦陷，故只说听到战马叫声。　5. "岂知"，怎会料到。与前句"初怪"相呼应，以见国势越来越险恶。"穷海"，僻远的海上。"飞龙"，《易经·乾卦》有"飞龙在天"，注说是比喻"圣人之在王位"，所以"飞龙"常指皇帝。这里指宋高宗。　6. "孤臣"二句：揭示"伤春"的含意。"孤臣"，作者自称。"霜发三千丈"，李白《秋浦歌》云"白发三千丈"，陈诗本此。　7. "烟花一万重"，用杜甫伤春诗句。　8. "长沙向延阁"，长沙太守向子諲（音yīn）。延阁是汉代皇家藏书处，向子諲曾为直秘阁学士，故有此称。　9. "犯犬羊锋"，当年二月，向子諲组织军民坚守长沙，抵抗金兵。"犬羊"，对金兵的指斥。

观 雨 [1]

　　山客龙钟不解耕[2]，开轩危坐看阴晴[3]。前江后岭通云气[4]，万壑千林送雨声[5]。海压竹枝低复举[6]，风吹山角晦还明[7]。不嫌屋漏无干处[8]，正要群龙洗甲兵[9]。

1.诗写雨景而不忘国事。　2."山客"，作者自称。建炎四年（1130）陈与义自衡岳，经金潭，到邵阳，住在紫阳山。"龙钟"，形容人的潦倒衰惫。　3."轩"，这里指门窗。"危坐"，端坐。　4."前江"句：云气弥漫于上下前后。　5."万壑"句：从雨声写雨势。　6."海"，指暴雨。雨大而猛，势如海倾。　7."风吹"句：云受风吹，聚便暗，而山隐；散便明，而山现。　8."不嫌"二句：写观雨的联想。用雨作比喻，表达对抗敌胜利的渴望；是说为重见太平，不计个人利害。　9."洗甲兵"，杜甫《洗兵马》："安得壮士挽天河，净洗甲兵长不用。"

临江仙·夜登小阁忆洛中旧游 [1]

　　忆昔午桥桥上饮[2]，坐中多是豪英。长沟流月去无声。杏花疏影里，吹笛到天明。　　二十余年如一梦[3]，此身虽在堪惊。闲登小阁看新晴。古今多少事[4]，渔唱起三更。

1.这首词可能作于绍兴五年（1135）前后。　2."午桥"，桥名，这里指午桥庄，在洛阳县南十里，饶水竹烟花。　3.“二十”二句：陈与义在政和三年（1113）做官后，曾遭谪贬，特别是靖康事变后，他流亡襄、汉、湖、湘，南逾五岭，多历艰难，所以觉得前尘如梦，能保全性命是值得惊异的。　4.“古今”二句：古往今来事变无穷，一切感慨皆付之深夜渔唱。

刘子翚

刘子翚（音 huī）（1101—1147），字彦冲，崇安（今福建武夷山）人。北宋末，为承务郎；南宋初，为兴化军通判；后隐居讲学，学者称为屏山先生。他是宋理学家朱熹的老师。理学家多排斥文学，他却在诗上颇有成就。诗风明朗豪爽，感时忧国，每多沉痛慷慨。有《屏山集》。

汴京纪事[1]（二十首选二）

其一[2]

内苑珍林蔚绛霄[3]，围城不复禁刍荛[4]。舳舻岁岁衔清汴[5]，才足都人几炬烧。

1.组诗成于汴京沦陷后。作者的心情沉痛，因而谴责、讽刺也严峻而尖锐。　2.这首诗通过艮岳的修建、破坏，讽刺徽宗竭民力、穷奢欲。　3.“内苑"，御花园，指艮岳，又称万岁山。"珍林蔚绛霄"，绛霄楼边花树珍奇而繁茂。　4."不复禁刍荛"，靖康元年（1126）冬，金兵围汴京。十二月，城破。天寒多雪，百姓因无柴，遂将万岁山的房屋拆毁，树木砍掉（参看《三朝北盟会编·靖康中帙》）。"刍荛"，打柴。　5."舳舻衔清汴"，指为建筑艮岳运送奇花异石，而使无数人民破家丧命的"花石纲"。"舳舻"，音zhúlú，船尾船头。"衔"，接连。

其二¹

空嗟覆鼎误前朝²，骨朽人间骂未销；夜月池台王傅宅³，春风杨柳太师桥⁴。

1. 这首诗谴责王黼（音 fǔ）、蔡京误国，从人民的憎恨着笔。　2."覆鼎"，《易经·鼎卦》有"鼎折足，覆公餗"，比喻大臣失职误国，这里指王、蔡祸国殃民。　3."夜月"二句：王、蔡的豪华园林都已弃置倾毁，成为人民指点唾骂的对象。"王傅"，王黼官至太傅，封楚国公。　4."太师"，蔡京官至太师，封鲁国公。

岳　飞

　　岳飞（1103—1142），字鹏举，相州汤阴（今河南汤阴）人。少年从军，官至河南、北诸路招讨使、枢密副使。他是南宋初年的抗金名将。因坚持抗敌，反对和议，为奸相秦桧谋杀。文学创作对他是余事，但他的爱国激情、英雄气概给予作品以永不磨灭的光彩。有《岳忠武王集》。

满江红[1]

怒发冲冠[2]，凭栏处、潇潇雨歇。抬望眼、仰天长啸，壮怀激烈。三十功名尘与土[3]，八千里路云和月[4]；莫等闲、白了少年头[5]，空悲切。　靖康耻[6]，犹未雪，臣子恨，何时灭！驾长车踏破[7]，贺兰山缺[8]。壮志饥餐胡虏肉，笑谈渴饮匈奴血。待从头、收拾旧山河[9]，朝天阙[10]。

1. 这首是英雄诗人的英雄诗篇。它表达的是作者的壮怀，也是南宋人民奋起杀敌的吼声。作期约在宋高宗绍兴二年（1132）前后。　2. "怒发"四句：点出天气、地点与人物的动作、心情。　3. "三十"二句：壮怀激烈，不为功名，而为救国事业的艰巨。"三十功名"，岳飞此时年约三十，已立战功。"尘与土"，微小不足道。　4. "八千里路"，要直捣敌人巢穴，道路还是遥远而艰辛。"云和月"，如言披星戴月，指战地生活的劳苦。　5. "莫等"二句：是勉人，也是自勉。正因为恢复中原不易，所以人人都要及时努力。　6. "靖康耻"，靖康元年（1126），金陷汴京，次年挟徽、钦二帝北去。　7. "长车"，即长毂，古代兵车。　8. "贺兰山"，在今宁夏与内蒙古交界处，这里用以指代西北边山岭。"缺"，山的空缺处。　9. "从头收拾"，如言彻底收拾。　10. "天阙"，宫门。

杨万里

杨万里（1127—1206），字廷秀，号诚斋，吉州吉水（今江西吉水）人。宋高宗绍兴二十年（1150）举进士，历任零陵丞、太常博士、江东转运副使、宝谟阁直学士等职。为人志节坚定，不苟合求容。因拒绝韩侂（音 tuō）胄的笼络，家居十五年不出，终以忧愤卒。

杨万里的诗，始学江西诗派，继学王安石，晚学唐人绝句；最后抛开前人，而因物感兴，信手发挥。同时，他又有选择地汲取口语，从而锻炼出新鲜活泼、浅近明白的语言。空灵轻俊、饶有情趣的"诚斋体"就这样形成。但总观全集，轻俊平易有余，深沉不足；描述自然风物者多，反映社会生活者少。有《诚斋集》。

负丞零陵，更尽而代者未至，家君携老幼先归，追送出城，正值泥雨，万感骤集[1]

吾父先归吾未可[2]，吾母已行犹顾我。儿女喜归不解悲，我愁安得如儿痴。墙头人看不须羡，居者那知行者叹。昨日幸晴今又雨，天公管得行人苦[3]？吾母病肺生怯寒[4]，晚风鸣屋正无端[5]；人家养子要作官[6]，吾亲此行谁使然！

1．"负丞"，做县丞。零陵即今湖南零陵。"更尽"言任期已满。古时称自己的父亲为家君。诗作于孝宗隆兴元年（1163），写亲子间的深厚感情与做低级官吏的牢骚。　2．"未可"，不能归。　3．"管得"，管不得，也就是不管。　4．"生"，最。　5．"无端"，没来由，凭空。　6．"人家"二句：恨自己职位低微，不能养亲；同时也是表达对漠视低级官吏的政治现象不满。

三月三日雨中遣闷十绝句[1]（十首选一）

村落寻花特地无[2]，有花亦自只愁予[3]；不如卧听春山雨，一阵繁声一阵疏。

1．诗作于孝宗乾道二年（1166）。　2．"特地无"，特意地没有，是说花故意落完。　3．"亦自只"，即亦只，也不过是。"自"，语助词。"愁予"，使我生愁。《楚辞·九歌》："目眇眇兮愁予。"

插秧歌[1]

田夫抛秧田妇接，小儿拔秧大儿插[2]。笠是兜鍪蓑是甲[3]，雨从头上湿到胛[4]。唤渠朝餐歇半霎[5]，低头折腰只不答。秧根未牢莳未匝[6]，照管鹅儿与雏鸭。

1.孝宗淳熙六年（1179），杨万里离常州，西归故乡吉水；路过衢州时作此诗，写插秧时农民全家的勤劳。　2.“小儿”句:《明发三衢》有“拔尽新秧插尽田”，可为此句注脚。与前句合看，当时情况是：小儿拔，父抛，母接，大儿插。　3.“笠是”句：以作战比劳动。“兜鍪”，音 dōumóu，盔。　4.“胛”，背胛，背和两膊间。　5.“半霎”，一小会儿。“霎”，音 shà。　6.“莳”，音 shì，栽。“匝”，音 zā，周，这里意如“完”。

道傍小憩观物化[1]

蝴蝶新生未解飞，须拳粉湿睡花枝[2]；后来借得风光力，不记如痴似醉时。

1.诗作于淳熙六年（1179），咏作者返吉水途中所见。物化即事物的变化。《庄子·齐物论》：昔庄周梦为蝴蝶，栩栩然蝴蝶也；俄而觉，则蘧蘧然周也。此之谓物化。　2.“拳”，屈。

十二月二十七日大雪中过吉水小盘渡西归[1]（三首选一）

风卷寒江浪湿天[2]，斜吹乱雪忽平船[3]；碧琉璃上琼花里，独载诗人孟浩然[4]。

1. 淳熙六年（1179）春，杨万里西归，岁末抵故乡吉水。小盘渡，吉水的地名。诗借风雪奇景渲染诗人的潇洒风流。　2. "湿天"，即接天，而较新颖生动。　3. "忽平船"，雪本自上下落，因经风吹而横飘，似和船平。　4. "孟浩然"，指作者自己。

初入淮河绝句 [1]（四首选一）

　　船离洪泽岸头沙 [2]，人到淮河意不佳；何必桑干方是远 [3]，中流以北即天涯 [4]。

1. 淳熙十六年（1189）冬，杨万里奉命迎接金使，组诗即此时作。南宋割淮北给金，与金以淮为界，所以时人到淮，心总不能平静。寓悲愤于和婉，诗人的爱国心是很炽热的。　2. "洪泽"，湖名，在今江苏、安徽间，与淮河相通。　3. "何必"二句：用当时的淮河与以往的桑干河相比，以见疆土损失的严重。"桑干"，即永定河，源出山西，东经内蒙古、河北入运河。"方是远"，从前的人都以为桑干逼近塞北，距内地很远。　4. "中流"，指河心。"天涯"，言极远，是说不是南宋疆土。

麦　田 [1]

　　无边绿锦织云机 [2]，全幅青罗作地衣；此是农家真富贵，雪花销尽麦苗肥。

1. 光宗绍熙元年（1190），杨万里过临平（在今浙江杭州东北）时作此诗。在描绘麦田的美中，流露出对农家的好感。　2."织云机"，天上的织机所织，言锦的质量极高。

闷歌行 [1]（十二首选一）

阻风泊湖心康郎山旁小洲三宿 [2]，作《闷歌行》。

风力掀天浪打头，只须一笑不须愁；近看两日远三日，气力穷时会自休。

1.绍熙三年（1192），杨万里以江东转运副使巡行州县，过鄱阳湖作此诗。它体现了作者遇逆境而达观的性格。　2."康郎山"，作者《四月十三日度鄱阳湖》自注："湖心一山曰康郎山，其状如蛭浮水上。"

陆　游

陆游（1125—1210），字务观，号放翁，越州山阴（今浙江绍兴）人。他的家庭不独给了他深厚的文学教养，而且培养了他热爱祖国的高贵品质，还在少年时，他就"喜论恢复"。由于当时统治集团一意对敌妥协，他为此而考不中进士，受到皇帝厌恶与朝臣排挤，屡遭罢黜。他做过朝官，如枢密院编修、礼部郎中；做过地方官，如镇江通判、夔州通判；做过方面大员的幕官，如王炎宣抚西北，他为干办公事；范成大帅蜀，他为参议官。这些职务都不能实现他的破敌卫国的宏愿，故常苦闷悲愤。人民的疾苦本是他所关心的，晚年久居乡园，和农民的情感便更为融洽，成为乡村群众敬爱的老人。

陆游是南宋诗人领袖。在那个国难深重的年代，他用悲壮激昂、宏亮高亢的歌声，唱出南宋人民所共有的御侮救国、恢复中原的激情雄心。对爱祖国这个庄严主题，他用千差万别的题材，多种多样的手法，随时随地来表现，从而写出许多情辞并茂的诗篇。关怀人民的主题在他的笔下也得到成功的发挥，他揭露贫富悬殊的、不合理的社会现实与统治阶级压榨人民的残酷无耻。其他抒情写景的作品也都有名篇秀句流传。他曾学过江西诗派，但能突破藩篱，自成一家。宏丽奔放是诗的主导风格，前期多豪迈，后期多平淡。他又工词。有《剑南诗稿》、《放翁词》（又名《渭南词》）。

夜读兵书 [1]

孤灯耿霜夕 [2]，穷山读兵书。平生万里心 [3]，执戈王前驱 [4]。战死士所有，耻复守妻孥 [5]。成功亦邂逅 [6]，逆料政自疏 [7]。陂泽号饥鸿[8]，岁月欺贫儒[9]。叹息镜中面，安得长肤腴[10]。

1.宋高宗绍兴二十四年（1154），陆游参加进士考试，因受秦桧排斥落第。但他为国效力的壮志并未因此消沉，在家研习兵书以待时机。诗作于绍兴二十六年（1156）。　2.“耿”，照明。　3.“万里心”，立功万里外的雄心。　4.“执戈”句：拿起武器保卫国家。“前驱”，如言先驱。《诗经·伯兮》：“伯也执殳，为王前驱。”陆诗本此。　5.“孥”，音nú，子女。　6.“成功”两句：立功要碰机会，事前作这样的预料，未免不达事理。“邂逅”，偶然碰到。　7.“逆料”，预料。“政”，同“正”。“疏”，迂阔。　8.“陂泽”，低洼蓄水的地方。“饥鸿”，指饥民。用《诗经·鸿雁》“鸿雁于飞，哀鸣嗷嗷”意。　9.“岁月”句：功尚未成，光阴已逝，时间仿佛故意欺负人。“贫儒”，作者自称。　10.“肤腴”，美好丰润。

岳池农家[1]

　　春深农家耕未足，原头叱叱两黄犊[2]。泥融无块水初浑，细雨有痕秧正绿。绿秧分时风日美，时平未有差科起[3]；买花西舍喜成婚，持酒东邻贺生子。谁言农家不入时？小姑画得城中眉[4]；一双素手无人识，空村相唤看缫丝[5]。农家农家乐复乐，不比市朝争夺恶[6]。宦游所得真几何？我已三年废东作[7]。

1.孝宗乾道八年（1172）正月，陆游自夔州（今重庆奉节）赴南郑（今陕西南郑）任四川宣抚使司干办公事兼检法官，路经岳池（今四川岳池）。诗即此时作，写对农村生活的羡慕。　2.“叱叱”，音chìchì，赶牛声。“犊”，音 dú，小牛。　3.“时平”，时代太平。“差科”，官府派的徭役。　4.“小姑”句：年轻的姑娘照城里流行的样式画眉。　5.“看缫丝”，看姑娘缫丝。“缫”，音 sāo，煮茧抽丝。　6.“市朝”，市肆与朝廷，指争名夺利的场所。　7.“三年”，陆游乾道六年（1170）入蜀，至乾道八年（1172）正是三年。“东作”，春耕。

山南行 [1]

我行山南已三日，如绳大路东西出；平川沃野望不尽，麦陇青青桑郁郁 [2]。地近函秦气俗豪 [3]，秋千蹴鞠分朋曹 [4]；苜蓿连云马蹄健 [5]，杨柳夹道车声高。古来历历兴亡处 [6]，举目山川尚如故；将军坛上冷云低 [7]，丞相祠前春日暮 [8]。国家四纪失中原 [9]，师出江淮未易吞。会看金鼓从天下 [10]，却用关中作本根 [11]。

1.“山南”，指终南山（秦岭）以南地带。乾道八年（1172）春，陆游自广元北上，经大安、金牛，将至南郑时作此诗。它从各方面说明关中可为收复中原的根据地。　2.“郁郁”，形容茂盛。　3.“函秦”，春秋战国时函谷关以西是秦地，故有此称。　4.“蹴鞠”，音 cùjū，古时的踢球运动。“蹴”，踢；“鞠”，革制的球。“分朋曹”，分队。　5.“苜蓿”，音 mùxù，草名，俗称金花菜，养马的好饲料。　6.“古来”四句：历史古迹说明山南的重要性。“历历”，形容分明。　7.“将军坛”，相传汉高祖拜韩信为大将时所筑，在南郑城南。　8.“丞相祠”，丞相指诸葛亮。祠在今陕西勉县北。　9.“四纪”，十二年为一纪。自建炎元年（1127）中原沦陷，到乾道八年（1172）将近四纪。　10.“金鼓”，古时军中以金鼓指挥进退，故这里用以指军队。 11.“关中”,指今陕西。陕西地处函谷关、陇关间,因称关中。

九月十六日夜,梦驻军河外,
遣使招降诸城,觉而有作 [1]

杀气昏昏横塞上 [2],东并黄河开玉帐 [3];昼飞羽檄下列城 [4],夜脱貂裘抚降将 [5]。将军枥上汗血马 [6],猛士腰间虎文韔 [7];阶前白刃明如霜,门外长戟森相向 [8]。朔风卷地吹急雪,转盼玉花深一丈;谁言铁衣冷彻骨,感义怀恩如挟纩 [9]。腥臊窟穴一洗空 [10],太行北岳元无恙 [11];更呼斗酒作长歌,要遣天山健儿唱 [12]。

1.“河外”指黄河以西地区。诗作于乾道九年(1173)陆游摄理嘉州时。诗中的梦境体现诗人立功万里的雄心。 2.“横”,充满。 3.“并”,音 bàng,依傍。“玉帐”,指主帅的军帐。 4.“羽檄”,檄上插鸟羽,紧急的军事文书。“下”,降服。 5.“抚”,安抚。 6.“枥”,马槽或马厩。“汗血马”,即千里马。因马前肩出汗如血,故有此称。《汉书·武帝纪》:“将军李广利斩大宛王首,获汗血马。” 7.“虎文韔”,画有虎纹的弓套。“韔”,音 chàng。 8.“森”,形容戟多。“相向”,相对。 9.“如挟纩”,像穿上丝绵衣服一样温暖,极言将军宽仁,降将悦服。《左传》宣公十二年说:楚王冬日巡视军队,兵士感奋,“皆如挟纩”。“纩”,音 kuàng。 10.“腥臊”句:敌人侵占地区完全收复。 11.“太行”,太行山在山西、河北、河南间。“北岳”,恒山,在今山西浑源东南。 12.“天山”,在今新疆维吾尔自治区。

金错刀行¹

黄金错刀白玉装²，夜穿窗扉出光芒。丈夫五十功未立，提刀独立顾八荒³。京华结交尽奇士⁴，意气相期共生死⁵；千年史策耻无名，一片丹心报天子。尔来从军天汉滨⁶，南山晓雪玉嶙峋⁷。鸣呼！楚虽三户能亡秦⁸，岂有堂堂中国空无人。

1.诗是乾道九年（1173）十月，陆游在嘉州写的。诗人坚信抗敌必胜，因为爱国志士并不少。　2."黄金"句：用黄金饰刀身，用白玉饰刀柄，极言刀的名贵。"错"，用金涂饰。　3."八荒"，泛指一切荒远的地方。　4."京华"四句：就过去的经历，证明爱国者大有人在。"京华"，指南宋都城临安。"奇士"，才能出众的人。　5."相期共生死"，以同生共死相期望。　6."尔来"四句：壮丽的山河使诗人更坚信国家必有破敌卫国的英雄人物。"尔来"，近来。"天汉滨"，汉水旁。　7."南山"，终南山。"玉嶙峋"，参差矗立，洁白如玉。"嶙峋"，音 línxún。　8."三户能亡秦"，楚南公说："楚虽三户，亡秦必楚也。"（参看《史记·项羽本纪》）"三户"，三家，言极少。

长歌行¹

人生不作安期生²，醉入东海骑长鲸³；犹当出作李西平⁴，手枭逆贼清旧京⁵。金印煌煌未入手，白发种种来无情⁶；成都古寺卧秋晚，落日偏旁僧窗明；岂其马上破贼手⁷，哦诗长作寒螀鸣[8]。兴来买进市桥酒[9]，大车磊落堆长瓶[10]；哀丝豪竹助剧饮[11]，如巨野受黄河倾[12]；平时一滴不入口，意气顿使千人惊。国仇未报壮士老，匣中宝剑夜有声；何当凯还宴将士[13]，三更雪压飞狐城[14]。

1.《长歌行》原是古乐府的篇名。诗是淳熙元年（1174）陆游在成都作的。报国不遂的苦闷和杀敌立功的渴望是诗的主要内容。　2."人生"四句：提出两种人生理想，而重在后者。"安期生"，相传为秦时仙人。秦始皇东游时曾和他交谈。　3."东海骑长鲸"，李白曾自称"海上骑鲸客"。　4."李西平"，指唐代名将李晟。德宗时朱泚叛据长安，李晟收复长安，以功封西平郡王。　5."枭"，音 xiāo，枭首之刑，即斩首。"旧京"，长安。　6."种种"，形容头发短少。　7."岂其"，如言岂料。　8."哦诗"，吟诗。"寒螀"，寒蝉，似蝉而小。"螀"，音 jiāng。　9."市桥"，成都临江有七桥，在石牛门者为市桥。　10."磊落"，形容错落堆积。　11."哀丝豪竹"，这里泛指悲壮的音乐。　12."巨野受黄河倾"，古有巨野泽，在今山东巨野北，地近黄河，黄河水涨辄倾泻泽内。　13."何当"，何时能够。　14."飞狐"，旧县名，即今河北涞源；飞狐口在县北。

花时遍游诸家园[1]（十首选一）

为爱名花抵死狂[2]，只愁风日损红芳。绿章夜奏通明殿[3]，乞借春阴护海棠。

1.诗作于淳熙三年（1176）春，时作者为成都府路安抚司参议官兼四川制置使司参议官。诸家园，不止一家的园子。 2.“抵死”，至死。 3.“绿章”，道教荐告文词，写在绿纸上，因称绿章。“通明殿”，最高天神玉帝的宫殿；光明通彻，无所不照，故有此称。

关山月 [1]

　　和戎诏下十五年 [2]，将军不战空临边；朱门沉沉按歌舞 [3]，厩马肥死弓断弦。戍楼刁斗催落月 [4]，三十从军今白发 [5]；笛里谁知壮士心 [6]，沙头空照征人骨 [7]。中原干戈古亦闻 [8]，岂有逆胡传子孙！遗民忍死望恢复，几处今宵垂泪痕 [9]！

1.《关山月》原为汉乐府《横吹曲》篇名。这首诗托于守边老战士谴责投降派；作于淳熙四年（1177）春，作者在成都时。 2.“和戎”句：孝宗隆兴元年（1163）以王之望为金国通问使，进行和议，到淳熙四年（1177），计十五年。 3.“朱门”，指豪家。“沉沉”，形容深邃。“按”，考核，检验。 4.“戍楼”四句：老兵自述遭遇与心情。“戍楼”，边塞上用以守望的建筑。“戍”，守边。“刁斗”，军用金属工具，可用以炊饭，也可用以打更。“月”，照应题目，全篇内容都是老兵月下所想到的。 5.“三十”“白发”，由壮至老，叹守边日久。 6.“笛里”，唐王昌龄《从军行》有“更吹羌笛《关山月》”，足证《关山月》为笛曲，故诗特言“笛里”。“壮士心”，兵士欲战不得、欲归不能的苦闷。 7.“沙头”，沙上。“征人骨”，守边者死后无人掩埋，暴骨月下沙际。 8.“干戈”，指战事。 9.“几处”，不止一处。

龙兴寺吊少陵先生寓居 [1]

中原草草失承平 [2]，戌火胡尘到两京 [3]；扈跸老臣身万里 [4]，天寒到此听江声 [5]。

1.龙兴寺在忠州（今重庆忠县）北八十里，唐代宗永泰元年（765）杜甫曾居此。淳熙五年（1178）陆游奉召东归，过忠州时赋此诗。　2."草草"，仓猝之意。"承平"，太平。　3."戌火"，如言战火。"两京"，唐以洛阳、长安为两京。天宝十四载（755），安禄山反，陷洛阳，次年，陷长安。　4."扈跸老臣"，指杜甫。"扈跸"，侍从皇帝车驾。安禄山陷长安，玄宗奔蜀，太子即位灵武，是为肃宗。杜甫自长安赴凤翔，见肃宗，后又随肃宗还长安。"身万里"，言不得供职朝内，而流落到僻远的忠州。　5."天寒"句：听江声是揣想之辞，用以言杜的孤寂无聊。陆游自注："以少陵诗考之，盖以秋冬间寓此州也。寺门闻江声甚壮。"

书 愤 [1]

早岁那知世事艰，中原北望气如山 [2]；楼船夜雪瓜洲渡 [3]，铁马秋风大散关 [4]。塞上长城空自许 [5]，镜中衰鬓已先斑。出师一表真名世 [6]，千载谁堪伯仲间 [7]。

1.诗题"书愤"，为功未立、人已老而愤；作于淳熙十三年（1186）春，作者退居山阴时。　　2.“气如山”，“气”指愤慨，也指战斗意志；“如山”，言其壮伟坚定。　　3.“楼船”句：指隆兴二年（1164），作者在镇江通判任内所见事。时张浚督练兵马，营缮城堡，增置战舰（参看《宋史·张浚传》）。“楼船”，高大的战船。汉武帝为征南越，特造楼船（参看《史记·平准书》）。“瓜洲”，在今江苏扬州南运河入江处。　　4.“铁马”句：指乾道八年（1172），作者在南郑军中的生活（参看陆游《江北庄取米到作饭甚香有感》《三山社门歌》等篇）。“铁马”，披甲的战马。“大散关”，亦称散关，时为宋金边界重地，在今陕西宝鸡西南大散岭上。　　5.“塞上”句：空以恢复中原自许。南朝宋檀道济，北伐有功，因遭疑忌被杀，死前曾言“乃复坏汝万里之长城”（参看《宋书·檀道济传》）。　　6.“出师”二句：慨叹无人能誓师北伐。诸葛亮有《出师表》申述伐魏的决心。　　7.“伯仲间”，相差不远。

临安春雨初霁[1]

　　世味年来薄似纱[2]，谁令骑马客京华[3]？小楼一夜听春雨[4]，深巷明朝卖杏花。矮纸斜行闲作草[5]，晴窗细乳戏分茶[6]。素衣莫起风尘叹[7]，犹及清明可到家[8]。

1.淳熙十三年（1186）春，陆游将知严州，由山阴到临安等候召见，因感仕宦无意义，作此诗。　　2.“世味”，对人情世态的兴味，这里专指做官。　　3.“谁令”，有自悔来京的意思。　　4.“小楼”二句：从春雨杏花见时节变化的迅速。　　5.“矮纸”二句：客居无聊，以写字、品茶消遣。“矮纸”，面不高的纸，如手卷之类。　　6.“细乳”，茶中的精品。宋北苑茶有白乳头、石乳、滴乳等（参看《谈苑》）。　　7.“素衣”二句：以不久便可还乡自慰。陆机《为顾彦先赠妇》有"京洛多风尘，素衣化为缁"，陆诗本此而反用。　8."犹及"，还赶得上。陆游见孝宗后，暮春还家，又数月方赴严州。

夜闻蟋蟀[1]

　　布谷布谷解劝耕[2]，蟋蟀蟋蟀能促织[3]；州符县帖无已时[4]，劝耕促织知何益？安得生世当成周[5]，一家百亩长无愁[6]；绿桑郁郁暗微径，黄犊叱叱行平畴[7]。荆扉绩火明煜煜[8]，黍垄饷饭香浮浮[9]。耕亦不须劝，织亦不须促；机上有余布，盎中有余粟[10]。老翁白首如小儿，鼓腹击壤相从戏[11]。

1.诗在对古代盛时颂美中，批判当前官府的剥削，作于光宗绍熙元年（1190）秋，陆游家居时。　2."布谷"句：布谷鸟春播时鸣，声似"布谷"，所以说它知劝耕。　3."蟋蟀"，蟋蟀入秋则鸣，时值农村开始纺织，所以说它能促织。　4."州符县帖"，地方官府催征租税的文告。　5."安得"二句：总述对周初盛世的向往。以下到篇末详陈盛世生活的美好。"成周"，古地名，在今河南洛阳，也是西周的代称。　6."一家百亩"，指传说中的周初的井田制。　7."叱叱"，驱牛声。"平畴"，平坦的田地。　8."荆扉"，如言柴门。"绩火"，纺织时用的灯火。"煜煜"，形容灯火明亮。"煜"，音yù。　9."饷饭"，送到田里的饭。"饷"，音yè。　10."盎"，音àng，腹大口小的容器。　11."鼓腹击壤"，形容人民生活安乐。"鼓腹"，言饱食（参看《庄子·马蹄》）。"击壤"，古代的一种游戏。相传尧时天下太平，有老人击壤而歌（参看《论衡·艺增》）。

邻曲有未饭被追入郭者，悯然有作[1]

春得香秔摘绿葵[2]，县符急急不容炊。君王日御金华殿，谁诵周家《七月》诗[3]！

1. "邻曲"，指邻人。诗于揭露统治阶级剥削农民的罪行外，并质问皇帝；作于绍熙元年（1190）。 2. "春"，音 chōng，捣谷去皮。"秔"，音 jīng，成熟较晚，无黏性的稻。"葵"，蔬菜名。 3. "君王"二句：暗责皇帝不注意农民的疾苦。"金华殿"，汉代殿名，此指宋殿。《七月》，《诗经》篇名，描写当时农民的生产劳动与生活情况。

秋夜将晓出篱门迎凉有感[1]（二首选一）

三万里河东入海[2]，五千仞岳上摩天[3]，遗民泪尽胡尘里[4]，南望王师又一年。

1.组诗作于绍熙三年（1192）秋，这首写诗人对沦陷区山川、人民的怀念。 2."三万里河"，极言黄河的长。 3."五千仞岳"，极言泰、恒、嵩、华诸山的高。"仞"，八尺。 4."胡尘"，胡人兵马的烟尘。

十一月四日风雨大作 [1]（二首选一）

　　僵卧孤村不自哀，尚思为国戍轮台 [2]；夜阑卧听风吹雨 [3]，铁马冰河入梦来 [4]。

1. 组诗是绍熙三年（1192）的作品。　2. "轮台"，汉代西域地名，今县名，在新疆维吾尔自治区，这里泛指边疆。　3. "夜阑"，夜将尽。　4. "铁马"，披铁甲的战马；"冰河"，北方冰封的河流。

农家叹 [1]

　　有山皆种麦，有水皆种秔；牛领疮见骨 [2]，叱叱犹夜耕。竭力事本业 [3]，所愿乐太平；门前谁剥啄 [4]？县吏征租声。一身入县庭，日夜穷笞搒 [5]。人孰不惮死？自计无由生 [6]。还家欲具说，恐伤父母情。老人傥得食 [7]，妻子鸿毛轻 [8]。

1. 诗作于宁宗庆元元年（1195）。　2. "牛领"句：牛颈被轭磨烂成疮，以至露骨。　3. "本业"，古时以农业为本业。　4. "剥啄"，敲门声。　5. "笞搒"，音 chīpéng，用刑杖拷打。　6. "自计"句：自己估计无法活下去。　7. "老人"二句：只要父母有饭吃，妻子儿女无关紧要。"傥"，同"倘"。这是愤激之语。　8. "鸿毛轻"，司马迁《报任安书》："人固有一死，或重于泰山，或轻于鸿毛。"

种 蔬[1]

老翁老去尚何言，除却翻书即灌园；处处移蔬乘小雨，时时拾砾绕颓垣[2]。江乡地暖根常茂[3]，旱岁虫生叶未繁。四壁愈空冬祭近[4]，更催稚子牧鸡豚。

1. 诗作于庆元元年（1195）。　2. "砾"，音 lì，碎石子。"颓垣"，倒塌的墙。　3. "江乡"，近江的地区。　4. "四壁愈空"，较以前更穷。

沈 园[1]（二首选一）

城上斜阳画角哀[2]，沈园非复旧池台；伤心桥下春波绿，曾是惊鸿照影来[3]。

1. "沈园"，在山阴城西南四里，禹迹寺南。诗为悼念前妻唐琬作。陆游与唐琬因陆母迫胁离异，绍兴二十五年（1155）在沈园重逢；陆为作《钗头凤》词，唐后以忧愤死。（参看《齐东野语》）庆元五年（1199）春，陆重游故地，作此诗。　2. "画角"，有花纹的号角。　3. "惊鸿"，比喻女子体态的轻盈。曹植《洛神赋》有"翩若惊鸿"。这里借指唐琬。

追感往事 [1]（五首选一）

诸公可叹善谋身 [2]，误国当时岂一秦 [3]！不望夷吾出江左 [4]，新亭对泣亦无人 [5]。

1.组诗作于宁宗嘉泰元年（1201）。这首揭露投降派自私的本质，并讽刺不关心国难的人。 2."诸公"，指当时当权的人。 3."一秦"，指秦桧。 4."夷吾"，管仲号夷吾，春秋时著名的政治家，相齐桓公，成霸业。"江左"，长江下游一带。东晋初，王导为相，温峤说："江左自有管夷吾，吾复何虑哉！"（参看《晋书·温峤传》） 5."新亭对泣"，"新亭"在今南京附近。东晋初，过江诸人常到新亭，坐在草地上宴饮。周顗中坐而叹："风景不殊，正自有山河之异。"众人皆相视流涕。（参看《世说新语·言语》）

游昭牛图 [1]

游昭木石师李唐 [2]，画牛乃自其所长；出栏初听一声笛，意气已无千顷荒 [3]。客居京口老益困 [4]，衣不掩胫须眉苍 [5]；时时弄笔眼力健，礪角毛骨分毫芒 [6]。我无沙堤金络马 [7]，拂拭此幅喜欲狂；乞骸幸蒙优诏许 [8]，置身忽在烟林傍。日落饮牛水满塘 [9]，夜半饭牛天雨霜；俚医灌药美水草，老巫诃禁祓不祥 [10]。愿我孙子勤农桑，愿汝生犊筋脉强；碓声惊破五更梦 [11]，岁负玉粒输官仓 [12]。

1. 诗是嘉泰四年（1204）作的；从作者对画中牛的喜爱写出他对耕牛的深厚感情。　2. "游昭"，京口人，南宋初画家。他画木石山水，以李唐为师，尤善画牛。"李唐"，宋徽宗时曾供职画院，善画山水人物，牛亦工。　3. "意气"句：是说牛极壮健，对开垦大量荒地毫不在意。　4. "京口"，在今江苏镇江。　5. "掩"，同"掩"。　6. "分毫芒"，极言画笔之工。　7. "沙堤"，唐时为新拜宰相筑的专路。路自私第至城东街，用沙填铺，以防泥污马蹄。"金络马"，戴金笼头的马，即装饰极华贵的马。　8. "乞骸"句：辞官求去，并得到皇帝许可。指嘉泰三年（1203），上疏请致仕事。　9. "日落"四句：写诗人对牛的爱护。　10. "诃禁"，诃斥与禁咒。"祓"，音 fú，除灾求福。　11. "碓"，音 duì，石或木做的捣米工具。　12. "玉粒"，指好米。

山村经行因施药 ¹（五首选一）

　　驴肩每带药囊行，村巷欢欣夹道迎；共说向来曾活我 ²，生儿多以陆为名 ³。

1. 这是宁宗开禧元年（1205）的诗。它反映诗人晚年和农民融洽无间的关系。　2. "活我"，救活我。　3. "以陆为名"，用陆字作孩子的名字。

示　儿 ¹

　　死去元知万事空，但悲不见九州同 ²。王师北定中原日，家祭无忘告乃翁 ³。

1.这首诗是陆游的绝笔,作于宁宗嘉定三年(1210)。诗人的愿望是:祖国必将统一,他生前见不到,死后也要知道。 2.“九州同”,指统一中原。 3.“乃翁”,你的父亲,指诗人自己。

好事近·登梅仙山绝顶望海 [1]

挥袖上西峰,孤绝去天无尺 [2]。拄杖下临鲸海 [3],数烟帆历历 [4]。 贪看云气舞青鸾 [5],归路已将夕。多谢半山松吹 [6],解殷勤留客。

1.梅仙山,未详。福建建瓯有梅仙山,但与词所写者不合。绍兴二十八年(1158),陆游为宁德主簿,宁德滨海,词或作于此时。 2.“无尺”,不到一尺,言极近。 3.“鲸海”,海中有鲸,故名。 4.“历历”,形容分明。 5.“舞青鸾”,云气飘动,状如青鸾飞舞。 6.“松吹”,即松声。

汉宫春·初自南郑来成都作 [1]

羽箭雕弓 [2],忆呼鹰古垒 [3],截虎平川 [4]。吹笳暮归野帐 [5],雪压青毡 [6]。淋漓醉墨 [7],看龙蛇、飞落蛮笺 [8]。人误许 [9],诗情将略,一时才气超然 [10]。 何事又作南来 [11],看重阳药市 [12],元夕灯山。花时万人乐处,欹帽垂鞭 [13]。闻歌感旧,尚时时、流涕尊前。君记取 [14],封侯事在 [15]。功名不信由天。

1. 乾道八年（1172）冬，陆游离南郑到成都任安抚司参议官。词作于次年，主要写作者对南郑军中生活的回忆，与对救国大业的信念。　2. "羽箭"五句：回忆在南郑打猎的情景。　3. "古垒"，古旧的堡垒。　4. "截虎"，陆游曾刺虎，诗中屡次提到。"平川"，平原。　5. "笳"，管乐的一种，来自北方民族。"埜帐"，野外的营帐。"埜"，古"野"字。　6. "青毡"，覆在帐上的青色毛毡。　7. "淋漓"二句：当时赋诗作画的情景。　8. "龙蛇"，形容笔势的飞动。"蛮笺"，四川产的一种精致纸张。　9. "误许"，作者的谦词。　10. "超然"，高于别人。　11. "何事"，问语，直贯以下七句，表示对闲散职位的不满，并自责生活颓放。　12. "重阳药市"，九月九日重阳节成都有药材会。　13. "欹帽垂鞭"，帽子偏戴着，骑马缓行。"垂鞭"，言不用鞭打马。　14. "君记"三句：作者劝诫、叮嘱自己。　15. "在"，语助词，如俗语的呵、呢。

卜算子·咏梅 [1]

　　驿外断桥边 [2]，寂寞开无主；已是黄昏独自愁，更著风和雨。　　无意苦争春 [3]，一任群芳妒。零落成泥碾作尘，只有香如故。

1. 词兼咏物与言志，将梅作人的化身看。　2. "驿外"四句：写梅的环境与遭遇。　3. "无意"四句：写梅的品格高洁与坚毅。

范成大

范成大（1126—1193），字致能，号石湖居士，吴县（今江苏苏州）人。宋高宗绍兴二十四年（1154）中进士。孝宗乾道中，奉命使金，他怀着死亦无悔的决心，慷慨抗节，不惧威胁，保持了民族的尊严。他做过四任地方大吏，在各地都有政绩。先后在朝任礼部员外郎、中书舍人等职，官至参知政事。晚年归隐石湖。

范成大是南宋著名诗人。他的诗曾受过江西派与禅学的影响，但由于他注意社会生活，关心国家安危与人民疾苦，所以能继承中唐新乐府的优良传统。他的田园诗描绘农村的自然风物，歌颂农民的勤劳质朴，谴责封建剥削的残暴；内容丰富，是同类诗中所少有的。诗风华美流畅，富有韵味。有《石湖居士诗集》。

后催租行[1]

老父田荒秋雨里，旧时高岸今江水；佣耕犹自抱长饥[2]，的知无力输租米[3]。自从乡官新上来[4]，黄纸放尽白纸催[5]。卖衣得钱都纳却，病骨虽寒聊免缚。去年衣尽到家口[6]，大女临歧两分首[7]。今年次女已行媒[8]，亦复驱将换升斗[9]。室中更有第三女[10]，明年不怕催租苦！

1. 范成大曾效唐诗人王建写过《催租行》，这首诗也咏催租事，故称《后催租行》。诗用老农语揭露租赋剥削的残酷；作期约在高宗绍兴二十五年（1155），诗人在新安为司户参军时。　2. "佣耕"，因田地被淹没，遂沦为雇农。　3. "的知"，确知。　4. "自从"四句：统治阶级假卖人情，上免下不免，农民无钱交纳，只得忍寒卖衣。　5. "黄纸"，指皇帝免租的诏书。"白纸"，指地方官吏催租的公文。　6. "家口"，家里人口。　7. "大女"句：言卖长女。"分首"，分别后各奔前程。　8. "已行媒"，已经提过亲事。　9. "将"，语助词，惯用于动词后。"升斗"，指少量的粮食。"斗"，同"斗"。　10. "室中"二句：预料明年仍是卖女交租。

州　桥[1]

　　州桥南北是天街[2]，父老年年等驾回[3]；忍泪失声询使者[4]："几时真有六军来[5]？"

1. 乾道六年（1170），范成大使金，经过汴京，作《州桥》《福胜阁》《宣德楼》诸诗，或凭吊故宫废苑，或咏叹遗民渴望恢复的隐情。　2. "州桥"，天汉桥的俗称。"天街"，京城的街道。自注："南望朱雀门（汴京正南门），北望宣德楼（宫城的正门楼），皆旧御路也。"御路，即天街。　3. "等驾回"，州桥正当宫城正门，是车驾北归必经之地，故在此等候。　4. "忍泪"二句：就当时的实际情况言，遗民不能公开地这样表示，诗人所写大约是想象之辞。"失声"，哭泣之极，不能成声。　5. "六军"，周制，天子六军。这里如言王师，即朝廷的军队。

樱桃花 [1]

借暖冲寒不用媒 [2]，匀朱匀粉最先来 [3]；玉梅一见怜痴小 [4]，教向傍边自在开。

1. 孝宗淳熙二年（1175），范成大知成都府，兼代四川制置使。诗作于次年春。　2."不用媒"，开得突然，如人不待媒介而自至。　3."最先来"，开得早，樱桃春初开花。　4."玉梅"二句：从樱在梅旁，写花与花间的情意。梅俨然以保护者自居。

夜坐有感 [1]

静夜家家闭户眠，满城风雨骤寒天；号呼卖卜谁家子 [2]，想欠明朝籴米钱 [3]。

1. 诗是淳熙十二年（1185）冬作的，时范成大退闲家居。取材于贫苦市民的生活，表示对他们同情，这类作品在宋诗中是少见的。北宋张耒《卖饼儿》诗与此相似而微不同。　2."号"，音háo，拉长声音地叫。　3."籴"，音dí，买粮。

雪中闻墙外鬻鱼菜者，
求售之声甚苦，有感三绝[1]（选一）

饭箩驱出敢偷闲[2]，雪胫冰须惯忍寒[3]；岂是不能扃户坐[4]，忍寒容易忍饥难。

1. 诗也作于淳熙十二年（1185）冬。"鬻"，音 yù，售卖。　2."饭箩驱出"，言为生活所迫。"箩"，底方上圆的竹器。　3."雪胫"，陷在雪中的脚胫。"冰须"，带有冰的胡须。　4."扃户"，关门。"扃"，音 jiōng。

四时田园杂兴（六十首选六）

淳熙丙午[1]，沉疴少纾[2]，复至石湖旧隐，野外即事，辄书一绝；终岁得六十篇，号《四时田园杂兴》。

其一
种园得果廑偿劳[3]，不奈儿童鸟雀搔[4]；已插棘针樊笋径[5]，更铺渔网盖樱挑。

1."丙午"，淳熙十三年（1186）。　2."沉疴"句：重病稍轻。"疴"，音 kē。　3."廑偿劳"，收获仅仅与种植、照料的辛劳相抵。"廑"，同

"仅"。　4."不奈"，无奈。"搔"，同"骚"，骚扰，损害。　5."樊笋径"，在已生笋的小道边做起篱来。

其二

昼出耘田夜绩麻[1]，村庄儿女各当家[2]；童孙未解供耕织，也傍桑阴学种瓜。

1."耘"，除草。"绩"，捻麻线或麻绳。　2."各当家"，各顶一行。

其三

采菱辛苦废犁鉏[1]，血指流丹鬼质枯[2]；无力买田聊种水，近来湖面亦收租！

1."鉏"，同"锄"。　2."血指流丹"，采菱时手指被刺流血。"鬼质"，形状如鬼，极言其枯瘦憔悴。

其四

朱门巧夕沸欢声[1]，田舍黄昏静掩扃[2]；男解牵牛女能织[3]，不须徼福渡河星[4]。

1."巧夕"，农历七月七日乞巧之夕。　2."扃"，这里指门。　3."男解"二句：说明农家寂静的原因，表达劳动者的自豪感。　4."徼福"，求福。"徼"，音jiǎo。"渡河星"，牵牛、织女二星。相传牵牛与织女七月七日夜渡天河相会。

其五

垂成穑事苦艰难¹，忌雨嫌风更怯寒；笺诉天公休掠剩²，半偿私债半输官³。

1. "垂成"二句：庄稼将收割时，农民最担心天气不好。"穑事"，庄稼熟时的农田工作。"穑"，音 sè，收获谷物。　2. "笺诉"二句：农民在官租、私债双重压迫下，不得已而向天呼吁，求它莫来盘剥。"笺诉"，用书面向天公诉说。"笺"，与表章类似，下对上的文件。晋刘谧之、宋乔道元均有《与天公笺》。"掠剩"，掠取多余的。胥吏收官租时，用大斗来更多地掠夺农民的粮食，到上交时却将多余的部分吞没。这里借用，以比风雨不时。　3. "私债"，指地主、富人的高利贷。《宋史·食货志》说："富者操奇赢之资，贫者取倍称之息；一或小稔（收成），富家责偿愈急；调税未毕，资储罄然。"

其六

新筑场泥镜面平，家家打稻趁霜晴；笑歌声里轻雷动，一夜连枷响到明¹。

1. "连枷"，打稻的农具，可使稻粒脱穗。

照田蚕行¹

乡村腊月二十五，长竿然炬照南亩²；近似云开森列星³，远如风起飘流萤。今春雨雹茧丝少，秋日雷鸣稻堆小[4]；侬家今夜火最明，的知新岁田蚕好。夜阑风焰西复东，此占最吉余难同[5]：不惟桑贱谷芃芃[6]，仍更苎麻无节菜无虫！

1.范成大晚年退居石湖（在今江苏苏州）。淳熙十五年（1188），作《腊月村田乐府十首》，并在序中说明作诗的因缘与各篇的内容。《照田蚕行》是其中之一。在描述农村习俗中，诗流露出作者关心农民的情感。 2.“长竿”三句:《腊月村田乐府序》所述照田蚕的情况可作注脚:"村落则以秃帚若麻籸（音 jiē，同秸）、竹枝辈燃火炬，缚长竿之杪以照田，烂然遍野"。"然"，同"燃"。 3.“森列”，森然罗列，形容多。 4.“秋日”句：范成大《秋雷叹》自注"吴谚云:‘秋孛辘，损万斛。’谓立秋日雷也"。这句既用农谚，前句"雨雹茧丝少"或也如此。 5.“此占”句：在腊月的种种占卜中，照田蚕最吉利，其余的都比不上。 6.“不惟”二句：最吉的具体内容，即桑叶价低，谷苗茂盛，麻和菜也都长得好。"芃芃"，音 péngpéng。

张孝祥

张孝祥（1132—1170），字安国，历阳乌江（今安徽和县）人。宋高宗时，以进士第一人及第。历任中书舍人、建康留守、知荆南府兼荆湖北路安抚使等职。他主张抗金，曾为此被免官。

他的文学成就曾被称为"当代独步"，词风基本近苏，但兼有辛的悲壮。有《于湖词》。

六州歌头 [1]

长淮望断 [2]，关塞莽然平 [3]。征尘暗 [4]，霜风劲，悄边声 [5]。黯销凝 [6]，追想当年事，殆天数 [7]，非人力，洙泗上 [8]，弦歌地 [9]，亦膻腥 [10]。隔水毡乡 [11]，落日牛羊下 [12]，区脱纵横 [13]。看名王宵猎 [14]，骑火一川明 [15]，笳鼓悲鸣，遣人惊。　念腰间箭 [16]，匣中剑，空埃蠹 [17]，竟何成！时易失，心徒壮，岁将零 [18]，渺神京 [19]。干羽方怀远 [20]，静烽燧，且休兵；冠盖使 [21]，纷驰骛 [22]，若为情 [23]。闻道中原遗老 [24]，常南望、翠葆霓旌 [25]。使行人到此 [26]，忠愤气填膺 [27]，有泪如倾。

1. 词约作于宋孝宗隆兴二年（1164），时张孝祥为建康留守。隆兴元年，宋伐金大败，主和派得势，次年冬和议成。张孝祥是主战的，所以作品情辞慷慨。它先写由淮南北望沦陷区所见到的荒凉景象与敌人的骄纵，次写对议和的激愤。　2."长淮"二句：北望所见的总形势。淮北平原开阔辽远。"望"，直贯以下十余句。　3."关塞"，关山要塞。"莽然"，形容"平"，言其广远。　4."征尘"三句：在淮北附近地区，风吹尘起，一片荒凉寂静。　5."边声"，边塞上特有的声音。　6."黯销"七句：在感伤出神时，追想当日中原沦陷的惨痛。"销凝"，因感动而出神。　7."天数"，以中原沦陷为天命气数，是愤语，或无可如何时的自慰语。　8."洙泗"，皆水名。洙水源出山东新泰市东北，泗水流经曲阜。曲阜一带古属鲁国，孔子是曲阜人，鲁国为周代文化中心之一，所以用"洙泗上"代表中国文化发达地区。　9."弦歌"，弹琴和唱歌，这里指文化教育。　10."膻腥"，指被北方民族侵占。　11."隔水"三句：淮水北边满是敌人的毡帐；落日下，只见归家的牛羊和纵横罗列、用以守望的土房。　12."牛羊下"，《诗经·君子于役》有"日之夕矣，牛羊下来"。　13."区脱"，音ōutuō，匈奴筑以守边的土室。　14."名王"，匈奴诸王中特别贵显的，这里指金的主将。　15."骑火"句：马队的火光把河水都照亮了。　16."念"，直贯以下八句。　17."空埃"句：白让剑上积满灰尘，箭翎生出蛀虫。　18."岁将零"，岁月将尽。　19."渺神"句：叹汴京遥远。"渺"，不仅言距离远，也表示旧京沦陷，可望而不可即。　20."干羽"句：用礼乐感化远方不服从的民族。这里指宋对金妥协。此处借用《尚书·大禹谟》中"舞干戚服苗民"的故事。"干羽"，乐舞的用具。"干"，本是盾牌，舞时也用；"羽"，用雉尾做的舞具。"怀远"，怀柔远人。　21."冠盖"句：指奉命求和的使臣。"冠盖"，冠服、车盖，士大夫所用。　22."纷驰"句：许多人往来奔走。"骛"，音wù，奔驰。　23."若为"句：何以为情，言令人难堪。　24."闻道"二句：北方沦陷区的汉族人民希望宋帝北征。　25."翠葆霓旌"，皇帝的车和旗。"翠葆"，用翠羽为饰的车盖。"霓旌"，像虹蜺一样的旗帜。　26."使行"三句：结全篇。上述种种使到淮边的行人愤慨落泪。　27."填膺"，填胸。

念奴娇·过洞庭 [1]

　　洞庭青草 [2]，近中秋、更无一点风色。玉鉴琼田三万顷 [3]，著我扁舟一叶。素月分辉 [4]，明河共影 [5]，表里俱澄澈。悠然心会⁶，妙处难与君说。　　　应念岭表经年⁷，孤光自照，肝胆皆冰雪⁸。短发萧骚襟袖冷⁹，稳泛沧溟空阔¹⁰。尽挹西江¹¹，细斟北斗，万象为宾客。扣舷独笑¹²，不知今夕何夕¹³。

1. 张孝祥于孝宗乾道元年（1165）知静江府（今广西桂林）兼广南西路经略安抚使。次年，以谗言罢官，北归过洞庭，作此词。　2.“青草”，湖名，北与洞庭相通。　3.“玉鉴琼田”，形容湖面的莹澈。“鉴”，镜。“三万顷”，极言其辽阔。　4.“素月”三句：天空与水面，月华与波光，互相映辉，形成上下通明的境界。“分辉”，月将光辉分给湖水。湖水因受月而益明。　5.“共影”，空中天河与水里天河竟无分别。　6.“悠然”，形容领会的深透。　7.“应念”三句：回忆岭南对月情景。当时虽是孤月独赏，但清光所照，胸怀洒然。“岭表”，五岭南边。　8.“皆冰雪”，极言心地光明，神志爽洁。张孝祥在广西“治有声绩”（《宋史·张孝祥传》），所以这里有行事无愧于心的意思。　9.“短发”句：转向当前游赏。“萧骚”，本意是萧条凄凉，这里言头发稀薄。应结合后边“冷”字体会。因夜气清冷，故觉发稀。　10.“稳泛”句：安稳地泛舟在空阔如海的湖上。“沧溟”，沧海。　11.“尽挹”三句：把宇宙间万物作为自己的宾客，用北斗星作酒勺，将西江水当酒，和他们共酌。“挹”，音 yì，舀取。“西江”，《庄子·外物》有庄周与涸辙鲋鱼的谈话："周曰：'诺，我且南游吴越之王，激西江之水而迎子，可乎？'" 12.“叩舷”句：豪情逸气寄托在啸声中。“舷”，船边。　13.“不知”句：《诗经·绸缪》有“今夕何夕，见此良人”，张词本此，是说今夜是什么夜，能有此美景胜友。

辛弃疾

辛弃疾（1140—1207），字幼安，号稼轩，山东历城（今山东济南市历城区）人。他生长于北方沦陷地区，而是个坚定的爱国者。宋高宗绍兴末，山东人民群起抗金，他也在济南起义，并率部下参加农民耿京所领导的义军。他劝耿京与南宋朝廷联系，以便南北夹击。在他奉表南下，完成联击任务北返时，闻张安国杀京降金。他星夜疾驰，擒获叛徒，将其送到临安正法。但南归后，他并未被重用。所陈恢复方略——《美芹十论》《九议》，孝宗也未采纳。此后历任湖北、湖南、江西安抚使等职，虽也有所施为，不过总不能展其所长，偿其夙愿。而且，因为他刚直疾恶，致屡遭群小排挤，先后闲居上饶、铅（音 yán）山近二十年。在闲居中，他以诗酒山水自遣，而复土雪耻的心则始终不变。

辛弃疾在词史上的地位是少与伦比的。强烈的爱国激情，贯串在他的丰富多彩的诗篇中。激昂慷慨、悲壮豪放是辛词的基调。这些词不仅有充实广阔、度越前人的思想内容，而且在艺术上也有他家难以企及的成就。富于幻想的浪漫主义手法和作者的爱国理想、豪放个性相结合，使作品具有强烈的艺术感染力。此外，其作品又突破诗词，甚至散文间的藩篱，使词在苏轼之后，再度解放。至于语言新鲜隽美，也可独步一时。有

《稼轩长短句》。

水龙吟·登建康赏心亭 [1]

楚天千里清秋 [2]，水随天去秋无际。遥岑远目 [3]，献愁供恨 [4]，玉簪螺髻 [5]。落日楼头，断鸿声里，江南游子。把吴钩看了 [6]，阑干拍遍，无人会，登临意。　　休说鲈鱼堪脍 [7]，尽西风、季鹰归未 [8]？求田问舍 [9]，怕应羞见，刘郎才气。可惜流年 [10]，忧愁风雨，树犹如此 [11]！倩何人唤取 [12]，红巾翠袖 [13]，揾英雄泪 [14]？

1. 建康即今南京。赏心亭在建康下水门城上。宋孝宗淳熙元年（1174），辛弃疾在建康，任江东安抚司参议官时作此词。时辛弃疾南归已逾十年，尚未被重用，故情辞慷慨，时有愤语。　2. "楚天"，泛指南方的天。　3. "遥岑"，远山。"岑"，音 cén。"远目"，远望。　4. "献愁"二句：望山引起感慨，因而说群山给人愁恨。　5. "螺髻"，螺样式的发髻。螺髻与玉簪皆写远山形状。　6. "吴钩"，吴国所铸的弯形的刀，这里泛指刀剑。　7. "休说"二句：是说不愿学张翰弃官归隐。"脍"，音 kuài，同"脍"，细切肉。　8. "季鹰"，晋张翰字。他在洛阳为官，见秋风起，因思吴中菰菜、莼羹、鲈鱼脍，"遂命驾而归"（《世说新语·识鉴》）。辛词反用。　9. "求田"三句：意思是，如果像许汜（音 sì）那样庸俗自私，将为天下英雄所笑。《三国志·魏志·陈登传》记刘备批评许汜说："君有国士之名，今天下大乱，帝王失所，望君忧国忘家，有救世之意；而君求田问舍，言无可采。"求田问舍"，买田置房，用来形容人没有远大志向。　10."可惜"三句：叹壮志难酬而年华虚度。　11."树"，晋桓温北伐姚襄，经金城，见昔日所植柳已大十围，感叹地说："木犹如此，人何以堪！"（《世说新语·言语》）12."倩"，请。　13."红巾翠袖"，指用此种巾袖做装束的人。　14."揾"，音 wèn，拭。

菩萨蛮·书江西造口壁 [1]

郁孤台下清江水 [2]，中间多少行人泪 [3]？西北望长安 [4]，可怜无数山！　　青山遮不住 [5]，毕竟东流去。江晚正愁余 [6]，山深闻鹧鸪 [7]。

1."造口"，地名，在今江西万安西南六十里。词作于淳熙二、三年（1175、1176）间，辛弃疾任江西提点刑狱时。　2."郁孤台"，在今江西赣州市西南，以郁然孤峙得名。"清江"，袁江与赣江合流处，旧称清江，这里指赣江。　3.建炎时，金兵侵江西，隆裕太后仓皇奔赣州。淳熙二年，赖文政起义，转战湖南、江西等地，此句当为此二事而发。感念今昔，故出语沉痛。"行人"，指奔走流亡的人。　4."西北"二句：遥望故都，无奈群山遮目。　5."青山"二句：羡江流勇决，不受山岭遮拦。　6."江晚"二句：叹恢复中原的志愿难遂，人反不如江。"愁予"，使我愁苦。　7."闻鹧鸪"，鹧鸪啼声如"行不得也哥哥"，故闻而生愁。

摸鱼儿

淳熙己亥，自湖北漕移湖南，同官王正之置酒小山亭，为赋。[1]

更能消几番风雨[2]，匆匆春又归去。惜春长怕花开早，何况落红无数。春且住[3]，见说道[4]、天涯芳草无归路。怨春不语，算只有殷勤[5]，画檐蛛网，尽日惹飞絮[6]。　　长门事[7]，准拟佳期又误。蛾眉曾有人妒[8]。千金纵买《相如赋》[9]，脉脉此情谁诉？君莫舞[10]。君不见、玉环飞燕皆尘土[11]？闲愁最苦[12]，休去倚危栏，斜阳正在，烟柳断肠处。

1."淳熙己亥"指宋孝宗淳熙六年（1179）。"漕"是转运使的简称。这年辛弃疾自湖北转运使改任湖南转运使。王正之名正己，曾任荆湖北路转运判官（参看楼钥《攻愧集·朝议大夫秘阁修撰致仕王公墓志铭》）。小山亭在湖北转运使官署内。词缠绵激厉，用惜春与宫怨为比兴，以抒写诗人的复杂而深沉的忧国心情。　2."更能消"二句：叹残春难再经受风雨，以喻国势危殆。"消"，禁得住。　3."且住"，暂停。　4."见说道"，如言"见说"，意即据说、听说。　5."算只"三句：拟托蛛网留春，是无可如何中的努力。就春言，实就国事言，亦叹自己势孤。"殷勤"，作动词用，意即恳切嘱托。　6."飞絮"，春的象征。　7."长门"五句：因遭人嫉妒，势难再度承宠。"长门"，宫名。汉武帝的陈后失宠时退居此。　8."蛾眉"，《离骚》有"众女嫉余之蛾眉兮"。　9."千金"，陈后居长门，愁苦悲思，闻司马相如文名，遂用千金，求相如为文感悟武帝（参看司马相如《长门赋序》)。辛用此事而作假设之辞。　　10.“君莫”二句：呵责善妒者不要得意忘形，宠妃如杨、赵也同归于尽。　　11.“玉环”，唐玄宗宠妃杨氏的小名。“飞燕”，姓赵，汉成帝的宠妃。　　12.“闲愁”四句：叮嘱自己莫问国事，以免烦忧。残春落日是比喻。

鹧鸪天·鹅湖归病起作 [1]

枕簟溪堂冷欲秋 [2]，断云依水晚来收。红莲相倚浑如醉 [3]，白鸟无言定自愁。　　书咄咄 [4]，且休休 [5]，一丘一壑也风流 [6]。不知筋力衰多少，但觉新来懒上楼。

1.“鹅湖”，山名，在江西铅山东北。山上有湖，下有寺，辛弃疾常往游。词可能作于淳熙十三年（1186）或稍后，时辛弃疾退官居上饶。它于闲适恬退中道出潜伏在作者意识深处的感慨。　　2.“簟”，音diàn，竹席。　　3.“浑”，全。　　4.“书咄咄”，晋殷浩被废后，口无怨言，但终日用手在空中书画“咄咄怪事”四字（参看《世说新语·黜免》）。“咄咄”，音duōduō，感叹声。　　5.“且休休”，唐司空图隐居中条山，筑亭，题名休休。自谓：“量才一宜休，揣分二宜休，耄而聩三宜休。”（参看《新唐书·司空图传》）　　6.“一丘一壑”，犹言一山一水。

青玉案·元夕 [1]

东风夜放花千树 [2]，更吹落、星如雨 [3]。宝马雕车香满路。凤箫声动，玉壶光转 [4]，一夜鱼龙舞 [5]。　　蛾儿雪柳黄金缕 [6]，笑语盈盈暗香去 [7]。众里寻他千百度；蓦然回首 [8]，那人却在 [9]，灯火阑珊处 [10]。

1. 词写灯节，并有寓意。作期难详，可能在淳熙十四年（1187）以前辛弃疾在上饶时。　2."花千树"，言灯火极盛，如千树花开。　3."星如雨"，仍言灯多。《梦粱录》"元宵"条："诸营班院于法不得与夜游，各以竹竿出灯球于半空，远睹若飞星。"　4."玉壶"，灯的一种。《武林旧事》"元夕"条记当时福州所进的灯，"纯用白玉，晃耀夺目，如清冰玉壶，爽彻心目"。　5."鱼龙舞"，古代百戏的一种。这里指元宵杂技中龙灯之类。　6."蛾儿"句：指宋代妇女元宵所戴的头饰。《武林旧事》"元夕"条："元夕节物，妇人皆戴珠翠、闹蛾、玉梅、雪柳。""黄金缕"，仍指雪柳，李清照《永遇乐》"捻金雪柳"可证。　7."暗香"，美人身上发出的幽香。　8."蓦然"，忽然。"蓦"，音 mò。　9."那人"，指所寻的人。　10."阑珊"，零落，形容灯火稀少。

贺新郎·同甫见和再用韵答之 [1]

老大那堪说 [2]，似而今、元龙臭味 [3]，孟公瓜葛 [4]。我病君来高歌饮，惊散楼头飞雪。笑富贵、千钧如发⁵。硬语盘空谁来听⁶？记当时、只有西窗月。重进酒，换鸣瑟。　　事无两样人心别⁷。问渠侬⁸、神州毕竟，几番离合？汗血盐车无人顾⁹，千里空收骏骨¹⁰。正目断、关河路绝，我最怜君中宵舞¹¹，道"男儿、到死心如铁"。看试手，补天裂¹²。

1."同甫"是陈亮的字。他是辛的知交。淳熙十五年（1188）冬，陈亮访辛弃疾于上饶，同游鹅湖与瓢泉。别后，彼此以词相酬和，这首是其中之一。它作于别后不久，或在次年春。　2."老大"三句：老来本无可称说，值得称说的是与陈的交谊。元龙、孟公皆指陈言。"那堪说"，不堪说。　3."元龙"，陈登字元龙，东汉末人，时人称他"湖海之士，豪气不除"（参看《三国志·魏志·陈登传》）。"臭味"，情趣。　4."孟公"，陈遵字孟公，西汉末人，嗜酒，好客，任侠（参看《汉书·游侠传》）。"瓜葛"，如言关系。　5."笑富"句：一般人视富贵荣华重如千钧，我辈却轻之如毛发。"钧"，三十斤。　6."硬语盘空"，指语言遒劲有力，像能在空中盘旋一样，形容诗文气势磅薄。韩愈《荐士》有"横空盘硬语，妥帖力排奡"。"硬语"，这里指不合时宜的言论。　7."事无"句：言国事并无改变，但人心彼此不同。　8."渠侬"，吴语称他人为渠侬。这里隐指贪图富贵、妥协投降的人。"离合"，复词偏义，指离，言国家分裂。　9."汗血"句：反用伯乐识马的故事，以喻人才被埋没。《战国策·楚策》说：骏马未遇伯乐时，驾盐车，上太行，膝折皮烂，终不能上。伯乐一见，下车攀马，覆以纻衣。"汗血"，大宛名马。相传汗从前肩转出如血，故名。　10."千里"句：是说朝廷不能用人而伪作好贤。《战国策·燕策》说：古时某国君欲用千金买良马，三年不得。后来他的侍从用五百金购回千里马的骨头，王怒，侍从说："死马且买之五百金，况生马乎？天下必以王为能市马，马今至矣！"　11."中宵舞"，用祖逖故事。晋祖逖与刘琨共被同寝，中夜闻鸡声，因起舞（参看《晋书·祖逖传》）。　12."补天裂"，古代神话中有女娲炼石补天的故事，这里用以比喻统一国家。

清平乐·村居[1]

茅檐低小，溪上青青草。醉里吴音相媚好[2]，白发谁家翁媪[3]？　　大儿锄豆溪东，中儿正织鸡笼；最喜小儿无赖，溪头卧剥莲蓬。

1.词作于辛弃疾居上饶时，年代难确定。　2."醉里"句：作者在醉中听到有人用江南口音和悦地谈心。　3."媪"，音 ǎo，老妇。

西江月·夜行黄沙道中[1]

明月别枝惊鹊[2]，清风半夜鸣蝉。稻花香里说丰年[3]，听取蛙声一片。　　七八个星天外，两三点雨山前。旧时茅店社林边[4]，路转溪桥忽见。

1."黄沙"，指黄沙岭，在今江西上饶，词当为作者罢官家居时作。　2."明月"句：夜鹊因月明而栖止不定。"别枝"，另枝，远枝。　3."稻花"二句：前后倒装。是说稻田一片蛙声，正在谈说好年成。　4."社林"，靠近社庙的树林。

沁园春·灵山齐庵赋，时筑偃湖未成 [1]

叠嶂西驰 [2]，万马回旋，众山欲东。正惊湍直下 [3]，跳珠倒溅；小桥横截，缺月初弓 [4]。老合投闲 [5]，天教多事 [6]，检校长身十万松 [7]。吾庐小，在龙蛇影外 [8]，风雨声中 [9]。 争先见面重重 [10]，看爽气朝来三数峰 [11]。似谢家子弟 [12]，衣冠磊落 [13]；相如庭户 [14]，车骑雍容。我觉其间，雄深雅健 [15]，如对文章太史公。新堤路，问偃湖何日，烟水蒙蒙？

1. "灵山"，山名，在今江西上饶，绵亘百里。齐庵在山上。词可能作于宁宗庆元初（1196年左右）。 2. "叠嶂"三句：写群山雄姿；或向西，或向东，如万马奔驰回旋。 3. "湍"，急流。 4. "初弓"，开始具有弓的形状。 5. "老合"句：人老自当投闲置散，自嘲中含愤慨。 6. "天教"，是说无法改变。"多事"，如言好事。 7. "检校"，考核，这里有管理的意思。 8. "龙蛇影"，指影影。 9. "风雨声"，指松声。 10. "争先"二句：前写山见人，后写人看山。 11. "爽气朝来"，晋王徽之说："西山朝来，致有爽气。"（《世说新语·简傲》） 12. "似"，直贯四句。"谢家"，晋南渡后谢氏为当代大族之一，历久不衰。 13. "衣冠"句：仪容俊伟。 14. "相如"二句：《史记·司马相如列传》："相如之临邛，从车骑，雍容闲雅甚都。" 15. "我觉"三句：前数句以人比山，这里以文比山。韩愈评柳宗元文："雄深雅健，似司马子长。"（《唐书·柳宗元传》）

浣溪沙 [1]

父老争言雨水匀，眉头不似去年鞏。殷勤谢却甑中尘 [2]。
啼鸟有时能劝客 [3]，小桃无赖已撩人 [4]。梨花也作白头新 [5]。

1. 词或作于庆元六年（1200）前后作者居铅山时。　2. "殷勤"句：无米可炊，甑上便有尘土，现丰年在望，便和甑上尘土婉转告辞。"殷勤"，这里意如婉转。"谢"，辞去。"甑"，音 zèng，炊器。　3. "劝客"，言劝人饮酒。　4. "撩人"，犹言逗人。　5. "白头新"，《史记·邹阳列传》引古谚"白头如新"。《索隐》说：人与人如不相了解，交往到头白，还是像新交。这里语意双关，从梨开白花，联想到人与人相知不易。

永遇乐·京口北固亭怀古 [1]

千古江山，英雄无觅、孙仲谋处 [2]。舞榭歌台 [3]，风流总被，雨打风吹去。斜阳草树 [4]，寻常巷陌，人道寄奴曾住。想当年 [6]、金戈铁马，气吞万里如虎 [7]。　　元嘉草草 [8]，封狼居胥 [9]，赢得仓皇北顾 [10]。四十三年 [11]，望中犹记，烽火扬州路 [12]。可堪回首，佛狸祠下 [13]，一片神鸦社鼓 [14]。凭谁问 [15]、廉颇老矣，尚能饭否？

1.“京口”即今江苏镇江。“北固亭”，在镇江东北北固山上，下临长江。词成于宁宗开禧元年（1205），时辛弃疾知镇江府。诗人晚年出山，目的原在伐金，但韩侂胄北伐仅为提高个人的政治地位，对辛的策略并不重视。所以词题虽标怀古，命意实在论今抒愤。　2.“孙仲谋”，吴帝孙权字仲谋。孙权曾都京口，又北败曹操，保卫江东，故诗人怀古先提到他。　3.“舞榭”三句：申述前句，说明英雄遗迹难觅的原因。　4.“斜阳”三句：在这平凡、荒凉的地方，相传南朝宋武帝刘裕住过。　5.“寄奴”，刘裕的小字。刘裕早年在京口起兵讨桓玄，又以十六州都督镇京口。　6.“想当年”二句：颂扬刘裕北伐功业。　7.“气吞万里”，指刘裕北伐，先后灭南燕、后秦，收复洛阳、长安等地。　8.“元嘉”三句：望执政者吸取历史教训，北伐应有准备。“元嘉”，宋文帝年号。文帝好大喜功，伐北魏大败。　9.“封”，积土为坛。“狼居胥”，汉将霍去病追击匈奴，至狼居胥（古山名，在今蒙古国境内），封山而回。宋文帝和殷景仁说，听到王玄谟陈说北伐，“使人有封狼居胥意”（参看《宋书·王玄谟传》）。　10.“仓皇北顾”，宋北伐失败，北魏乘胜追至长江边，声言将渡江。宋文帝登楼北望，深悔北伐。　11.“四十三年”句：辛弃疾于绍兴三十二年（1162）南归，至开禧元年（1205），知镇江府，正是四十三年。　12.“烽火”句：指绍兴三十一年（1161）金大举南侵，破滁、庐、和、扬等州。辛弃疾淳熙五年所作《水调歌头》（“落日塞尘起”阕）可参看。　13.“佛狸祠”，“佛狸”，音Bìlí，北魏太武帝的小字。宋北伐失败，他率兵追至长江北岸的瓜步山（即今江苏南京市六合区东南瓜埠山），并建行宫，后为“佛狸祠”。　14.“神鸦”，啄食残余祭品的乌鸦。“社鼓”，这里泛指祭神时的鼓声。诗人由当地居民祭魏太武帝，想到绍兴末金兵入犯事。　15.“凭谁问”二句：以廉颇自比，叹年虽老而雄心犹在，但不为朝廷所重视。“廉颇”，赵国名将，晚年为奸人谗害，出奔魏国。后赵王遣使询探，使臣得贿，回禀赵王说：“廉将军虽老，尚善饭；然与臣坐，顷之，三遗矢矣。”赵王以颇已老，遂不召用（参看《史记·廉颇蔺相如列传》）。

破阵子·为陈同甫赋壮词以寄之 [1]

醉里挑灯看剑，梦回吹角连营 [2]。八百里分麾下炙 [3]，五十弦翻塞外声 [4]，沙场秋点兵。　　马作的卢飞快 [5]，弓如霹雳弦惊 [6]。了却君王天下事 [7]，赢得生前身后名。可怜白发生！

1. 词以实际生活为素材，而加虚构，写诗人的愿望与失望。　2. "梦回"，梦醒。　3. "八百里"，牛名。晋王恺有牛，名八百里駮。王济与恺比射，以八百里駮为赌物。济射获胜，遂杀牛作炙（参看《世说新语·汰侈》）。"麾下"，如言部下。"麾"，音 huī，旗属。"炙"，zhì，烤肉。　4. "五十弦"，古代的瑟用五十弦。这里用以代表军中乐器。"塞外声"，指雄壮悲凉的军乐。　5. "作"，如。"的卢"，马名。相传刘备在荆州遇危，因所骑的卢"一跃三丈"而脱险（参看《三国志·蜀书·先主传》注引《世语》）。　6. "霹雳"，雷声，这里用比弦声。梁曹景宗在乡里时，"与年少辈数十骑，拓弓弦作霹雳声"（《南史·曹景宗传》）。　7. "天下事"，指恢复中原。

鹧鸪天

有客慨然谈功名，因追念少年时事戏作 [1]。

壮岁旌旗拥万夫 [2]，锦襜突骑渡江初 [3]。燕兵夜娖银胡䩮 [4]，汉箭朝飞金仆姑 [5]。　　追往事，叹今吾，春风不染白髭须 [6]。

却将万字平戎策⁷，换得东家种树书⁸。

1."少年时事"，指绍兴三十二年（1162）辛弃疾南归事。题为戏作，实则抚今追昔，不胜感慨。　2."壮岁"句：指在山东领导义军抗金事。　3."锦襜"句：指擒获张安国率众南归。"锦襜突骑"，穿着锦衣的轻骑兵。"襜"，音 chān，衣蔽前为襜，如围裙。这里泛指衣。　4."燕兵"二句：写南归部队与敌人日夜战斗的情况。"燕兵"，金兵。"娖"，音 chuò，整备（参看《后汉书·中山简王刘焉传》注）。"胡䩮"，一作"弧䩮"，箭筒。　5."金仆姑"，箭名。　6."春风"句：叹壮年一去难再。　7."平戎策"，指辛南归后所上《美芹十论》《九议》等。　8."东家"，用汉王吉东家枣树事。王吉居长安，东家有大枣树，枝垂吉庭中。吉因妇取枣，与离异。东家闻知，将伐树，邻里因请王吉招妇还（参看《汉书·王吉传》）。"种树书"，《史记·秦始皇本纪》："所不去者，医药卜筮种树之书。"

西江月·遣兴¹

　　醉里且贪欢笑，要愁那得工夫。近来始觉古人书²，信著全无是处。　　昨夜松边醉倒，问松："我醉何如？"只疑松动要来扶，以手推松曰："去！"

1.词写作者饮酒、读书的生活，而人的旷达放逸自在其中。　2."近来"二句：《孟子·尽心下》有"尽信书，则不如无书"。辛意近此，似疑社会现实与古书所言不合。

贺新郎

邑中园亭[1]，仆皆为赋此词[2]。一日，独坐停云[3]，水声山色竞来相娱，意溪山欲援例者[4]。遂作数语，庶几仿佛渊明思亲友之意云[5]。

甚矣吾衰矣[6]。怅平生、交游零落，只今余几[7]！白发空垂三千丈[8]，一笑人间万事。问何物能令公喜[9]？我见青山多妩媚[10]，料青山、见我应如是。情与貌，略相似。　　一尊搔首东窗里[11]，想渊明、《停云》诗就，此时风味[12]。江左沉酣求名者[13]，岂识浊醪妙理[14]。回首叫云飞风起[15]。不恨古人吾不见[16]，恨古人不见吾狂耳。知我者[17]，二三子[18]。

1. "邑"，指江西铅山。　2. "此词"，指《贺新郎》。　3. "停云"，停云堂，以陶潜《停云》命名。堂址在铅山东期思渡，辛弃疾晚年所建。　4. "意"，料想。　5. "庶几"，如言希望。"渊明思亲友"，陶潜《停云并序》："停云，思亲友也。"　6. "甚矣"句：用《论语·述而》中语，但改"也"为"矣"。　7. "只今"，如今。　8. "白发"二句：自叹空活到老，人间种种只能付之一笑。"白发""三千丈"，李白《秋浦歌》有"白发三千丈，缘愁似个长"。　9. "能令公喜"，晋王恂、郗超，均为桓温所重。王为主簿，郗为参军。郗有长须，王形状短小。当时人说："髯参军，短主簿，能令公（指桓温）喜，能令公怒。"（参看《世说新语·宠礼》）这里的"公"，指作者自己。　10. "青山"四句：回答上句。是说"能令公喜"者是山不是人，因为山和诗人的精神形貌都相似。《唐书·魏征传》："太宗曰：'人言魏征举动疏慢，我但见其妩媚耳。'"作者用魏事，有取于自己的耿直与魏相似，而山又与己类。"妩媚"，妍媚可喜。　11."一尊"三句：从自己东窗独饮的幽闲而迷惘的心情，揣想陶潜《停云》诗成的风味或也如此。陶潜《停云》诗首章有"静寄东轩，春醪独抚；良朋悠邈，搔首延伫"。"搔首"，表示彷徨、犹疑、烦急等心情。　12."风味"，风神情味。　13."江左"二句：东晋那些虽饮酒而仍求名的人怎能像陶渊明那样懂得酒的妙处。苏轼《和陶渊明饮酒》："江左风流人，醉中亦求名。渊明独清真，谈笑得此生。"辛用苏诗讽刺当时人。　14."醪"，音 láo，汁滓相混的酒。　15."回首"句：诗人的呼唤使山云飞扬，山风吹拂。　16."不恨"二句：齐张融常叹曰："不恨我不见古人，所恨古人不见我。"(《南史·张融传》)辛用张语，意思是他能揣知陶的心情，而他的心情却不为陶所知。　17."知我"二句，与回首句相呼应，是说能了解自己的只有山水。　18."二三子"，《论语·述而》有"二三子以我为隐乎"，这里指山水。

陈　亮

　　陈亮（1143—1194），字同甫，婺州永康（今浙江永康）人。他是哲学家、散文家，也是词人。宋孝宗初，曾上《中兴五论》，力主北伐，反对议和。光宗时，登进士第，但未做官。他为人似辛弃疾，词的风格也如此；激越时或过辛，但欠俊逸。有《龙川词》。

水调歌头·送章德茂大卿使虏 [1]

不见南师久 [2]，谩说北群空 [3]。当场只手 [4]，毕竟还我万夫雄。自笑堂堂汉使 [5]，得似洋洋河水 [6]，依旧只流东。且复穹庐拜 [7]，会向藁街逢 [8]。　　尧之都 [9]，舜之壤 [10]，禹之封 [11]，于中应有，一个半个耻臣戎。万里腥膻如许 [12]，千古英灵安在 [13]，磅礴几时通 [14]？胡运何须问，赫日自当中 [15]。

1. 章德茂即章森。章森使金共两次：一在淳熙十一年（1184），八月庚申，任务是贺正旦；一在淳熙十二年（1185），十一月壬辰，任务是贺金主生辰（参看《宋史·孝宗纪》三）。这里疑指前者。词应是此时作。章森曾为侍郎，所以称大卿。陈为章友，故以外交不可妥协，宋朝终必胜利相勉。　　2."不见"二句：不要因为久未见南师北伐，便以为宋无人才。　　3."谩说"，休说。"北群空"，韩愈《送温处士赴河阳军序》："伯乐一过冀北之野，而马群遂空。"意指没有良马，这里借指没有良才。　　4."当场"二句：颂扬章森有独当一面，办好外交的才能与魄力，是个英雄人物。"只手"，独自，不靠别人力量。　　5."自笑"三句：堂堂汉使岂能永远俯仰由人，像河水东流不改方向。"自笑"，这里有自负的意思。　　6."得似"，哪得似，不能像。"洋洋河水"，《左传》僖公二十三年记晋公子重耳在秦赋诗《河水》，注："洋洋河水，逸诗。义取河水朝宗于海，海喻秦。"作者用此事而意相反。　　7."且复"二句：姑且再向毡帐朝拜一次，不久他们将被俘到南宋京都。　　8."藁街"，长安街名，外邦使臣所居。汉时陈汤发兵袭杀北匈奴郅支单于，并奏请"悬头藁街蛮夷邸间"（参看《汉书·陈汤传》）。"藁"，音 gǎo。　　9."尧之都"五句：在庄严的中原国土上，应该有以向他族称臣为耻的人。　10."壤"，土地。　11."封"，疆界。　12."万里"句：敌人占据这样广大的土地。　13."千古"二句：我们祖先的民族正气何时得伸张发扬。　14."磅礴"，形容气势广大。　15."赫日"句：以红日必悬当空，比喻抗金必胜。

念奴娇·登多景楼[1]

危楼还望[2]，叹此意、今古几人曾会？鬼设神施[3]，浑认作、天限南疆北界。一水横陈[4]，连岗三面，做出争雄势。六朝何事[5]，只成门户私计？　　因笑王谢诸人，登高怀远，也学英雄涕[6]。凭却长江管不到，河洛腥膻无际[7]。正好长驱，不须反顾，寻取中流誓[8]。小儿破贼[9]，势成宁问强对[10]。

1.多景楼，在江苏镇江北固山上甘露寺内。词反对划江自守，要求及时北伐。　2."危楼"句：高楼四望。　3."鬼神"二句：江山形势固非人力所能为，但不能全认为这是天用以划分南北的疆界。"浑认作"，全以为。　4."一水"三句：是说江山形势的雄奇险要，足以争雄中原。"一水"，指长江。"连岗三面"，东、南、西三面群山环绕。　5."六朝"二句：指责南朝统治阶级不能北定中原，只凭依天险，内部纷争。　6."也学"句：用新亭对泣故事。　7."河洛"，黄河、洛水，这里泛指中原地区。　8."中流誓"，晋祖逖渡江北伐，中流击楫而誓："祖逖不能清中原而复济者，有如江水。"（参看《晋书·祖逖传》）　9."小儿破贼"，谢玄淝水大捷，谢安得报时方与客围棋。他置书床上，了无喜色，仍旧下棋。客问，他安闲地说："小儿辈遂已破贼。"（参看《世说新语·雅量》）　10."势成"句：优势属我，何惧敌人强大。"强对"，犹言劲敌。

刘　过

刘过（1154—1206），字改之，吉州太和（今江西泰和）人。在功名上，他屡受挫折，因而流转江湖。光宗时，曾上书宰相，陈恢复方略。宁宗时，辛弃疾帅浙东，他为幕宾，以词相唱和。词风近辛，而失于粗犷。有《龙洲词》。

贺新郎[1]

弹铗西来路[2]，记匆匆、经行数日，几番风雨。梦里寻秋秋不见，秋在平芜远渚[3]。想雁信、家山河处[4]。万里西风吹客鬓[5]，把菱花、自笑人憔悴[6]；留不住，少年去！　　男儿事业无凭据[7]。记当年、击筑悲歌[8]，酒酣箕踞[9]。腰下光铓三尺剑[10]，时解挑灯夜语。更忍对、灯花弹泪[11]，唤起杜陵风雨手[12]，写江东、渭北相思句[13]。歌此恨[14]，慰羁旅[15]。

1. 这是首怀才不遇者在漂泊中抒写悲愤的作品。　2. "弹铗"三句：慨叹为依人而奔走旅途，冲风冒雨。"弹铗"，战国时，冯谖为孟尝君门客，因未受主人重视，遂弹剑把，以歌托讽。后来这个故事便成为依人求助的典故。"铗"，音 jiá。　3. "秋在"句：因经行川陆，始得领略秋色；原来草野、沙洲都已呈现秋日的气象。　4. "想雁"句：家乡辽远，只有盼雁传书。　5. "万里"四句：异地飘流，容颜憔悴，年纪已老。　6. "菱花"，镜。相传汉赵飞燕有七尺菱花镜（参看《飞燕外传》）。　7. "男儿"句：身为男子，而在事业上无所建树。"无凭据"，如言无把握。　8. "记当年"，贯串以下七句。"击筑"，战国末，荆轲赴秦，燕太子丹与宾客送行。高渐离击筑，荆轲和而歌（参看《史记·刺客列传·荆轲传》）。"筑"，古乐器的一种，形与瑟相类。　9. "箕踞"，古人席地而坐，两膝微屈，形状如箕，是种倨傲的态度。　10. "腰下"二句：时常解下剑，在灯下同它说话。　11. "更忍"三句：不肯哭泣，以赋诗自慰。　12. "杜陵"，杜甫。杜甫祖籍长安杜陵，自称"杜陵布衣"。"风雨手"，杜甫《寄李十二白二十韵》有"笔落惊风雨"。　13. "江东渭北"，杜甫《春日忆李白》："渭北春天树，江东日暮云。"　14. "此恨"，指"事业无凭据"的恨。　15. "羁旅"，在外地作客。这里指客中苦闷。

姜　夔

　　姜夔（约1155—1209），字尧章，号白石道人，饶州鄱阳（今江西鄱阳）人。少有文名，曾上书论雅乐、进《大乐议》《圣宋铙歌鼓吹曲》，未被重视；应试又不第。为此一生转徙江湖，虽与名公巨卿往来，总是清客身份，最后以布衣终老。他是诗人、词人，又是书法家、音乐家，范成大、杨万里等都推重他。范称他"翰墨文章皆似晋宋之雅士"。

姜夔曾被推为"词中之圣"，这当然是过誉。他的词艺术形式高于思想内容。他与周邦彦相近而不同。重音律，尚工巧，过当地追求艺术的美，是二家接近处。但姜词所写的家国身世之感、庄重深挚的相思，以及多数篇章所体现的清苦悠远的韵味，却为周词所仅见或绝无。继周而又变周，他终于在南宋导致出过重格律的流派。姜夔的诗名，仅次于杨、范诸人。诗风清畅秀远和词的沉郁峭拔不同。有《白石道人诗集》《白石道人歌曲》。

除夜自石湖归苕溪¹（十首选一）

笠泽茫茫雁影微²，玉峰重叠护云衣³；长桥寂寞春寒夜，只有诗人一舸归⁴。

1. "除夜"，指宋光宗绍熙二年（1191）的除夕。"石湖"是苏州与吴江间的风景区，范成大在这里建别墅。苕溪指湖州，姜夔的家在那里。这年冬天，姜到石湖访范，留月余始归。组诗记行，这首写夜渡太湖。　2. "笠泽"，一说是太湖，一说是吴淞江，就此诗论，应是太湖。　3. "玉峰"，玉立的群峰，指太湖诸山。"护云衣"，山带云气。 4."诗人"，作者自己。
"舸"，船。

湖上寓居杂咏¹（十四首选一）

苑墙曲曲柳冥冥²，人静山空见一灯；荷叶似云香不断，小
船摇曳入西陵³。

1."湖"指西湖。姜夔居杭始于宁宗庆元二、三年（1196、1197）。组诗约
作于庆元六年（1200），咏诗人寓居西湖的生活与湖山风物。这首以湖景
为主，着重写它的幽静。 2."苑墙"句：在迷茫的柳色中露出曲曲的苑
墙。 3."西陵"，即西兴镇，在浙江萧山。

昔游诗¹（十五首选一）

濠梁四无山²，陂陁亘长野³。吾披紫茸毡⁴，纵饮面微赭⁵。
自矜意气豪，敢骑雪中马。行行逆风去，初亦略沾洒⁶；疾风吹
大片，忽若乱飘瓦。侧身当其冲⁷，丝鞚袖中把⁸；重围万箭急⁹，
驰突更叱咤¹⁰。酒力不支吾¹¹，数里进一弝¹²。燎茅烘湿衣，客
有见留者。徘徊望神州¹³，沉叹英雄寡。

1. 组诗作于宁宗嘉泰元年（1201），作者寓杭州时。诗序曾指出写作经过与意图："秋日无谓，追述旧游可喜可愕者，吟为五字古句。时欲展阅，自省生平，不足为诗也。"这首追记雪里走马的勇敢与豪迈。　2. "濠梁"二句：点出走马的地方及其形势。"濠梁"，在安徽凤阳东北。"濠"，古水名，是淮河支流。"梁"，桥梁。　3. "陂陁"，形容地不平坦。"陂"，音 pō。"陁"，同"陀"。"亘"，音 gèn，从这头连到那头。　4. "紫茸毡"，冬日外衣，裘氅之类。"茸"，柔而细的兽毛。　5. "纵饮"句：喝酒极多而面不红。"赭"，音 zhě，赤色。　6. "略沾洒"，雪落不多。　7. "当其冲"，抵挡雪的冲击。　8. "鞚"，音 kòng，马勒。　9. "重围"句：人在雪中如被敌围，箭喻雪片。　10. "叱咤"，音 chìzhà，发怒声，这里泛指大声嚷叫。　11. "支吾"，支持。　12. "斝"，音 jiǎ，酒杯。　13. "徘徊"二句：从自己的好身手，联想到却敌报国。恢复中原偏少英雄人物，北望彷徨，为之浩叹。

扬州慢

　　淳熙丙申至日[1]，予过维扬[2]。夜雪初霁，荠麦弥望[3]。入其城则四顾萧条，寒水自碧。暮色渐起，戍角悲吟[4]。予怀怆然，感慨今昔，因自度此曲[5]，千岩老人以为有《黍离》之悲也[6]。

　　淮左名都[7]，竹西佳处[8]，解鞍少驻初程[9]。过春风十里[10]，尽荠麦青青。自胡马窥江去后[11]，废池乔木[12]，犹厌言兵[13]。渐黄昏，清角吹寒[14]，都在空城。　　杜郎俊赏[15]，算而今[16]、重到须惊。纵豆蔻词工[17]，青楼梦好[18]，难赋深情。二十四桥仍在[19]，波心荡、冷月无声。念桥边红药[20]，年年知为谁生[21]。

1.“淳熙丙申”，孝宗淳熙三年（1176）。“至日”，冬至日。 2.“维扬”，扬州。 3.“弥望”，满眼。 4.“戍角”，戍军的号角。 5.“自度此曲”，自己创制这个曲调。 6.“千岩老人”，南宋名诗人萧德藻的别号。姜夔是他的侄婿。 7.“淮左”三句：从到扬州少留说起。“淮左”，古时候的方位，以东为左。宋置淮南东路与淮南西路，东路称淮左，扬州属之。 8.“竹西”，亭名。扬州的蜀岗南边有竹西亭。杜牧《题扬州禅智寺》：“谁知竹西路，歌吹是扬州。” 9.“初程”，行程的最初阶段。 10.“过春”句：经过以前的繁华街道。杜牧《赠别》有“春风十里扬州路”。 11.“自胡”三句：指出扬州荒凉由金兵破坏，并表示憎恨。“胡马窥江”，建炎三年（1129），金兵入扬州，大肆焚掠。绍兴三十一年（1161），金又破滁、扬诸州。 12.“乔木”，古老高大的树木。 13.“犹厌”句：对金人入侵的战事还是厌恶的。不言人厌，而言荒池高树厌，是因物见人，深一层的写法。 14.“清角吹寒”句：凄清的号角声带来寒意。 15.“杜郎”，杜牧。“俊赏”，俊逸高超。 16.“算”，计算，这里有估计的意思。 17.“纵豆”三句：杜牧才华虽高，生活经历虽富，也难表达出他的惊心动魄的感受。“豆蔻词工”，杜牧《赠别》：“娉娉袅袅十三余，豆蔻梢头二月初。” 18.“青楼梦好”，杜牧《遣怀》：“十年一觉扬州梦，赢得青楼薄幸名。” 19.“二十四桥”，杜牧《寄扬州韩绰判官》：“二十四桥明月夜，玉人何处教吹箫。”沈括《梦溪笔谈·补笔谈》卷三说，扬州在唐代最称富盛，有二十四桥，并记桥名。但宋时已不全存。 20.“念桥”二句：纵有名花，也无人欣赏。“桥边红药”，扬州芍药曾被称为天下奇花（参看刘敞《芍药谱序》）。相传开明桥（二十四桥之一）左右，春天芍药花市甚盛（参看《一统志》扬州二）。 21.“为谁生”，无人重视，自生自灭。

惜红衣

吴兴号水晶宫[1]，荷花盛丽。陈简斋云[2]："今年何以报君恩，一路荷花相送到青墩[3]。"亦可见矣。丁未之夏[4]，予游千岩[5]，数往来红香中[6]，自度此曲，以无射宫歌之[7]。

簟枕邀凉[8]，琴书换日[9]，睡余无力。细洒冰泉，并刀破甘碧[10]。墙头唤酒[11]，谁问讯、城南诗客。岑寂[12]。高树晚蝉，说西风消息[13]。　　虹梁水陌[14]，鱼浪吹香[15]，红衣半狼藉[16]。维舟试望[17]，故国眇天北。可惜柳边沙外[18]，不共美人游历；问甚时同赋，三十六陂秋色[19]。

1."水晶宫"，杨濮守湖州，赋诗曰："溪上玉楼楼上月，清光合作水晶宫。"后遂称湖州为水晶宫（参看《能改斋漫录》）。　2."陈简斋"，陈与义号简斋。　3."今年"二句：见陈与义的《虞美人》。"青墩"，在今浙江桐乡。　4."丁未"，淳熙十四年（1187）。　5."千岩"，在湖州弁山。　6."数"，音 shuò，屡次。　7."以无"句：歌唱时的抑扬高下，都按照无射宫的特点。"无射宫"，音乐术语，宫调名，十二律中无射的宫声。词写诗人闲居消夏的生活与思乡念友的心情。　8."簟"，音 diàn，竹席。"邀凉"，招凉。　9."琴书"句：用弹琴与读书消遣时日。　10."并刀"，并州（今山西太原一带）所产刀，以锋利著称。"甘碧"，指瓜果。　11."墙头"二句：叹虽有好客热情，但无人来访。杜甫《夏日李公见访》："远林暑气薄，公子过我游。贫居类村坞，僻近城南楼。……隔屋唤西家，借问有酒不（否）。墙头过浊醪，展席俯长流。"姜词本此而反用。　12."岑寂"句：前后九句皆就此二字发挥。　13."说西"句：告诉人秋天将至。　14."虹梁"三句：观陂塘残荷。"虹梁", 虹蜺样的桥梁。"水陌", 指平坦辽阔的水面。 15. "鱼浪", 鱼吹出的浪。"吹香", 发散着香气。 16. "红衣", 红花瓣。"狼藉", 纵横散乱, 这里形容花的凋残。 17. "维舟", 系船。 18. "可惜"四句: 思念知友, 叹不能同游。 19. "三十六陂", 众多的陂塘。"三十六"是虚数, 极言其多。

踏莎行

自沔东来, 丁未元日至金陵, 江上感梦而作。[1]

燕燕轻盈[2], 莺莺娇软, 分明又向华胥见[3]。夜长争得薄情知[4]? 春初早被相思染[5]。　　别后书辞[6], 别时针线, 离魂暗逐郎行远[7]。淮南皓月冷千山[8], 冥冥归去无人管[9]。

1. "沔"(音 miǎn)是沔州(今湖北汉阳), 姜夔早年流寓在这里。"丁未"是淳熙十四年(1187)。淳熙十三年冬, 他自沔东行; 次年元旦, 到金陵, 梦见合肥所遇情人。词写梦后怀人心情。 2. "燕燕"三句: 言梦中重见意中人。以燕比喻她的姿态, 莺比喻她的声音。 3. "华胥", 指梦。相传黄帝曾梦游华胥国(《列子·黄帝》), 后来因称梦为华胥。 4. "夜长"句: 薄情人无所怀念, 夜眠安稳, 故不知夜长。 5. "春初"句: 春天容易怀人, 现方春初, 竟已被相思感染。 6. "别后"三句: 叙述对方情意。前二句是事实, 末句是据梦揣想。 7. "离魂", 指对方的魂。"暗逐郎行远", 尽管情郎走到很远处, 她的魂总是暗中跟着。 8. "淮南"二句: 是说自己的魂也将回到对方身边。"淮南", 合肥在淮水之南, 故用淮南为代称。 9. "冥冥", 暗中, 指深夜。"无人管", 形体受拘束, 聚必有散; 魂是自由的, 不受任何管束。

点绛唇·丁未冬过吴松作¹

燕雁无心²，太湖西畔随云去。数峰清苦³，商略黄昏雨⁴。

第四桥边⁵，拟共天随住⁶。今何许⁷？凭阑怀古，残柳参差舞。

1. "吴松"即吴淞江，源出太湖，流经苏州等地。词写厌倦漂泊，欲隐难遂的惆怅。 2. "燕雁"二句：从舟中望天空飞鸟，羡慕鸟的自由。 3. "数峰"二句：凄清愁苦的山峰正在酝酿雨。 4. "商略"，商量，商度。 5. "第四"二句：追诉隐居吴松的愿望。"第四桥"，在吴江城外，即甘泉桥，因泉品居第四得名。 6. "天随"，唐诗人陆龟蒙号天随子，居松江甫里，常放舟游江湖间。姜夔很钦慕他。 7. "今何"句：叹天随旧居不存。

满江红

《满江红》旧调用仄韵，多不协律。如末句云"无心扑"三字¹，歌者将"心"字融入去声²，方谐音律。予欲以平韵为之，久不能成。因泛巢湖³，闻远岸箫鼓声；问之舟师，云："居人为此湖神姥寿也⁴。"予因祝曰："得一席风径至居巢⁵，当以平韵《满江红》为迎送神曲⁶。"言讫，风与笔俱驶，顷刻而成。末句云"闻佩环"⁷，则协律矣。书以绿笺，沉于白浪，辛亥正月晦也[8]。是岁六月，复过祠下，因刻之柱间。有客来自居巢云："土人祠姥辄能歌此词。"按：曹操至濡须口[9]，孙权遗曹书曰[10]："春水方生，公宜速去。"操曰："孙权不欺孤[11]。"乃撤军还。濡须口与东关相近[12]，江湖水之所出入。予意春水方生，必有司之者[13]，故归其功于姥云[14]。

仙姥来时[15]，正一望、千顷翠澜。旌旗共、乱云俱下，依约前山。命驾群龙金作轭[16]，相从诸娣玉为冠[17]。向夜深、风定悄无人，闻佩环。　　神奇处，君试看：奠淮右[18]，阻江南[19]。遣六丁雷电[20]，别守东关。却笑英雄无好手[21]，一篙春水走曹瞒[22]。又怎知、人在小红楼[23]，帘影间。

1."无心扑"，周邦彦《满江红》的末句。　2."将心字融入去声"，心是平声字，融入去声，即歌时如去声。　3."巢湖"，湖名，在今安徽合肥、庐江、舒城、巢湖四地间。　4."神姥"，指湖的女神。"姥"，音 mǔ，老妇人，也用以称女性的长辈。这里用后者，如俗言娘娘。　5."居巢"，山名，在今安徽巢湖西南；又是古县名，在巢湖东北，这里指巢湖。　6."迎送神曲"，祭祀时，迎神、送神的歌曲。　7."闻佩环"，"佩"属队韵，去声。　8."辛亥正月晦日"，光宗绍熙二年（1191）正月最后的一天。　9."濡须口"，濡须水在今安徽巢湖南，源出巢湖，至无为入江，一名东关水。濡须口即濡须水之口。曹操进军濡须口是建安十八年（213）事（参看《三国志·魏志·武帝纪》）。　10."孙权遗曹书"，遗即与。孙权书见《三国志·吴志·孙权传》注。　11."孤"，古代王侯的自称。　12."东关"，在巢湖东南。三国时，孙权夹水立坞，以拒魏兵，称濡须坞，又名东关。　13."司"，主持。　14.这是首颂神词。但它颂美神是为她保卫江淮地区的安全；同时，嘲笑古人实是借古讽今。　15."仙姥"四句：神姥初降时，湖水汪洋一片，在山头仿佛看到她的旌旗与云俱至。　16."命驾"句：神姥令群龙给她驾车，车辄是金的。"辄"，音è，车辕前用来扼马颈的部分。　17."娣"，音dì，妹，这里指神姥的侍从。姜夔自注："庙中列坐如夫人者十三人。"　18."奠淮"四句：神的神奇在保卫国家疆土。"奠"，安定，镇守。"淮右"，当时淮南西路一带。　19."阻"，止，这里有屏蔽的意思，言保护江南使不受侵犯。　20."六丁"，阴神玉女（见《云笈七签》卷十一），指神姥的侍从。　21."却笑"四句：孙权用春水吓走曹操，还是仗赖神姥的力量。　22."曹瞒"，曹操小字阿瞒。　23."人"，指神姥。"小红楼"，神的住处。因是女神，故用红楼。

史达祖

　　史达祖（1163—约1220），字邦卿，汴（今河南开封）人。宋宁宗时，韩侂胄当权，他是韩的亲信堂吏。后韩北伐失败，他也受牵连，被贬而死。他的词以咏物见长，善用白描手法，语言清丽，但常过于尖巧，且意境不高。有《梅溪词》。

双双燕·咏燕 [1]

　　过春社了 [2]，度帘幕中间，去年尘冷。差池欲住 [3]，试入旧

巢相并 [4]。还相雕梁藻井 [5]，又软语商量不定。飘然快拂花梢 [6]，翠尾分开红影 [7]。　　芳径 [8]，芹泥雨润 [9]。爱贴地争飞，竞夸轻俊。红楼归晚，看足柳昏花暝 [10]。应自栖香正稳 [11]，便忘了天涯芳信 [12]。愁损翠黛双蛾 [13]，日日画阑独凭。

1. 词的内容与调名一致，刻画春燕的情态。　2. "过春"三句：是说春深燕来，飞入帘内，见以前营巢的地方还留存着去年的灰尘。"春社"，社是祭地神的节日，有春秋之分。春社在春分前后，燕子约在此时来到。　3. "差池"，旧读 cīchí，形容燕子飞行时翼尾舒张的样子。　4. "相并"，双栖。　5. "相"，音 xiàng，察看，端相。"藻井"，即天花板。用交叉的木块拼成，形如井栏，又刻有花纹，故有此称。　6. "飘然"二句：商量之后，轻捷地飞向花丛。　7. "红影"，指花。　8. "芳径"四句：写双燕衔泥的地方与它们的姿态。　9. "芹泥"，燕子筑巢所用的草泥。　10. "柳昏花暝"，花柳为暮色笼罩，渐不分明。　11. "应自"，推想之辞。"自"，语助词。"栖香正稳"，在香巢里恰好栖止安稳。　12. "忘了"，言忘传达。"芳信"，意中人的音信。燕子为思妇传信事见《开元天宝遗事》。　13. "翠黛双蛾"，用黛画过的双眉。"黛"，青黑色的描眉颜料。

徐　玑

徐玑（1162—1214），字文渊，号灵渊，永嘉（今浙江温州）人。他只做过建安主簿、长泰令等低级地方官；与同乡好友，徐照（字灵晖）、翁卷（字灵舒）、赵师秀（号灵秀），并称为"四灵"。他们学唐诗，以贾岛、姚合为法，标榜野逸清瘦的作风。缺点是只在炼句炼字上努力，气魄小，境界浅，流于琐屑。有《二薇亭诗集》。

秋 行 [1]

红叶枯梨一两株，翛然秋思满山居 [2]；诗怀自叹多尘土，不似秋来木叶疏。

1.作者喜爱萧疏的秋景，更慨叹他的诗情比不上。　2."翛然"，形容迅疾。"翛"，音 xiāo。

徐 照

徐照（？—1211），字道晖，一字灵晖，永嘉（今浙江温州）人。无功名，未做官。有《芳兰轩集》。

促促词 [1]

促促复促促，东家欢欲歌，西家悲欲哭。丈夫力耕长忍饥，老妇勤织长无衣。东家铺兵不出户 [2]，父为节级儿抄簿 [3]；一年两度请官衣 [4]，每月请米一石五。小儿作军送文字 [5]，一旬一轮怨辛苦 [6]。

1. "促促"是忙碌、急迫的意思。诗从小吏与农民的劳逸悲欢对比上，揭露当时社会的不平事。　2."铺兵"，担任到远方传送公文的人。　3."节级"，低级军吏。"抄簿"，在簿子上抄抄写写。　4."请"，申请发给。　5."作军送文字"，虽当铺兵却不出外奔波，只将所抄的文件送缴公家。　6."一旬"句：十天方轮值一次，可是他还嫌太劳累而埋怨。

赵师秀

赵师秀（1170—1219），字紫芝，号灵秀，永嘉（今浙江温州）人。宋光宗绍熙进士，终高安推官。有《清苑斋集》。

池 上

　　朝来行药向秋池[1]，池上秋深病不知；一树木犀供夜雨[2]，清香移在菊花枝。

1."行药"，服药后散步以宣导药力。鲍照有《行药至城东桥》。　2."木犀"，桂的一种。"供夜雨"，是说因夜雨而花落香尽。

戴复古

　　戴复古（1167—？），字式之，黄岩（今浙江台州市黄岩区）人。尝游闽瓯、吴越、襄汉、淮南诸地，与林景思、陆游等往还，以布衣终。在江湖诗派中，他是名家。诗学唐人，自拟于贾岛、杜甫，对时政国事时有指摘。有《石屏诗集》。

庚子荐饥[1]（六首选一）

　　杵臼成虚设[2]，蛛丝网釜鬵[3]；啼饥食草木，啸聚斫山林[4]。

人语无生意，鸟啼空好音[5]。休言谷价贵，菜亦贵如金[6]。

1. 庚子是宋理宗嘉熙四年（1240）。"荐"作接连讲。戴复古有《嘉熙己亥大旱荒庚子麦熟》，连年灾荒，故言荐饥。作者怀着沉痛悲愤的心情揭露灾荒中尖锐的阶级矛盾：豪民闭粜，乘灾牟利；官司赈恤，徒托空文；饥民不是抛家逃走，便是饿死路旁。这首写饥民入山觅食。 2. "杵臼"二句：从舂具和炊具的搁起不用，反映绝粮。"杵臼"，音 chǔjiù。"鬵"，音 xín，大锅。 4. "啸聚"句：是说饥民到山中觅食，因而将林木砍伐。 5. "空好音"，鸟音虽好，但无人欣赏。 6. "菜亦"句：同题他篇"有谷贵如金"可参证。

频酌淮河水[1]

有客游濠梁[2]，频酌淮河水。东南水多咸[3]，不如此水美。春风吹绿波[4]，郁郁中原气。莫向北岸汲[5]，中有英雄泪。

1. 诗主要表达作者对中原英雄的思慕。 2. "有客"，指作者自己。"濠梁"，参见姜夔《昔游诗》注 2。 3. "东南"二句：说明频酌的次要原因，由于水美。"水多咸"，因为近海。 4. "春风"二句：说明频酌的主要原因，由于春波掀腾象征北方遗民所体现的深厚博大的正气。 5. "莫向"二句：从遗民反金斗争的艰苦着想，因将水作泪看。为水中有泪而不肯汲，诗意又深一层。

山 村 [1]

山崦谁家绿树中[2]，短墙半露石榴红；萧然门巷无人到[3]，三两孙随白发翁。

1. 画中房舍、画中人，构成诗的优美内容。　2. "崦"，音 yān，疑指山间曲折隐蔽处。　3. "萧然"，形容寂静。

刘克庄

刘克庄（1187—1269），字潜夫，号后村居士，莆田（今福建莆田）人。以世家子入仕。关心国事，直言极谏。宋理宗端平初，他官至枢密院编修官，后因朝内党争激烈，屡进屡退。理宗景定初，任中书舍人、兵部侍郎，最后以焕章阁学士致仕。

刘克庄是江湖派最大的诗人，也是南宋著名词人。诗学唐许浑、王建、张籍、姚合等，并推重陆游。词属辛弃疾一派，而成就逊辛。诗与词中均多讥弹时政、抒写愤慨的作品，爱国激情洋溢于言外。豪而伤粗的缺陷，诗词均有，特别是词。有《后村先生大全集》。

戊辰即事[1]

诗人安得有青衫[2]，今岁和戎百万缣[3]！从此西湖休插柳，剩栽桑树养吴蚕[4]。

1. "戊辰"指宋宁宗嘉定元年（1208）。南宋统治集团一向以妥协投降维持偏安局面，理宗时，韩侂胄欲以伐金邀功，提高声望地位，冒昧出兵；攻金大败，宋又赔款议和。和议成于嘉定元年，"即事"即指此事。诗指出和议的恶果，又提出补救的办法。　2."诗人"二句：用自己无衣穿为和议恶果的实例，以见民穷财尽。　3."缣"，音 jiān，细绢。　4."剩栽"句：以西湖种桑养蚕讽劝朝廷注意国计民生，莫再沉酣湖山。

国殇行[1]

官军半夜血战来，平明军中收遗骸；埋时先剥身上甲[2]，标成丛冢高崔嵬[3]。姓名虚挂阵亡籍[4]，家寒无俸孤无泽[5]。乌虖诸将官日穹[6]，岂知万鬼号阴风[7]！

1."国殇"指为国战死的人。诗为兵士阵亡，遗族得不到优恤而控诉，可能作于嘉定十五年（1222）前后。　2."埋时"句：写收遗骸者重物不重人。　3."标"，表识，作记号以备识别。"丛冢"，丛葬的坟墓。　4."姓名"二句：遗族无人照顾。"阵亡籍"，登记阵亡者姓名的册子。　5."无俸”，得不到抚恤性的薪俸（参看《宋会要辑稿》，兵一八，“军赏”，绍兴十年六月诏令）。“孤”，死者的儿子。“无泽”，无衣。“泽”，汗衣，这里泛指衣服。宋时，对阵亡者的子孙或弟侄曾发给衣服（参看《宋史·兵志》八“廪给之制”）。　6.“虖”，同“乎”。“穹”，音 qióng，高。　7.“万鬼号阴风”，言死者愤怒。

苏李泣别图[1]

　　风云惨凄，草树枯死，笳鸣马嘶，弦惊鹊起。熟看境色非人间[2]，祁连山下想如此[3]。手持尊酒别故人[4]，此生再面真无因[5]；胡儿汉儿俱动色，路傍观者为悲辛。归来暗洒茂陵泪[6]，子孟少叔方用事[7]；白头属国冷如冰[8]，空使穹庐叹忠义[9]。茫茫事往赖画存，每愁岁久缣素昏；即今画亦落人手[10]，古意凄凉复谁论[11]。

1.“苏李”指苏武和李陵。汉武帝时，苏武使匈奴被扣留。未久，李陵因孤军无援，败降匈奴。后苏武得归，李陵置酒为别。图绘此事。诗约作于嘉定十六年（1223），时作者家居莆田。他敬慕苏武的忠贞，更为苏归国后未被重用不平，对李陵被迫生降也似有惋惜意，在咏古中暗寓讽今（参看《宋史·方信儒传》）。　2.“非人间”，是说人间稀有。　3.“祁连山”，在甘肃青海间。　4.“手持”句：李陵饯送苏武。　5.“此生”句：李陵送苏武时说：“异域之人，一别长绝。”　6.“茂陵”，汉武帝陵墓。苏武归国后拜武帝墓（参看《汉书·苏武传》）。　7.“子孟”句:《汉书·李陵传》任立政劝李陵归国时说，“霍子孟、上官少叔用事”。“子孟”，霍光字；“少叔”，上官桀字。武帝死后，二人同辅昭帝。　8.“白头”，苏武留匈奴十九年，归时须发尽白。"属国"，指苏武。他归国后为典属国（官名，掌管有关边疆民族与属国的政务）。"冷如冰"，言受冷落。苏武回国的第二年，上官桀与燕王旦等谋反，他被诬免官。 9．"空使"句：与上句对比，言称许苏武忠义的倒是匈奴人。"穹庐"，毡帐，这里指居住者。"叹忠义"，苏武被拘时，备受折磨，但终不屈，匈奴人很敬重他。 10．"即今"句：刘克庄自注，"方孚若（信孺）故物，近为人取去"。 11．"古意"，怀念古昔的意绪。

贺新郎·送陈真州子华[1]

北望神州路，试平章、这场公事[2]，怎生分付[3]？记得太行山百万[4]，曾入宗爷驾驭[5]。今把作、握蛇骑虎[6]。君去京东豪杰喜[7]，想投戈、下拜真吾父[8]。谈笑里，定齐鲁[9]。　　两河萧瑟惟狐兔，问当年、祖生去后[10]，有人来否？多少新亭挥泪客[11]，谁梦中原块土！算事业、须由人做。应笑书生心胆怯[12]，向车中、闭置如新妇[13]。空目送，塞鸿去。

1．陈子华即陈韡。真州是今江苏仪征。陈有将帅才，曾知真州。别本题"送陈子华赴真州"，可证这首词是陈初赴任时作的，或在嘉定十五年（1222）淮西告捷后不久。作者主张联合义军共同抗金，批判漠视国家安危的怯懦者，坚信成功在人。 2．"平章"，评论。"公事"，指组织敌后或边地义军抗金事。 3．"分付"，如言安排，在这里有理解、估价的意思。 4．"太行山百万"，指北宋王朝倾覆后结集在今河北、山西诸地的义军。 5．"曾入"句：徽宗、钦宗被掳后，名将宗泽留守东京，人称为宗爷爷。义军杨进、王善等先后帅众数十万来归。"驾驭"，统率。　6."今把"句：现在当权的人却把招抚"群盗"、组织群众的做法看作冒险的行动。"握蛇骑虎"，喻危险。　7."君去"四句：从陈子华以往的策略，表示对他今后的期望。"京东"，宋路名，包括今河南的开封、商丘一带及山东黄河以南、江苏铜山以北地区。嘉定十四年（1221）秋，贾涉为淮东制置使兼京东河北路节制使，辟陈子华为京东河北干官。"豪杰喜"，陈子华当时主张：应让山东河北遗民归耕其土，并分给耕牛和农具；河南首领以三两州来归者为节度使，以一州来归者守其土（参看《宋史·陈鞾传》）。　8."投戈下拜真吾父"：言陈子华将受众豪杰爱戴。唐时，濮固怀恩诱吐蕃、回纥、党项等入侵。郭子仪率铠骑出入阵中，回纥问知是郭，很惊异。郭更与数十骑出，免胄见回纥领袖。回纥遂投兵下马而拜，说："真吾父也。"（参看《唐书·郭子仪传》）南宋初，张用在江西作乱，岳飞以书晓喻利害，张得书也说："真吾父也。"（参看《宋史·岳飞传》）　9."齐鲁"，指山东，属京东路。　10."问当"二句：叹南宋久已无人到中原做恢复工作。"祖生"，祖逖。晋元帝时，祖逖统兵北伐，收复黄河以南地区。这里指南宋初在北方抗金的名将宗泽、岳飞诸人。　11."多少"二句：责备当时士大夫只知感慨哀伤，实无收复中原的壮志。"新亭"，参见陆游《追感往事》注5。　12."书生"，作者自称。　13."向车"句：梁曹景宗性急躁，不能沉默，曾与他亲近的人说，"今来扬州作贵人，动转不得。路行开车幰，小人辄言不可。闭置车中，如三日新妇"（参看《梁书·曹景宗传》）。

沁园春·梦孚若[1]

何处相逢[2]？登宝钗楼[3]，访铜雀台[4]。唤厨人斫就，东溟鲸

脍 [5]；圉人呈罢 [6]，西极龙媒 [7]。天下英雄 [8]，使君与操，余子谁堪共酒杯 [9]。车千两 [10]，载燕南赵北 [11]，剑客奇才 [12]。　饮酣画鼓如雷 [13]，谁信被晨鸡轻唤回。叹年光过尽，功名未立；书生老去，机会方来。使李将军 [14]，遇高皇帝，万户侯何足道哉！披衣起，但凄凉感旧 [15]，慷慨生哀。

1. "孚若"是方信孺的字。他是个有志节、主抗金的人，是刘克庄的知友。词先写梦中的欢聚，后写梦后的感慨。狂饮，阅马，高自期许，招揽英才，是方、刘的共同好尚与志趣；怀才不遇是他们的共同愤懑。作期未详，但必在嘉定十五年（1222）后。　2. "何处"三句：指出梦中相会于中原胜地。　3. "宝钗楼"，宋代著名酒楼，故址在陕西咸阳。　4. "铜雀台"，曹操所建，故址在今河北临漳西南。　5. "东溟"，东海。"脍"，音 kuài，细切肉。　6. "圉人"，养马的人。"圉"，音 yǔ。　7. "西极"句：极远的西方所出产的骏马。汉乐府《郊祀歌》有"天马徕，从西极""天马徕，龙之媒"。　8. "天下"二句：曹操与刘备说，"今天下英雄惟使君（指刘备）与操耳"（《三国志·蜀志·刘备传》）。　9. "余子"，余人。　10. "车千"三句：《宋史·方信孺传》载，"信孺性豪爽，挥金如粪土，所至宾客满其后车"。词写梦境，而未离事实。　11. "燕南赵北"，即燕、赵间，约当今河北省中部。韩愈《送董邵南序》："燕赵古称多感慨悲歌之士。"刘词本此。　12. "剑客"句：指才能武艺都出众的人。李陵说："臣所将屯边者，皆荆楚勇士，奇材剑客也。"（《汉书·李陵传》）　13. "画鼓如雷"，古时以鸣鼓进军。"画"，鼓上文饰。　14. "使李"三句：与孚若共伤不遇，以汉名将李广自比。汉文帝和李广说："惜乎，子不遇时，如令子当高皇帝时，万户侯岂足道哉。"（《史记·李将军传》）　15. "但凄"二句：就这两句看，作词时，方孚若已死。

玉楼春·戏林推 ¹

年年跃马长安市²，客舍似家家似寄。青钱换酒日无何³，红烛呼卢宵不寐⁴。　　易挑锦妇机中字⁵，难得玉人心下事⁶。男儿西北有神州⁷，莫滴水西桥畔泪⁸。

1.黄升《花庵词选》题为"戏呈林节推乡兄"。"推"即节推；推官原是节度使、观察使的僚属，故有此称。乡兄是对同乡人的称呼，由此可见林也是莆田人，词称戏作实是严肃的劝告，以勿忘国事相勉。　2."长安"，指临安。　3."青钱"，古时钱分青钱与黄钱。"日无（亡）何"，即天天喝酒。《汉书·爰盎传》："南方卑湿，丝（爰盎字）能日饮，亡何。"意即仅仅吃酒，其余一切不问。　4."呼卢"，古时赌博，五子全黑的是最好的彩，称卢。赌者望得好彩，故常呼卢。　5."易挑"二句：妻子的爱情真挚不移，妓女的真心不易得到。"锦妇机中字"，苏蕙为前秦窦滔妻。滔携妾赴任所，与她断音问。她织锦挑字，为回文诗寄滔。滔感悟，和她和好如初。　6."玉人"，美人，指林所狎妓女。　7."男儿"二句：男子应以收复中原为念，不应为女色下泪。　8."水西桥"，曲靖、镇江等地皆有水西桥，但与词意不合。这里疑指当时杭州妓女所住的地方。

方 岳

　　方岳（1199—1262），字巨山，祁门（今安徽祁门）人。宋理宗绍定进士，累迁至吏部侍郎。因忤权要史嵩之、丁大全、贾似道诸人，终身坎坷。诗自江西派入手，后受杨万里、范成大影响。有《秋崖先生小稿》。

三虎行 [1]

　　黄茅惨惨天欲雨 [2]，老乌查查路幽阻 [3]。田家止予且勿行："前有南山白额虎。一母三足其名彪 [4]，两子从之力俱武 [5]。西邻昨暮樵不归，欲觅残骸无处所。"日未昏黑深掩关 [6]，毛发为竖心悲酸，客子岂知行路难！打门声急谁氏子 [7]，束蕴乞火霜风寒 [8]；劝渠且宿不敢住，袒而示我催租瘢 [9]。呜呼 [10]！李广不生周处死，负子渡河何日是 [11]！

1.诗写虎害，实为"苛政猛于虎"而发。　2."黄茅"，瘴气名。每年茅草枯黄时发生，故名。　3."查查"，即喳喳，鸟噪声。　4."彪"，音 biāo，虎身上的斑纹，这里泛指猛虎。5."武"，勇猛。6."掩关"，闭门。7."打门"四句：点到正题，农民怕受严刑，甘冒虎险，赶路交租。　8. "束蕴"，草把。　9.“催租瘢”，因无力交租或交得较迟而被官打的伤痕。　10.“呜呼”二句：恨虎害难除，更叹世无好官。“李广”，汉名将，曾射虎。“周处”，晋勇士，曾杀虎。　11.“负子渡河”，刘昆为弘农太守，行仁政，虎受感动，负子渡河而去（参看《后汉书·刘昆传》）。“何日是”，即是何日。

吴文英

吴文英（约1212—约1272），字君特，号梦窗，四明（今浙江宁波）人。以清客身份与当时权贵史宅之、贾似道等往还。漫游于苏州、杭州、绍兴诸地，以布衣终老。他的词辞采奇丽，有人将它比李贺诗；但雕琢晦涩，缺少深刻内容，当时人已批评它“如七宝楼台，眩人眼目，拆下来，不成片段”。有《梦窗词》。

八声甘州·灵岩陪庾幕诸公游[1]

渺空烟四远[2]，是何年、青天坠长星！幻苍崖云树[3]，名娃金屋[4]，残霸宫城[5]。箭径酸风射眼[6]，腻水染花腥[7]。时靸双鸳响[8]，廊叶秋声[9]。　　宫里吴王沉醉[10]，倩五湖倦客[11]，独钓醒

醒 ¹²。问苍天无语 ¹³，华发奈山青 ¹⁴。水涵空、阑干高处 ¹⁵，送乱鸦斜日落渔汀 ¹⁶。连呼酒、上琴台去 ¹⁷，秋与云平 ¹⁸。

1."灵岩"，山名，在江苏苏州西三十里。"庚"作"仓"讲，庚幕即仓幕（吴文英游虎丘所作《木兰花慢》注有"陪仓幕"）。吴文英三十多岁时曾在苏州为仓台（即仓司）幕僚。灵岩有吴王夫差的古迹，词寓讽今于怀古。　2."渺空"二句：在辽阔无际的烟霭中，灵岩疑是自天而降的大星。"是何年"，表示惊异。　3."幻苍"三句：大星坠地变幻出山峦树木与种种古迹。　4."名娃"，出名的美人，指西施。"金屋"，指吴王为西施所建筑的馆娃宫。宫在灵岩山上。　5."残霸"，指吴王夫差。春秋时的霸主向称五霸，即齐桓、晋文、宋襄、秦穆、楚庄；夫差后起，不久便是战国，故称残霸。　6."箭径"，即采香径（一作泾），在灵岩山前，香山傍。吴王种香于山，令宫人采香。径直如箭，故名。"酸风"，刺人的寒风。李贺《金铜仙人辞汉歌》有"东关酸风射眸子"。　7."腻水"，带有脂粉的水。杜牧《阿房宫赋》："渭流涨腻，弃脂水也。"疑指西施曾在那里洗澡的香水溪，在苏州西南。"染花腥"，花上也沾染脂粉气味。　8."靸"，音 sǎ，拖鞋，这里作动词用。"双鸳"，指女人的鞋子。　9."廊叶"句：廊上的落叶声令人误认为西施的步声。灵岩山有响屧廊。廊下空虚，上铺梓、楠，相传西施步屧绕廊，发出响声，故名。"屧"，音 xiè，木屐类的鞋子。　10."宫里"三句：承前述古迹，评论史事。夫差沉溺酒色，不修国政，范蠡保持清醒，终佐勾践复仇灭吴。　11."倩"，用在这里有讽刺意，暗示吴为越灭，是夫差自己招惹的。"五湖倦客"，指范蠡。范蠡助越王灭吴后，泛五湖而去（参看《国语·越语》）。"五湖"，胥湖、蠡湖、洮湖、滆湖与太湖。"倦客"，疑指范蠡为质于吴。　12."独钓"，承上文五湖而言，以鱼比霸业。是说在吴王沉醉中，霸权已落越手。"醒醒"，即醒，与醉对言。　13."问苍"二句：天不管兴亡，问亦不答；人老山不老，相对只有自伤。　14."奈山青"，即无奈山

青何。　15."涵"，包容。灵岩山上有涵空阁，下临太湖。　16."送"，言
目送。　17."琴台"，在灵岩山上。　18."秋与"句：秋色与云气同样地
一望无边。

谢枋得

　　谢枋得（1226—1289），字君直，号叠山，信州弋阳（今江
西弋阳）人。中进士后，因指摘贾似道奸政，谪兴国军。后官江
东制置使、江西招谕使。抗元兵败，被拘至燕京（今北京），绝
食死。他不以文学名，但凛然大节使所作不同凡响。诗风朴素端
直，有时也饶有韵致。有《叠山集》。

武夷山中 [1]

　　十年无梦得还家 [2]，独立青峰野水涯；天地寂寥山雨歇 [3]，
几生修得到梅花 [4]。

1.武夷山在福建武夷山市，峰峦之胜为福建第一。诗作于元世祖至元
二十一年（1284）前后。　2."十年"二句：述抗元失败后弃家入山的生活。

宋恭帝德祐元年（1275），谢枋得兵败入闽。次年，元兵陷信州，拘捕谢妻及二子。谢转徙山间近十年。　3.“天地”句：空山雨过，直觉宇宙间一切形声都归寂灭。　4.“几生”句：诗人欣慕梅花，因为它顶得住霜雪折磨，又独立世外，不受干扰。

初到建宁赋诗一首 [1]

魏参政拘执投北。行有期，死有日，诗别妻子、良友良朋。

雪中松柏愈青青 [2]，扶直纲常在此行 [3]。天下岂无龚胜洁 [4]，人间何独伯夷清 [5]。义高便觉生堪舍，礼重方知死甚轻；南八男儿终不屈 [6]，皇天上帝眼分明。

1. 建宁即今福建建宁。南宋亡，谢枋得抗节隐山中，屡拒元朝征召。至元二十五年（1288），福建行省参政魏天祐押送他北行。北行前先由建宁总管撒的迷失将他骗到建宁城内，诗即此时作。　2.“雪中”二句：诗人以松柏自比，要用自己的生命维护民族气节的尊严。　3.“纲常”，三纲五常本是封建道德，但国亡不降，甘以身殉，却是有民族气节的表现。　4.“天下”二句：是说自己的节操可与古代忠义之士媲美。“龚胜”，仕汉为光禄大夫，王莽当权，他辞官归隐。王莽称帝，征他为上卿，他绝食自杀（参看《汉书·龚胜传》）。　5.“伯夷”，商代孤竹君的儿子。武王克商，他与弟叔齐，耻食周粟，饿死于首阳山，孟子称他为“圣之清者也”（《孟子·万章下》）。　6.“南八”句：安禄山叛变，南霁云与张巡守睢阳。睢阳陷，他与张巡一起被俘。敌人迫胁投降，他还未答应，张巡同他说：“南八，男儿死耳，不可为不义屈。”他回答：“欲将以有为也。公有言，云敢不死。”（参看韩愈《张中丞传后叙》）宋初亡时，谢枋得未即死，九年后，方言死，所以他以南霁云自喻。

刘辰翁

刘辰翁（1232—1297），字会孟，庐陵（今江西吉安）人。宋理宗时进士，做过濂溪书院山长；曾被荐居史馆，除太学博士，皆因愤时政腐败，固辞不就。宋亡，隐居以终。词多悼念故国之作，情辞沉痛；为避免迫害，常用曲折隐蔽的手法。有《须溪词》。

永遇乐

余自乙亥上元[1]，诵李易安《永遇乐》[2]，为之涕下，今三年矣[3]。每闻此词，辄不自堪[4]，遂依其声[5]，又托之易安自喻[6]；虽辞情不及，而悲苦过之。

璧月初晴，黛云远澹[7]，春事谁主[8]！禁苑娇寒[9]，湖堤倦暖[10]，前度遽如许[11]。香尘暗陌[12]，华灯明昼[13]，长是懒携手去。谁知道、断烟禁夜[14]，满城似愁风雨[15]。　　宣和旧日[16]，临安南渡，芳景犹自如故[17]。绀帩流离[18]，风鬟三五[19]，能赋词最苦²⁰。江南无路²¹，鄜州今夜²²，此苦又谁知否？空相对、残釭无寐，满村社鼓²³。

1."乙亥"，宋恭帝德祐元年（1275）。"上元"，正月十五日，即元宵。　2."李易安《永遇乐》"，指"落日镕金"阕。　3."三年"，端宗景炎三年（1278）。　4."不自堪"，如言不自胜。　5."依其声"，按照李词的声律。　6."托之易安自喻"，假托李清照的事迹来表达自己的情怀。　7."黛云"，青黑色的云。　8."春事"句：叹春已至而无人珍惜。　9."禁苑"三句：以前那样的上元天气匆匆又到。"禁苑"，皇帝的花园。"娇寒"，如言嫩寒，即轻寒。　10."湖堤"，西湖的堤。"倦暖"，使人困倦的暖意。　11."遽"，仓猝。这里表示心惊和心烦。　12."香尘"句：人多尘飞，因而巷陌显得不分明。　13."明昼"，光亮如白日。　14."谁知"二句：就当前情况言。意思是李逢佳节而无心欣赏，现在杭州沦陷，根本没有节日。"断烟"，烟火断绝，言不许挂灯。"禁夜"，禁止夜行，晚上戒严。　15."似愁风雨"，比喻担心事变。　16."宣和"三句：南渡后，临安繁华不减北宋末年的汴京。"宣和"，宋徽宗年号。　17."芳景"，如言盛况。　18."缃帙"句：指李清照丧失图书事（参看《金石录后序》）。"缃帙"，浅黄色的书套，也泛指书卷。"帙"，音 zhì。　19."风鬟"句：李词有"记得偏重三五"，"如今憔悴，风鬟雾鬓"。　20."能赋"句：李是词家，善于抒写怀抱，作品的情辞也最凄楚。　21."江南"三句：从自己的艰难处境，想到远方的妻子，因叹彼此痛苦无人知晓。"无路"，言无办法。时江南已沦陷，国家、个人都无出路。　22."鄜州"，今陕西富县。杜甫《月夜》："今夜鄜州月，闺中只独看。"杜甫当时被安禄山部下俘居长安，妻子却在鄜州，作者在已沦陷的杭州，故以杜自比。"鄜"，音 fū。　23."满村"句：借鼓声言天已将晓。"社鼓"，祭社神时打的鼓。

文天祥

文天祥（1236—1283），字宋瑞，号文山，庐陵（今江西吉安）人。宋理宗时状元，官至丞相，封信国公。临安危急时，他奉朝命至元营议和，因坚决抗争被扣留；后冒险逃到温州，拥立益王赵昰，以图复兴。他抵御元兵，转战于赣、闽、岭南，兵败被俘。在拘囚中，经敌人多方折磨，百端诱降，终以不屈被害。

文天祥的诗分前后两期，以临安陷落为分界。诗的精华在后期，基本精神是坚贞的民族气节，昂扬的斗志与抗元必胜的信念；主要内容是与民族敌人艰苦斗争的记述。风格以慷慨激昂为主导，也有悲凉沉痛的。有《文山先生全集》。

过零丁洋[1]

辛苦遭逢起一经[2]，干戈寥落四周星[3]；山河破碎风飘絮[4]，身世浮沉雨打萍。惶恐滩头说惶恐[5]，零丁洋里叹零丁[6]；人生自古谁无死，留取丹心照汗青[7]。

1. 零丁洋亦称"伶仃洋"，在今广东珠江口外、内伶仃岛和外伶仃岛之间。宋帝昺祥兴二年（1279），元军都元帅汉奸张弘范挟文天祥攻厓山（亦称

"崖山"，在今广东新会南大海中，南宋最后的据点）。张一再迫文招降坚守厓山的张世杰。文给他这首诗，他见文辞义坚决，始不再逼。　2. "辛苦"句：追述往事，首言以科名起家。文以进士第一人及第，故先提及。"遭逢"，遭遇到朝廷选拔。"起一经"，依靠精通经籍得官。　3. "干戈"句：次言在抗敌战争中度过四年。"寥落"，荒凉冷落，指战争造成的破坏。"四周星"，意即四年。文天祥于恭帝德祐元年（1275）起兵抗战，到此时恰是四年。　4. "山河"二句：国家的局势与个人的遭遇都难以挽救。　5. "惶恐"句：回忆过去的挫折。"惶恐滩"，在今江西万安，急流险恶，为赣江十八滩之一。端宗景炎二年（1277），文在江西空坑兵败，经惶恐滩退往福建。　6. "零丁"句：慨叹当前的处境。"叹零丁"，自伤身陷敌中，孤掌难鸣。"零丁"，形容孤苦。　7. "汗青"，史册。古代无纸，记事用竹简。制竹简时，须用火烤去竹汗（水分），因称汗青。

金陵驿[1]（二首选一）

　　草合离宫转夕晖[2]，孤云飘泊复何依[3]？山河风景原无异[4]，城郭人民半已非[5]。满地芦花和我老[6]，旧家燕子傍谁飞！从今却别江南路[7]，化作啼鹃带血归[8]。

1. 祥兴二年（1279），文天祥被押赴燕京，路过金陵时作此诗。　2. "草合"二句：将金陵的荒凉与身世的漂泊一并提出。全诗多本此发挥。"草合"，草已长满。"离宫"，行宫，皇帝出巡时居住的地方。金陵为宋陪都，故有离宫。　3. "孤云"，即景取譬，用无定的孤云自比。　4. "山河"句：用周颢"风景不殊，正自有山河之异"（《世说新语·言语》）意。　5. "城郭"

句：用丁令威"城郭如故人民非"（《搜神后记》）意。　6."满地"二句：用刘禹锡《西塞山怀古》"故垒萧萧芦荻秋"与《乌衣巷》"旧时王谢堂前燕，飞入寻常百姓家"，而有所变化。诗人引芦花为同调，因芦荻开花已到秋暮，与自己起兵抗元，国势已不可挽救，同样是不及时；怜燕子无依靠，因他自己的家也已残破。　7."却"，正。　8."化作"句：北行必殉国，魂仍将归来。

过淮河宿阚石有感 [1]

　　北征垂半年 [2]，依依只南土 [3]；今辰渡淮河 [4]，始觉非故宇 [5]。江乡已无家 [6]，三年一羁旅 [7]；龙朔在何方 [8]，乃我妻子所 [9]。昔也无奈何，忽已置念虑 [10]；今行日已近，使我泪如雨。我为纲常谋，有身不得顾；妻兮莫望夫，子兮莫望父。天长与地久，此恨极千古。来生业缘在 [11]，骨肉当如故。

1."阚石"是淮安的一个地方。诗作于祥兴二年（1279）。　2."垂半年"，文天祥于四月二十二日离广州北行，九月一日抵淮安。　3."依依"句：仍在南方，故对所过的地方感到依恋。　4."辰"，日。　5."故宇"，如言故国。自南宋初年以来，宋金以淮为界，故诗人有这样感想。　6."江乡"，文天祥的老家庐陵近赣江。"已无家"，德祐元年（1275），元兵攻江西，文天祥散家财，率兵北上抗元。　7."三年"，自德祐元年至祥兴元年被俘，恰是三年。"羁旅"，在外作客，这里言为国奔波。 8."龙朔"，龙城（今辽宁朝阳）与朔方（汉郡名，辖境约今内蒙古河套西北部及后套地区），这里指元都燕京。　9."乃我"句：景炎二年，文天祥兵败空坑，妻妾子女皆被俘，此时拘囚燕京。 10."置念虑"，不思念。 11."来生"二句：希望来生仍为亲属。"业缘"，佛家语。善业为招善果的缘，恶业为招恶果的缘，合称业缘。

正气歌¹

余囚北庭²，坐一土室³。室广八尺，深可四寻⁴。单扉低小，白间短窄⁵，污下而幽暗⁶。当此夏日⁷，诸气萃然：雨潦四集，浮动床几，时则为水气⁸；涂泥半朝⁹，蒸沤历澜¹⁰，时则为土气；乍晴暴热，风道四塞，时则为日气；檐阴薪爨¹¹，助长炎虐，时则为火气；仓腐寄顿¹²，陈陈逼人¹³，时则为米气；骈肩杂遝¹⁴，腥臊汗垢，时则为人气；或圊溷¹⁵，或毁尸，或腐鼠，恶气杂出，时则为秽气。叠是数气，当之者鲜不为厉¹⁶。而予以孱弱，俯仰其间¹⁷，于兹二年矣¹⁸。是殆有养致然¹⁹，然尔亦安知所养何哉²⁰？孟子曰²¹："我善养吾浩然之气。"彼气有七，吾气有一，以一敌七，吾何患焉！况浩然者乃天地之正气也。作《正气歌》一首。

天地有正气²²，杂然赋流形²³；下则为河岳，上则为日星。于人曰浩然，沛乎塞苍冥²⁴。皇路当清夷²⁵，含和吐明庭²⁶。时穷节乃见²⁷，一一垂丹青²⁸。

在齐太史简²⁹，在晋董狐笔³⁰，在秦张良椎³¹，在汉苏武节³²；为严将军头³³，为嵇侍中血³⁴，为张睢阳齿³⁵，为颜常

山舌 ³⁶；或为辽东帽 ³⁷，清操厉冰雪；或为出师表 ³⁸，鬼神泣壮烈；或为渡江楫 ³⁹，慷慨吞胡羯 ⁴⁰；或为击贼笏 ⁴¹，逆竖头破裂 ⁴²。是气所磅礴 ⁴³，凛烈万古存 ⁴⁴。当其贯日月 ⁴⁵，生死安足论。地维赖以立 ⁴⁶，天柱赖以尊 ⁴⁷。三纲实系命 ⁴⁸，道义为之根 ⁴⁹。

嗟予遘阳九 ⁵⁰，隶也实不力 ⁵¹。楚囚缨其冠 ⁵²，传车送穷北 ⁵³。鼎镬甘如饴 ⁵⁴，求之不可得。阴房阗鬼火 ⁵⁵，春院閟天黑 ⁵⁶。牛骥同一皂 ⁵⁷，鸡栖凤凰食 ⁵⁸。一朝蒙雾露 ⁵⁹，分作沟中瘠 ⁶⁰。如此再寒暑 ⁶¹，百沴自辟易 ⁶²，嗟哉沮洳场 ⁶³，为我安乐国。岂有他谬巧 ⁶⁴，阴阳不能贼 ⁶⁵！顾此耿耿在 ⁶⁶，仰视浮云白 ⁶⁷。悠悠我心忧 ⁶⁸，苍天曷有极 ⁶⁹！哲人日已远 ⁷⁰，典刑在夙昔 ⁷¹。风檐展书读，古道照颜色 ⁷²！

1. 文天祥于祥兴元年（1278）被元兵俘虏，次年十月被押解到元都燕京。这首长诗作于二年后，即元世祖至元十八年（1281）。　2. "北庭"，汉代以匈奴所居之地为北庭，这里指元都燕京。　3."坐"，如言寄居。　4."寻"，八尺。　5."白间"，指窗。　6."污下"，低下。　7."夏日"，指至元十七、八年夏。　8."时"，此，这。　9."半朝"，半个屋子。"朝"，音 cháo，宫室（参看《大戴礼记·朝事》），也就是房子。　10."蒸沤"，东西久泡水中，发出臭恶的气味。"历澜"，未详。　11."爨"，音 cuàn，烧火做饭。　12."仓腐"，仓中腐烂的粮食。"寄顿"，寄放，储藏。　13."陈陈"，《史记·平准书》有"太仓之粟，陈陈相因"，意即旧的和旧的积压在一起。　14."骈肩"，肩靠肩。"骈"，音 pián，两物并列。"杂遝"，纷乱堆集。"遝"，音 tà。　15."圊溷"，音 qīnghùn，厕所。　16."鲜"，音 xiǎn，少。"厉"，疾病。　17.“俯仰”，这里如言生活。　18.“二年”，后至元十六年（1279）到十八年（1281）。　19.“是殆”句：这大约是有修养所使然。　20.“然尔”，然而。　21.“孟子”二句：见《孟子·公孙丑上》。　22.这段首言浩然之气的根源是天地正气在人身上的体现；次言正气在治世表现为安邦定国的情志，在乱世则表现为忠贞坚毅的气节。　23.“杂然”句：万物各有不同的禀受。“赋”，给予。“流形”，各种物体。　24.“沛乎”句：充沛地洋溢于天空。“苍冥”，天空。　25.“皇路”，国运，国家的政治局面。“清夷”，清平。　26.“含和”句：在圣明的朝廷得到和谐地发扬；亦即有止气的人将执政立朝，为国家谋幸福。　27.“时穷”，国家遇到危难。“节乃见”，气节方表现出来。　28.“丹青”，绘画，这里指以古代杰出人物为题材的画。　29.这段列举前代忠义之士的崇高行为，并着重申述正气的威力。“在齐”句：春秋时，齐崔杼杀齐君，太史将崔杼的罪行记在史册，崔杼将他杀死；他的两个弟弟继续这样写，崔杼又将他们杀死；太史的另一个弟弟还是照样写，崔杼无法，只得由他写去（参看《左传》襄公二十五年）。“太史”，史官。“简”，竹片。古代无纸，书写用竹简。　30.“在晋”句：春秋时，晋灵公拟杀大夫赵盾，赵盾出奔。后赵盾族侄赵穿杀灵公，而赵盾回国并未加惩处。太史董狐认为赵盾在这件事上有责任，遂在史册上写“赵盾弑其君”（参看《左传》宣公二年）。　31.“在秦”句：张良的祖上累世相韩，韩为秦灭，张良决心为韩报仇。当秦始皇经过博浪沙（今河南原阳东南）时，张良遣力士以重椎袭击秦始皇，误中副车（参看《史记·留侯世家》）。　32.“在汉”句：汉苏武出使匈奴，匈奴为逼他投降，将他流放到北海边放羊。他仍不降，牧羊时始终手执汉朝给他的符节（参看《汉书·李广苏建传》）。　33.“为严”句：东汉末，刘璋命部将严颜守巴郡。张飞攻巴郡，俘严颜。张要严降，严说：“我州但有断头将军，无降将军。”（参看《三国志·蜀志·张飞传》）　34.“为嵇”句：晋嵇绍官侍中，惠帝时，皇室内讧，嵇绍为保卫惠帝而被杀，血溅惠帝衣。事后，有人要洗血衣，惠帝说：“此嵇侍中血，勿洗。”（参看《晋书·嵇绍传》）　35.“为张”

句：唐张巡为睢阳太守，安禄山叛变，睢阳被攻。他竭力防御，每督战必大呼，嚼齿皆碎（参看《旧唐书·张巡传》）。 36.“为颜”句：唐颜杲卿为常山太守，安史之乱，常山陷落，被俘。因拒降，大骂，被敌断舌而死（参看《新唐书·颜杲卿传》）。 37.“或为”二句：管宁学行皆高，三国时，避乱辽东，“常着皂帽，布襦袴”，拒绝征聘。 38.“或为”二句：诸葛亮为蜀相，志在北定中原。当出兵北伐时，上表蜀后主刘禅，表示决心。表称《出师表》。 39.“或为”二句：晋祖逖为豫州刺史，北行时，渡江击楫，立誓平定中原，后果收复黄河以南失地。 40.“胡、羯”，指当时占据中原的西北方诸民族。“羯”音 jié，种族名。 41.“或为”二句：唐德宗时，朱泚谋反，段秀实用笏猛击泚头，并唾面大骂，遂被害。“笏”，古代朝见时所持的手板。 42.“逆竖”，指朱泚。 43.“是气”句：正气是广大雄厚，遍及各方面的。“所”，是。 44.“凛烈”，庄严而壮烈。 45.“贯日月”，极言其激昂壮伟。 46.“地维”二句：言天地皆赖正气而存在。“地维”，古人相信地是方的，四角为地维。 47.“天柱”，古人相传，天有八山为柱。 48.“三纲”，封建社会用以维持社会与家庭的等级秩序的三种权力——君为臣纲，父为子纲，夫为妻纲。 49.“之”，其，正气的。 50.这段首言兵败被俘，决心殉国；次言仗赖正气得以战胜疾病，在牢狱中活下去；末言人事多变，而忠诚不改，先贤所树立的典范如在眼前。“遘”，音 gòu，遭遇。“阳九”，如言厄运，指大变乱。 51.“隶也”句：春秋时楚公子出亡，守门人留难他；他的仆从用棰击他的背，并且责骂“隶也不力”（参看苏轼《庄子祠堂记》）。文诗本此，而意有改变。“隶”，贱臣之称，这里疑指不忧国事而彼此猜忌的朝臣（参看刘岳申《文丞相传》、胡广《丞相传》）。“不力”，不尽力。 52.“楚囚”句：言身为俘虏。春秋时，楚人钟仪为郑国俘虏，送到晋国。晋侯看见他，问：“南冠而执者谁也？”别人答：“郑人所献楚囚也。”（参看《左传》成公九年）后来因称因为“楚囚”。“缨”，冠带，即帽带，这里作动词用，指系冠缨。 53.“传车”，驿车。“穷北”，荒远的北方。 54.“鼎、镬”，皆锅属。用鼎镬将人煮死是古代酷刑之一。"镬"，音 huò。"饴"，音 yí，糖浆。　55."阴房"句：囚室阴暗死寂，鬼火出没。"阒"，音 qù，寂静、幽暗。　56."闷"，音 bì，闭门。　57."皂"，马槽。　58."鸡栖"句：以凤凰生活在鸡窝，比喻自己被囚。　59."蒙雾露"，感冒生病。　60."分作"句：成为沟中死尸是预料的结果。"分"，音 fèn，料想。"胔"，音 zì，通"骴"，肉未烂尽的骨殖。　61."再寒暑"，两冬两夏。　62."沴"，音 lì，恶气。"辟易"，退避。　63."沮洳场"，卑湿的地方。"沮洳"，音 jùrù。　64."谬巧"，智谋诈术。　65."阴阳"，寒热。"贼"，害。　66."耿耿"，指忠心。　67."仰视"句：兴亡成败的变化都像天空浮云的飘忽难定。　68."悠悠"，形容忧思。　69."苍天"句：因忧思无尽而呼天。《诗经·鸨羽》："悠悠苍天，曷其有极。""极"，尽头。文用《鸨羽》，而意稍变。　70."哲人"，明智的人，指前面所述的先贤。"日已远"，时间的距离越来越远。　71."典刑"，榜样、模范。"夙昔"，昔时，一夕。这里用后者，一夕极言其近。　72."古道"，古代传统的美德。"照颜色"，美德的光辉照耀在自己面前。

汪元量

　　汪元量（约1241—约1317），字大有，钱塘（今浙江杭州）人。南宋末，他为内廷的琴师。元兵陷临安，掳幼帝与太后等北去，他也随行。后为道士南归，漫游各地，不知所终。他的诗被称为宋亡的"诗史"，记北边前后的经历与感受，情辞悲愤凄绝，陈述周详生动。有《水云集》《湖山类稿》。

醉　歌 [1]（十首选一）

　　乱点连声杀六更 [2]，荧荧庭燎待天明 [3]；侍臣已写归降表，臣妾佥名谢道清 [4]。

1. 组诗记恭帝德祐二年（1276）二月，元兵逼临安，以谢后为首的宋君臣降元事。　2. "乱点连声"，指短促而细碎的梆子声和鼓声。"杀"，结束。"六更"，宋代宫廷里，五更后打六更（参看杨万里《谢余处恭送七夕酒果》）。　3. "荧荧"，音 yíngyíng，形容光亮的微弱。"庭燎"，庭中点的火把。"待天明"，汪元量《越州歌》"打断六更天未晓"可为注脚。　4. "臣妾"，古时妇女自称为妾，对君上则称臣妾。"佥"，同"签"。"谢道清"，谢后。她是宋理宗的皇后，当时皇帝赵㬎的祖母，宫中最尊贵的人物。在元兵统帅伯颜的要挟下，她屈服投降。

钱塘歌 [1]

　　西塞山边日落处 [2]，北关门外雨来天；南人堕泪北人笑，臣甫低头拜杜鹃 [3]。

1. 诗写德祐二年（1276）二月临安陷落后的惨状。　2. "西塞"二句：写自然景象的惨淡阴沉，并暗指元兵进攻的路线。"西塞山"，在吴兴（今浙江湖州）西南二十五里。伯颜自皋亭山进驻湖州，派人到临安索取谢太后投降手诏，并封府库，收图书，解除宋的官职，取消宋侍卫军，故诗先借山点出。"北关门"，临安城门之一。　3."臣甫"句：作者以杜甫自比。杜甫《杜鹃》："杜鹃暮春至，哀哀叫其间。我见常再拜，重是古帝魂。""今忽暮春间，值我病经年；身病不能拜，泪下如迸泉。"

湖州歌 [1]（九十八首选一）

　　太湖风卷浪头高，锦柁摇摇坐不牢 [2]；靠着篷窗垂两目 [3]，船头船尾烂弓刀 [4]。

1.德祐二年（1276）闰三月，宋母后、幼主、宫女、侍臣、乐官被掳北去，汪元量随行。组诗记述他当时的见闻和感触。因当时伯颜屯兵湖州，故诗以湖州为题。这首写船上押解者的凶恶与俘虏的恐惧。　2."锦柁"，指北行的船。"柁"，同"舵"。　3."垂两目"，不愿看，不敢看。　4."烂"，弓刀发光。

王沂孙

　　王沂孙（？—约1290），字圣与，会稽（今浙江绍兴）人。宋亡后，做过元庆元路学正。他的咏物词很著名，凄婉工丽，渗透着亡国哀痛；但绝望多于信念，且手法与语言常过于曲折隐晦。有《花外集》。

眉妩·新月 [1]

渐新痕悬柳 [2]，澹彩穿花 [3]，依约破初暝 [4]。便有团圆意 [5]，深深拜 [6]、相逢谁在香径？画眉未稳 [7]，料素娥犹带离恨 [8]。最堪爱、一曲银钩小 [9]，宝帘挂秋冷 [10]。　　千古盈亏休问 [11]，叹慢磨玉斧 [12]，难补金镜 [13]！太液池犹在 [14]，凄凉处、何人重赋清景 [15]？故山夜永 [16]，试待他窥户端正 [17]，看云外山河 [18]，还老桂花旧影 [19]。

1.这是首咏物词，但隐含对故国的怀念。　2."渐新"三句：写新月初升。以初月微光象征恢复故国的希望。"渐"，直贯三句。"新痕"，新月初露的痕迹。"悬柳"，农历月初的月出现较早，故刚入夜，月已在柳梢。　3."澹彩"，轻澹的光辉。"彩"，光彩。　4."破初暝"，冲破刚刚昏黑的夜色。　5."便有"二句：月从有圆的趋势，但终无人拜月；正如复国即使有希望，却无人努力促其实现。"团圆意"，圆的苗头。6."深深"句：言拜月无人。7."画眉"句：新月特别纤细，故用未画妥帖的眉为喻。　8."素娥"句：揣测眉画未稳的原因。"素娥"，月里嫦娥。　9."最堪"句：尽管新月光辉不足，仍然可爱。"银钩小"，像洁白如银的帘钩一样小巧。　10."宝帘"句：在秋凉时，将珍贵的帘子挂起来。杜甫《咏月》有"风帘自上钩"，王用杜意。　11."千古"三句：叹月缺难圆，似山河破碎，不易重整。"盈亏"，圆缺。"休问"，莫问。问也无用，不如不问。　12."慢"，同"漫"，徒，空。"玉斧"，指"玉斧修月"。相传月由七宝合成，"月势如丸，其影日烁其凸处也，常有八万二千户修之"，即用斧修整月亮（参看《酉阳杂俎·天咫》）。　13."金镜"，指圆月。　14."太液"二句：月光所照耀的禁苑池沼虽在，但咏月无人。与前面"便有团圆意"等句相呼应，似是对漠视国事者的微辞。"太液池"，汉唐宫中池名，因津润广阔，故称太液，这里指宋代宫苑池沼。宋初卢多逊《新月应制》："太液池边看月时，好风吹动万年枝；谁家玉匣开新镜，露出清光些子儿。"王词本此，而稍变其意。　15."凄凉处"，国亡后，宫苑荒凉。　16."故山"四句：挨过长夜，等待月圆，那时将看到山河仍在，桂树依然。"故山"，家乡。宋亡前夕，王沂孙曾离临安，返故乡会稽（参看王词《淡黄柳·序》）。　17."窥户"，指月照窗户。"端正"，指圆月。韩愈《和崔舍人咏月十二韵》有"三秋端正月"。　18."云外山河"，《酉阳杂俎·天咫》："或言月中蟾桂，地影也；空处，水影也。"　19."桂花旧影"，《酉阳杂俎·天咫》："旧言月中有桂，有蟾蜍，故异书言月桂高五百丈。"

林景熙

　　林景熙（1242—1310），字德旸，平阳（今浙江平阳）人。初为泉州教授，后任礼部架阁，转从政郎。宋亡不仕，隐居家乡。他用托物比兴的手法，精粹简练的语言，表达亡国隐痛与对殉难者的敬仰和对变节者的憎恶。诗寄托遥深，沉郁苍凉，有《霁山集》。

枯 树 [1]

　　凋悴缘何事？青青忆旧丛。有枝撑夜月 [2]，无叶起秋风。暑路行人惜 [3]，寒巢宿鸟空 [4]。倘留心不死 [5]，嘘拂待春工 [6]。

1. 诗用枯树喻已倾覆的祖国，情辞沉痛而不衰飒。作者的憧憬在于复兴。作期不详，或在元世祖至元二十八年（1291）前后。　2. "有枝"二句：为复国努力的志士尚在，但在外族统治下力量不足。　3. "暑路"句：受过亡国痛苦的人民都怀念故国。　4. "寒巢"句：元政权的压迫下，人民多破家流亡。　5. "心"，双关，以树心比人心。　6. "嘘拂"句：等待适宜的时机。"嘘拂"，吹嘘与披拂。"春工"，春的功力。

山窗新糊有故朝封事稿，阅之有感[1]

偶伴孤云宿岭东[2]，四山欲雪地炉红；何人一纸防秋疏[3]，却与山窗障北风。

1. "故朝"指宋。"封事"是种具有机密性的奏章，为防泄露，所以封在袋内。　2. "伴孤云"，以见行踪不定，与世人疏远。　3. "防秋疏"，防御北方民族秋季侵袭的奏章。

蒋　捷

蒋捷（约1245—1305后），字胜欲，阳羡（今江苏宜兴）人。宋恭帝时进士。宋亡，隐居不仕。元成宗大德中，有许多人举荐他，但仍不出。他是个不受拘束、敢于尝试的作家。词中有奇特的样式，语言新异，风格多样。作品虽未直接地反映亡国剧变，与时代仍有相通处。有《竹山词》。

虞美人·听雨 [1]

少年听雨歌楼上 [2]，红烛昏罗帐。壮年听雨客舟中 [3]，江阔云低断雁叫西风。　　而今听雨僧庐下 [4]，鬓已星星也 [5]。悲欢离合总无情 [6]，一任阶前点滴到天明。

1. 宋亡后，蒋捷隐居不仕，曾过着漂泊的生活（参看蒋词《贺新郎·兵后寓吴》）。这首词用三个独特的听雨地点，反映他一生的历程，而着重在后者。　2."少年"二句：浪漫的冶游生活。　3."壮年"二句：为功名事业奔走四方的生活。　4."而今"二句：亡国后避难逃人的流离生活。　5."已星星也"，已经白了。"星星"，形容白发多。　6."悲欢"二句：总评一生遭遇，人间恩怨，自然变化，一切付之等闲。这里有愤慨，也有消沉情绪。

张　炎

张炎（1248—1314后），字叔夏，先世凤翔成纪（今甘肃天水）人，寓居临安（今浙江杭州）。他是个世家子，五世祖张俊封清河郡王。宋亡，资产尽失，曾在鄞卖卜，后落魄而死。词多写身世盛衰之感，萧瑟凄凉。他论词尚"清空"，所作也多清疏，工而不丽。有《山中白云词》。

高阳台·西湖春感[1]

接叶巢莺[2]，平波卷絮[3]，断桥斜日归船[4]。能几番游，看花又是明年。东风且伴蔷薇住，到蔷薇、春已堪怜[5]。更凄然[6]、万绿西泠[7]，一抹荒烟[8]。　　当年燕子知何处[9]，但苔深韦曲[10]，草暗斜川[11]。见说新愁，如今也到鸥边[12]。无心再续笙歌梦[13]，掩重门、浅醉闲眠。莫开帘，怕见飞花，怕听啼鹃。

1. 词作于宋亡后，年代难详，可能在元世祖至元三十年（1293）。　2. "接叶"三句：回到西湖，所见尽是暮春景象。"接叶"，树叶茂密，彼此交错。　3. "卷絮"，柳絮飘落水上，被微波卷去。　4. "断桥"，在西湖孤山旁，里湖与外湖之间。　5. "到蔷"句：蔷薇春夏间开花，春到此时已是尾声，故言堪怜。　6. "更凄然"三句：以前的胜地现已荒废，盛衰之感较春去花落更令人悲哀。　7. "万绿"，各种各样一望无际的绿。"西泠"，桥名，在孤山下。"泠"，音líng。　8. "一抹"，如言一片。　9. "当年"三句：以前的贵家宅院与诗人所常游的地方也都荒芜无人。"燕子"，用唐刘禹锡《乌衣巷》诗意，而更深一层——不仅无人，而且无燕。　10. "韦曲"，在长安西南，唐时，外戚韦氏世居于此。　11. "斜川"，在江西星子与都昌二县间的湖泊中。陶潜有《游斜川》。 12."如今"句：愁能令人头发白，鸥鸟白色如人白头，因说鸥也在愁。辛弃疾《菩萨蛮》有"拍手笑沙鸥，一身都是愁"，可参证。 13."无心"句：过去的闻歌听乐的生活，现已感到无味，不愿继续。

谢　翱

谢翱（1249—1295），字皋羽，福安（今福建福安）人，后迁居浦城（今福建浦城）。文天祥抗元至闽，他率乡兵往投，为军中谘议参军。文兵败被俘，他潜伏民间。后漫游浙东、浙西诸地，与遗民往还。诗近李贺、孟郊等，构思遣辞多新颖奇险，有时难免隐晦。哀悼死节的知己，思念倾覆的故国，情辞沉痛而微嫌衰飒。有《晞发集》。

过杭州故宫二首[1]（二首选一）

紫云楼阁宴流霞[2]，今日凄凉佛子家[3]；残照下山花雾散[4]，万年枝上挂袈裟[5]。

1.宋亡后，故宫荒废，有的成耕地，有的成佛寺，诗写后者。　2."紫云"二句：用其中居住的人作对比；以前帝王设筵，现在僧众栖止。"紫云楼阁"，为紫云所缭绕的楼阁。"紫云"，象征祥瑞。"流霞"，仙酒名，这里指名贵的酒。　3."佛子家"，庙宇。"佛子"，佛家语，指受佛法的人。　4."花雾散"，落花似雾纷纷飘散。沈约《会圃临春风》有"落花纷似雾"，可参证。　5."万年枝"，冬青木，宫中种的树。宁宗杨后《宫词》："云影低涵百子池，秋声轻度万年枝。""袈裟"，僧衣。

效孟郊体[1]（七首选一）

闲庭生柏影，荇藻交行路[2]；忽忽如有人[3]，起视不见处[4]。牵牛秋正中[5]，海白夜疑曙[6]。野风吹空巢，波涛在孤树[7]。

1.谢诗本近李（贺）、孟（郊），组诗更似孟的奇警。这首刻画秋夜的幽寂景色，构思措辞都有新意。　2."荇藻"句：路上月光似水，柏影便如水草交织。"荇"，音 xìng，水草名，即金丝荷叶。　3."忽忽"句：树影似人。"忽忽"，恍惚无定。　4."不见处"，看不出人在何处。　5."牵牛"句：从星辰的方位知季节的变化。"牵牛"，星名，又称河鼓。"秋正中"，秋已过去一半。　6."海白"句：海色减轻夜的黑暗，深宵如天将明。谢翱《鲁国图诗序》中说他曾乘舟到今宁波、定海一带，"望海上岛无数"。　7."波涛"句：树经风吹，声如波涛。